FANTASY

Terry Brooks im Goldmann Verlag:

Das Schwert von Shannara (23828)
Der Sohn von Shannara (23829)
Der Erbe von Shannara (23830)

Die Elfensteine von Shannara (23831)
Der Druide von Shannara (23832)
Die Dämonen von Shannara (23833)

Das Zauberlied von Shannara (23893)
Der König von Shannara (23894)
Die Erlösung von Shannara (23895)

Die Kinder von Shannara (24535)
Das Mädchen von Shannara (24536)
Der Zauber von Shannara (24537)

Die Schatten von Shannara (11584)
Die Elfenkönigin von Shannara (24571)
Die Verfolgten von Shannara (24572)

Der verschenkte König (24502)
Königreich zu verkaufen (23914)
Das schwarze Einhorn (23935)

Hook. Roman zum Film von
Steven Spielberg (41326)

FANTASY

TERRY BROOKS

DER DRUIDE VON SHANNARA

THE ELFSTONES OF SHANNARA 2

Aus dem Amerikanischen
von Mechthild Sandberg

GOLDMANN VERLAG

Aus dem Amerikanischen übertragen von Mechthild Sandberg

Umwelthinweis:
Alle bedruckten Materialien dieses Taschenbuches
sind chlorfrei und umweltschonend.
Das Papier enthält Recycling-Anteile.

Der Goldmann Verlag
ist ein Unternehmen der Verlagsgruppe Bertelsmann

Made in Germany · 9. Auflage · 2/93

Umschlagentwurf: Design Team München
Umschlagillustration: Jenny Wunts / Agt. Schlück, Garbsen
Satz: Fotosatz Glücker, Würzburg
Druck: Elsnerdruck, Berlin
Verlagsnummer: 23832
Lektorat: SN
Herstellung: Peter Papenbrok/sc
ISBN 3-442-23832-3

Für Barbara,
in Liebe

Kershalt
Grimmzackengebirge
Spindelpass
Rauhe Platte
Halysjoch
Kensrowe Gebirge
Sarandanon
Arborlon
Innisbore
Singender Fluss
Dreywald
Wirrnismoor
Westland
Pykon
Mermidon
Grimpenward
Heute Kamm
Totenmoor
Wildewald
Hochwarte
Senke
Tirfing
Irrybisgebirge
Myriansee

NORDLAND
SCHÄDELREICH
SCHÄDEL BERG
KIERLAK WÜSTE
MESSERGEBIRGE
LETHE
CHARNAL GEBIRGE
MALG SUMPF
STRELEHEIM EBENE
JANNISON-PASS
OSTLAND
TAL VON RHENN
PARANOR
RABB EBENE
WESTLAND
ANAR
RABB
MERMIDON
DRACHENZÄHNE
KENNON PASS
TAL VON SHALE
WOLFSKTAAG GEBIRGE
KERN
STORLOCK
JADE-PASS
VARFLEET
RUNNE-GEBIRGE
TYRSIS
CALLAHORN
REGENBOGEN-SEE
SILBER-FLUSS
CULHAVEN
NEBEL-SUMPF
SÜDLAND
DULN-WALD
LEAH
SHADY VALE
TIEFLAND VON CLETE
TIEFLAND VON BATTLE MOUND
ANAR

Blaß-silbernes Mondlicht strömte vom Himmel und brachte die Sommernacht zum Leuchten. Süße Düfte stiegen aus der Dunkelheit auf und schwebten in betäubenden Wogen auf dem milden Wind dahin, um sich in den Hecken und Hainen, den Blumenbeeten und Büschen des Gartens des Lebens zu fangen. Das Spiel von Licht und Schatten zauberte seltsam geknüpfte Muster in Schwarzweiß aus den Farben des Gartens. Kleine Lebewesen, die mit dem Einbruch der Nacht erwacht waren, flatterten auf und schossen jäh davon, ohne eine Spur zu hinterlassen.

Auf dem kleinen Hügel, der das Heimatland der Elfen überblickte, stand einsam und still der wundersame Baum, der den Namen Ellcrys trug, und erwartete den Tod, der langsam, aber unerbittlich Besitz von ihm ergriff. Schon hatte er dem Baum sein Mal aufgedrückt. Die vollendete Schönheit, die den gesunden Ellcrys ausgezeichnet hatte, war zerstört, die vollkommene Ebenmäßigkeit seiner Gestalt verzerrt. Die silberne Borke hatte sich von Stamm und Ästen gelöst und hing in rissigen Fetzen herab, schwarz und welk. Die blutroten Blätter hatten sich fest eingerollt unter der Einwirkung der Krankheit, und viele lagen dürr und ausgezehrt auf der Erde unter dem Baum, wo raschelnd der Wind mit ihnen spielte. Nackt und kahl wie eine verwitterte Vogelscheuche auf einem Getreidefeld ragte der Baum in den nächtlichen Himmel.

Allanon, Wil Ohmsford und Amberle standen am Fuß der Anhöhe und blickten wortlos zu dem Baum hinauf. Lange standen sie still und unbewegt, und nur der Stoff ihrer Gewänder, mit denen der Wind spielte, raschelte. Als Amberle endlich das Wort ergriff, klang ihr Flüstern beinahe heftig in der Stille.

»Ach, Allanon, er sieht so traurig aus.«

Die hochgewachsene Gestalt des Druiden war wie erstarrt unter den dunklen Gewändern, und sein Gesicht war im Schatten der Kapuze verborgen. Er antwortete nicht auf Amberles Worte. Ein Duft nach Flieder zog an ihnen vorüber und verflüchtigte sich wieder. Amberle wandte den Kopf und sah den Druiden fragend an.

»Hat er Schmerzen?«

Kaum merklich bewegte Allanon den Kopf.

»Etwas.«

»Er stirbt wirklich?«

»Sein Leben wird bald erlöschen. Seine Zeit ist beinahe abgelaufen.«

»Könnt Ihr denn nichts tun?«

»Was getan werden kann, muß von dir getan werden.« Allanons tiefe Stimme war ein sanftes Murmeln.

Amberle seufzte. Ein Schauder durchrann ihren zierlichen Körper. Die Sekunden verstrichen. Müde wippte Wil auf den Füßen hin und her, während er darauf wartete, daß das Elfenmädchen mit sich ins reine käme. Doch es war nicht leicht für sie. Sie hatte nicht erwartet, daß sie schon an diesem Abend vor den Baum würde treten müssen; sie hatten es beide nicht erwartet. Sie hatten geglaubt, nach der Beratung im Hohen Rat würde ihnen erst einmal ein langer Schlaf gegönnt sein. Sie hatten seit den Stunden vor ihrer Flucht durch das Rhenn-Tal keine Ruhe mehr gefunden. Beide waren sie der Erschöpfung nahe.

»Er schläft«, flüsterte Amberle.

»Für dich wird er erwachen«, erwiderte der Druide.

Sie möchte es nicht tun, dachte Wil. Sie hat es nie gewollt. Es ist nicht nur Abneigung, es ist Angst. Schon in jener ersten Nacht in dem Gärtchen hinter ihrem Haus hat sie gesagt, daß sie Angst hat. Aber sie hat nie offen gesagt, warum oder wovor.

Wil blickte zur Höhe des Hügels hinauf. Was an dem Baum machte ihr solche Angst?

»Ich bin bereit.«

Schlicht die Worte, ruhig die Stimme. Allanon schwieg. Dann nickte er unmerklich.

»Dann geh. Wir warten hier auf dich.«

Sie setzte sich nicht gleich in Bewegung, sondern blieb noch einen Augenblick lang still stehen, als erwarte sie noch etwas von dem Druiden. Dann raffte sie ihren langen Umhang und machte sich auf den Weg. Das Gesicht zu dem reglosen, kranken Baum erhoben, der oben wartete, schritt sie den Hang hinauf.

Sie blickte nicht zurück.

Nur Augenblicke dauerte der Anstieg, dann stand sie allein vor dem Ellcrys. Noch befand sie sich nicht in Reichweite des Baumes, sondern ein paar Schritte entfernt, eine vermummte kleine Gestalt, die Arme fest an ihre Seiten gepreßt. Von der Höhe des Hügels lag das Westland weit und offen zu ihren Füßen, und Amberle fühlte sich schwach und hilflos. Mit den Düften des Gartens gewürzt, fächelte der Nachtwind ihr Gesicht, und sie sog die Luft tief ein, um dadurch ihre innere Ruhe zu erlangen.

Es währt ja nur einen Augenblick, sagte sie sich. Nur einen kurzen Augenblick.

Aber sie empfand solch entsetzliche Angst.

Sie verstand noch immer nicht, woher das kam, nicht einmal jetzt, nach so langer Zeit. Sie hätte es doch begreifen müssen! Sie müßte doch fähig sein, die Angst unter Kontrolle zu halten! Aber sie konnte es nicht. Und gerade das machte es um so schlimmer. Es war eine irrationale, blinde Angst, die nicht zu fassen war. Immer war sie da, lauerte in den Tiefen ihrer Seele wie ein böses Raubtier, um aus ihrem Versteck hervorzukommen, sobald sie – Amberle – an den Ellcrys dachte. Sie hatte gekämpft, hatte sich mit Enschlossenheit gewehrt, doch die Angst überwältigte sie immer wieder, finster, nicht zu bändigen. In Havenstead hatte sie sie unterdrücken können, denn in Havenstead war ihr Auslöser fern und vergangen gewesen. Jetzt war alles wieder gegenwärtig, in Arborlon zurück, keine fünf Schritte entfernt von dem Baum und seiner Berührung...

Sie fröstelte, als Erinnerungen aufstiegen. Es war die Berührung des Baumes, die sie fürchtete. Aber warum? Sie brachte weder Kummer noch Schmerz. Sie diente dem Ellcrys allein zur Übermittlung seiner Bilder. Doch immer, wenn der Ellcrys sie berührt hatte, hatte sie das Gefühl gehabt, daß da noch etwas anderes war, das mehr war als nur eine Gedanken übermittelnde

Berührung. Schon beim erstenmal, als der Ellcrys zu ihr gesprochen hatte, hatte sie das empfunden.

Ihre Gedanken zerstoben beim gedämpften Ruf einer Eule. Sie wurde sich bewußt, daß sie nun schon seit Minuten hier oben stand. Die beiden Männer unten beobachteten sie. Das wollte sie nicht.

Eilig ging sie um den Baum herum auf die andere Seite.

Der Druide und der Talbewohner blickten stumm zu der dunklen Gestalt des Elfenmädchens hinauf, das um den Ellcrys herumging und dann aus dem Blickfeld verschwand. Einen Moment lang blieben sie noch stehen, doch als Amberle nicht wieder auftauchte, ließ sich Allanon ins Gras nieder. Wil blickte zu ihm hinunter und setzte sich dann neben ihn.

»Was wollt Ihr tun, wenn der Ellcrys sagt, daß sie keine Erwählte mehr ist?«

Der Druide wandte nicht einmal den Kopf.

»Das wird nicht geschehen.«

Wil zögerte kurz, ehe er weitersprach.

»Ihr wißt etwas, wovon Ihr uns beiden nichts gesagt habt, nicht wahr?«

Allanons Stimme war kalt.

»Nein. Nicht in dem Sinn, wie du es meinst.«

»Aber in einem anderen Sinn.«

»Deine Pflicht, Talbewohner, ist einzig, daß dem Elfenmädchen nichts geschieht, wenn ihr Arborlon verlassen habt.«

Die Art und Weise, wie er das sagte, vermittelte Wil den deutlichen Eindruck, daß er dieses besondere Thema damit als abgeschlossen betrachtete. Mit Unbehagen rückte der junge Mann ein wenig von dem großen Alten ab.

»Könnt Ihr mir dann wenigstens etwas anderes sagen?« fragte er schließlich. »Könnt Ihr mir sagen, warum sie vor dem Allcrys so große Angst hat?«

»Nein.«

Wil lief zornrot an. »Warum nicht?«

»Weil ich mir nicht sicher bin, daß ich selbst diese Angst verstehe. Und ich glaube, auch sie versteht sie nicht. Im übrigen wird sie es dir selbst erklären, wenn sie soweit ist, daß sie darüber sprechen möchte.«

»Das bezweifle ich.« Wil neigte sich und legte seine Arme locker auf die Knie. »Ich habe den Eindruck, sie hält nicht sehr viel von mir.«

Allanon erwiderte nichts. Eine ganze Weile hockten sie schweigend nebeneinander und sahen immer wieder zur Höhe des Hügels hinauf, wo der einsame Baum stand. Von Amberle war keine Spur zu sehen. Wil warf einen Blick auf den Druiden.

»Kann ihr auch nichts passieren, wenn sie ganz allein da oben ist?«

Allanon schüttelte den Kopf. Wil wartete darauf, daß er ihm erklären würde, warum sie dort oben sicher war, doch der Druide gab ihm keine Erklärung. Wil zuckte die Schultern. Er hatte wohl Mittel und Wege, sie zu beschützen, sagte er sich, wenn er ihr so nahe war. Zumindest hoffte Wil es.

Lange Zeit rührte sich Amberle nicht. Sie konnte nicht. Ihre Angst lähmte sie. Starr und kalt bis ins innerste Mark stand sie keine fünf Fuß von den nächsten Zweigen entfernt und blickte wie gebannt auf den Ellcrys. Wie flüssiges Eis strömte die Angst in ihren Adern und ließ jeden Gedanken erstarren. Sie verlor jegliches Gefühl für Zeit und Ort, nahm nichts wahr als ihre Unfähigkeit, diese letzten Schritte zu tun.

Als sie es schließlich doch tat, hatte sie das Gefühl, es sei ein anderes Wesen, das den Weg für sie ging. Sie erinnerte sich später nur, daß der Abstand zwischen ihr und dem Ellcrys sich verkürzt hatte und dann nicht mehr gewesen war. In tiefe Schatten getaucht, stand sie unter dem Blätterdach des Baumes. Der Nachtwind erstarb, und die eisige Kälte in ihrem Inneren wandelte sich in flammende Hitze.

Stumm sank sie auf dem Teppich toter Blätter und abgebrochener Zweige auf die Knie und faltete die Hände in ihrem Schoß. Sie wartete.

Nicht lange, da senkte ein kranker Zweig sich abwärts und legte sich behutsam um ihre Schultern.

»Amberle.«

Das Elfenmädchen begann zu weinen.

Es war lange still gewesen zwischen ihnen, als Wil plötzlich eine seltsame Bemerkung Allanons ins Gedächtnis kam. Nach dem letzten Gedankenaustausch hatte er beschlossen, dem Druiden keine Fragen mehr zu stellen, doch jetzt gewann die Neugier die Oberhand.

»Allanon!«

Der Druide blickte ihn an.

»Mir geht da etwas im Kopf herum.« Er nahm sich Zeit, um seine Worte zu ordnen. »Als Ihr Amberle erklärtet, daß wir schon heute abend hierherkommen müßten, erinnerte sie Euch daran, daß Ihr den Elfen bei der Sitzung gesagt hattet, sie brauche ein bis zwei Tage Ruhe. Darauf erklärtet Ihr, das sei eine notwendige Täuschung gewesen. Was meintet Ihr damit?«

Das Mondlicht enthüllte das vertraute spöttische Lächeln auf dem schmalen Gesicht des Druiden.

»Ich habe mich schon gefragt, wann diese Frage kommen würde, Wil Ohmsford.« Er lachte leise. »Deine Wißbegierde macht vor nichts halt.«

Wil lächelte unbestimmt.

»Erhalte ich auf meine Frage eine Antwort?«

Allanon nickte. »Sie wird dir allerdings nicht gefallen. Die Täuschung war notwendig, weil sich im Lager der Elfen ein Spion befindet.«

Wil wurde eiskalt. »Woher wißt Ihr das?«

»Logische Überlegung. Als ich in Paranor eintraf, erwarteten mich die Dämonen schon. Sie erwarteten mich, Talbewohner – ich wurde nicht verfolgt! Das läßt darauf schließen, daß sie im voraus von meinem Kommen wußten. Aber woher wußten sie es? Woher wußten sie überhaupt von mir? Nur Eventine wußte, daß ich in die Vier Länder zurückgekehrt war. Nur Eventine wußte von meinem Plan, nach Paranor zu reisen; ihm allein vertraute ich an, daß ich nach Paranor reisen wollte, um in den alten Geschichtsbüchern der Druiden nach einem Hinweis auf die Lage des Ortes Sichermal zu suchen. Ich bat Eventine, niemandem etwas zu verraten, und ich bin sicher, das hat er auch nicht getan.«

Er schwieg einen Augenblick.

»Damit bleibt nur eine Möglichkeit. Jemand hat unser Gespräch belauscht – jemand, der Grund hatte, uns an die Dämonen zu verraten.«

Wils Miene zeigte Zweifel.

»Aber wie soll das denn geschehen sein? Ihr sagtet doch selbst, niemand hätte gewußt, daß Ihr in die Vier Länder zurückgekehrt seid.«

»Ja, das verursacht auch mir Kopfzerbrechen«, bekannte der Druide. »Der Spion muß jemand sein, dem es keine Mühe macht, zum König Zugang zu erhalten; jemand, der über all sein Tun und Lassen Bescheid weiß. Jemand aus seinem Haushalt vielleicht.« Er zuckte die Schultern. »Auf jeden Fall war es ein Glück, daß ich dem König nichts davon sagte, wo Amberle sich aufhielt, sonst wären die Dämonen zweifelsohne vor mir bei ihr gewesen.« Er hielt inne, und seine schwarzen Augen fixierten den jungen Talbewohner. »Und über dich wären sie auch hergefallen, denke ich mir.«

Wil überlief eine Gänsehaut. Die Vorstellung war selbst jetzt noch beängstigend. Zum erstenmal, seit er Allanon begegnet war, war er froh, daß der Druide so zugeknöpft und verschwiegen war.

»Wenn das so ist, warum habt Ihr dann den Elfen bei der Sitzung des Hohen Rats so viel anvertraut?« fragte er. »Wenn sich im Lager der Elfen wirklich ein Spion verbirgt, ist dann nicht damit zu rechnen, daß er alles erfährt, was bei der Sitzung gesprochen wurde?«

Der Druide neigte sich zu Wil Ohmsford hinüber.

»Durchaus. Ich habe sogar die Absicht, dafür zu sorgen, daß er alles erfährt. Das ist der Grund für die Täuschung. Siehst du, die Dämonen wissen bereits, daß wir hier sind, und sie wissen auch, warum wir hier sind. Sie wissen, wer ich bin; sie wissen, wer Amberle ist. Aber sie wissen noch nicht, wer du bist. Alles, was sie wissen, haben sie aus meinen Gesprächen mit Eventine erfahren. Wir haben den Elfen bei der Ratssitzung nichts Neues mitgeteilt – abgesehen von einem Punkt. Wir haben ihnen erklärt, daß Amberle einige Tage Erholung braucht, ehe sie vor den Ellcrys hintritt. Folglich werden die Dämonen nicht erwarten, daß wir in den nächsten Tagen etwas unternehmen werden. Und diese Täuschung wird uns, hoffe ich, einen kleinen, aber sehr nützlichen Vorteil liefern.«

»Was für einen Vorteil?« wollte Wil wissen. »Was habt Ihr vor, Allanon?«

Der Druide schürzte die Lippen.

»Da, Freund Wil, muß ich dich noch um ein Weilchen Geduld bitten. Aber ich verspreche dir, daß du die Antwort bekommen wirst, ehe die Nacht vorüber ist. Nun, ist das ein faires Angebot?«

Wil fand es gar nicht fair, aber er wußte, daß es sinnlos war, Allanon zu drängen. Wenn der Druide einmal etwas beschlossen hatte, war daran nicht mehr zu rütteln.

»Noch eines.« Der Druide legte dem jungen Mann mahnend die Hand auf die Schulter. »Sag Amberle nichts von alledem. Ihre Angst ist groß genug; es besteht keine Notwendigkeit, ihr noch mehr Angst zu machen. Laß dies ein Geheimnis zwischen dir und mir sein.«

Wil Ohmsford nickte.

Minuten später trat Amberle aus dem Schatten des Baumes. Die Umrisse ihrer Gestalt hoben sich scharf vom Nachthimmel ab, als sie einen Augenblick zaudernd verharrte. Dann setzte sie sich in Bewegung und schritt hangabwärts, den beiden Männern entgegen. Sie ging langsam, vorsichtig, als sei sie sich ihrer Bewegungen nicht sicher, und hielt die Hände fest vor der Brust gefaltet. Die Kapuze hatte sie abgestreift, und ihr langes kastanienbraunes Haar wehte im Nachtwind. Als sie sich ihnen näherte, konnten sie die Verzweiflung in ihrem Antlitz deutlich sehen. Ihre Züge waren bleich, die Wangen feucht von Tränen, und Angst spiegelte sich grell in den grünen Augen.

Vor ihnen blieb sie stehen. Ihr zierlicher Körper zitterte.

»Allanon«, stieß sie weinend hervor.

Der Druide sah, daß sie einem Zusammenbruch nahe war. Sogleich nahm er sie in seine Arme und hielt sie fest umschlungen. Diesmal ließ sie sich seine Umarmung gefallen, weinte still an seiner Brust. Lange hielt er sie so, ohne ein Wort. Wil betrachtete die Szene verlegen und kam sich nutzlos vor.

Nach einiger Zeit versiegten die Tränen. Allanon ließ das Elfenmädchen los und trat zurück. Einen Moment noch hielt sie den Kopf gesenkt, dann erhob sie ihn und blickte den Druiden an.

»Ihr hattet recht«, flüsterte sie.

Die zusammengepreßten Hände lösten sich von den Falten ihres Gewandes und öffneten sich langsam. In ihrem Inneren lag ein vollendet geformter silberweißer Stein, das Samenkorn des Ellcrys.

Allanon führte sie aus dem Garten hinaus. Bis zur Unkenntlichkeit vermummt in Umhänge und Kapuzen, glitten sie schattengleich durch das Tor, vorbei an den Posten der Schwarzen Wache, und traten den Rückweg zur Stadt an. Der Druide erklärte ihnen nicht, wohin er sie bringen wollte, und sie fragten nicht. Sie schritten schweigend aus, Allanon immer ein, zwei Schritte voraus. Wil und Amberle waren zu Tode erschöpft. Immer wieder blickte der Talbewohner voller Besorgnis auf das Elfenmädchen, doch sie ließ sich kaum etwas anmerken von den Gefühlen, die sie beherrschten, und er erhaschte nur hin und wieder einen Blick auf das von der Kapuze verdunkelte Antlitz. Einmal fragte er sie leise, ob alles in Ordnung sei, und sie nickte stumm.

Kurze Zeit später erkannten sie, daß sie sich dem Herrenhaus der Elessedils näherten. Wortlos winkend führte Allanon sie in den Park, der das lichtlose Haus umschloß. An einem Föhrenwäldchen vorbei, das die Südwiese säumte, ging es an einer langen Hecke entlang zu einer kleinen Nische und einer hohen Fenstertür, die in dichtes Dunkel gehüllt war. Vor dieser Tür blieb Allanon stehen und klopfte verhalten an das Glas.

Sie mußten einen Augenblick warten, bis die Vorhänge im Inneren ein wenig auseinandergeschoben wurden. Ein Riegel wurde entsichert, und die Tür öffnete sich. Eilig bedeutete Allanon ihnen hineinzugehen, sah sich noch einmal um und folgte ihnen dann.

Einige Sekunden standen sie in der Finsternis und lauschten den gedämpften Schritten einer Person, die langsam durch den Raum ging. Dann flammte eine Kerze auf. Wil sah, daß sie sich in einem kleinen Studierzimmer befanden. Dunkles Eichenholz von Wänden und Bücherborden schimmerte im Schein der Kerze, sanfte Farben alter Bücher und kostbarer Wandbehänge tauchten aus den Schatten. Auf einer kleinen, erdfarbenen Matte auf der anderen Seite des Raumes lag ein angegrauter alter Wolfshund, der neugierig den Kopf hob und freundlich mit dem Schwanz wedelte.

Eventine Elessedil stellte die Kerze auf einen kleinen Schreibtisch und wandte sich ihnen zu.

»Ist alles vorbereitet?« fragte Allanon mit tiefer Stimme in die Stille hinein.

Der alte König nickte.

»Und Euer Haushalt?«

Der Druide glitt schon durch das Zimmer zu der einzigen Tür. Er öffnete sie lautlos, warf einen kurzen Blick nach draußen und schloß sie wieder.

»Alles schläft außer Dardan und Rhoe. Und die beiden stehen vor meiner Schlafzimmertür Wache, weil sie glauben, ich schliefe ebenfalls. Hier ist niemand außer meinem alten Manx.«

Der Wolfshund sah ihn an, als er seinen Namen hörte; dann senkte er den Kopf wieder auf die Vorderpfoten und schloß die Augen.

Allanon kam von der Tür zurück.

»Dann können wir beginnen.«

Er bedeutete Wil und Amberle, sich in den Sesseln vor dem Schreibtisch niederzulassen, und zog sich selbst ebenfalls einen heraus. Wil setzte sich müde. Amberle tat einen Schritt vorwärts, blieb stehen, die Augen auf ihren Großvater gerichtet. Eventine sah sie an, zögerte, trat dann rasch auf sie zu und schloß sie in die Arme. Amberle erstarrte sekundenlang, aber dann schlang sie die Arme um seinen Hals.

»Ich hab' dich lieb, Großvater«, flüsterte sie. »Du hast mir so gefehlt.«

Der alte König schwieg ergriffen. Er nickte nur stumm an ihrer Schulter und streichelte ihr über das Haar. Dann umschloß er sanft ihr Gesicht mit beiden Händen und neigte ihren Kopf zurück, so daß er ihre Züge sehen konnte.

»Was geschehen ist, liegt hinter uns, Amberle. Es ist vergessen. Zwischen uns soll es keine harten Worte mehr geben. Dies hier ist dein Zuhause. Ich möchte dich hier haben, bei mir, bei deiner Familie.«

Amberle schüttelte den Kopf.

»Ich habe mit dem Ellcrys gesprochen, Großvater. Er hat mir gesagt, daß ich seine Erwählte bin. Er hat mir sein Samenkorn gegeben.«

Das Gesicht des Greises wurde blaß, und er senkte die Lider.

»Ach Amberle, ich weiß, du wünschtest, es könnte anders sein. Glaub mir, auch ich wünsche es.«

»Das weiß ich«, antwortete sie, doch in ihren Augen lag tiefe Verzweiflung.

Sie löste sich von ihm und setzte sich zu Wil und Allanon an den Tisch. Der König blieb noch einen Augenblick stehen und betrachtete stumm seine Enkelin. Er wirkte so verloren und voller Bangnis wie ein Kind, das in die Irre gegangen ist. Langsam faßte er sich wieder, trat an seinen Schreibtisch und setzte sich zu den anderen.

Die Hände auf dem Tisch gefaltet, beugte Allanon sich vor.

»Eventine und ich verabredeten nach der Sitzung des Hohen Rats, daß wir uns im Lauf dieser Nacht heimlich treffen würden. Alles, was hier gesprochen wird, bleibt unter uns, die wir hier anwesend sind. Keiner sonst wird davon erfahren. Die Zeit eilt, und wir müssen rasch handeln, wenn wir das Elfenvolk vor dem Untergang retten wollen. Der Ellcrys siecht immer mehr dahin. Bald werden die Dämonen, die hinter der Mauer der Verfemung gefangen sind, sich befreien und über die Vier Länder herfallen. Eventine und ich werden ihnen entgegentreten, wenn es soweit ist. Du aber, Amberle, und auch du, Wil, ihr müßt euch auf die Suche nach dem Blutfeuer machen.«

Er wandte sich direkt an das Elfenmädchen.

»Ich würde euch begleiten, wenn ich könnte. Ich würde mit euch gehen, wenn es dazu eine Möglichkeit gäbe, aber es gibt keine. Einer der Dämonen, die die Mauer bereits durchbrochen haben, und auch einige, die noch hinter ihr gefangen sind, besitzen Kräfte, gegen die dein Großvater und das Elfenvolk ohne meine Hilfe nichts ausrichten können. Meine Aufgabe wird es sein, die Elfen vor diesen gewaltigen Kräften zu schützen. Zauberei, um der Zauberei Widerpart zu bieten. So muß es nun einmal sein.

Doch an meiner Stelle schicke ich Wil Ohmsford, und ich habe mich nicht ohne gründliche Überlegung entschlossen, dein Wohl und deine Sicherheit in seine Hände zu legen. Sein Großvater war es, der gemeinsam mit mir auszog, das Schwert von Shannara zu suchen. Er fand es und trat allein dem Dämonen-Lord entgegen, um ihn schließlich zu vernichten. Sein Großonkel Flick Ohmsford rettete deinem Großvater einst das Leben. Wil besitzt die Charakterstärke, die beide Männer auszeichnete; er besitzt ihr Ehrgefühl. Du hast gesehen, daß er die Elfensteine in Besitz hat, die ich einst seinem Großvater gab. Er wird dich so schützen, wie ich dich schützen würde. Er wird zu dir stehen, Amberle – er wird dich nicht im Stich lassen.«

Auf diese Worte folgte langes Schweigen. Wil Ohmsford war verlegen. Und er fühlte sich unbehaglich. Er war sich seiner nicht so sicher. Als er rasch einen Blick auf Amberle warf, bemerkte er, daß sie ihn nachdenklich betrachtete.

»Du bist eine Erwählte im Dienst des Ellcrys«, fuhr Allanon fort und zog damit die Aufmerksamkeit des Elfenmädchens wieder auf sich. »Wenn wir vielleicht auch alle wünschten, es wäre anders, so ist die Sache doch jetzt klar. Du bist die letzte der Erwählten und daher die letzte Hoffnung deines Volkes. Du allein kannst die Mauer der Verfemung wieder aufrichten. Eine schwere Verantwortung, Amberle, aber sie ruht nun einmal auf dir. Wenn du versagst, werden Dämonen und Elfen gegeneinander zu Felde ziehen und nicht eher die Waffen niederlegen, als bis einer oder beide völlig vernichtet sind. Der Ellcrys hat dir sein Samenkorn gegeben. Du mußt es daher zum Blutfeuer bringen. Das wird nicht einfach werden. Das Blutfeuer befindet sich an einem Ort mit dem Namen Sichermal, und Sichermal ist ein Teil der alten Welt. Diese Welt ist vergangen, unwiederbringlich verloren, und der Ort Sichermal wurde im Lauf der Jahrhunderte vergessen. Selbst der Ellcrys weiß nicht mehr den Weg, der dorthin führt. Wären nicht die Geschichtsbücher der Druiden, so wäre Sichermal vielleicht auf ewig unauffindbar für uns geblieben. Doch diese Bücher bilden eine Verbindung zwischen Vergangenheit und Gegenwart. Ich habe in ihnen gelesen und weiß, wo Sichermal liegt.«

Er machte eine Pause.

»Es liegt im Wildewald«, sagte er dann.

Keiner sprach ein Wort. Selbst Wil Ohmsford, ein Südländer und Talbewohner, der bis zu diesem Tag nie einen Fuß über die Grenze des Westlandes gesetzt hatte, hatte vom Wildewald gehört. Es war, von den Wäldern südlich der Heimat der Elfen umschlossen, ein unwirtliches und gefährliches Stück Wildnis, das nur über rauhe Bergketten oder unheimliche Sümpfe zu erreichen war. Nicht einmal ein halbes Dutzend Dörfer oder Weiler lagen in dieser abgelegenen Gegend, und die waren von Dieben, Halsabschneidern und Banditen jeder erdenklichen Art bevölkert. Selbst diese wagten sich nur selten aus ihren Dörfern heraus, verließen kaum je die wenigen Reisewege, die das Gebiet durchzogen, denn in der Wildnis rundum, munkelte man, lauerten Geschöpfe, denen man besser aus dem Wege ging.

Wil holte tief Atem.

»Und Ihr wißt nicht, wo genau im Inneren des Wildewaldes das Blutfeuer zu finden ist?«

Allanon schüttelte den Kopf.

»Das läßt sich nicht mit Sicherheit feststellen. Selbst in den alten Büchern der Druiden wird teilweise auf die Geographie der alten Welt Bezug genommen, und die Orientierungspunkte, die es damals gab, existieren heute nicht mehr. Du wirst dich auf die Elfensteine verlassen müssen.«

»Das dachte ich mir schon.« Wil Ohmsford ließ sich wieder in seinen Sessel sinken. »Wenn wir uns der Elfensteine bedienen, verraten wir den Dämonen damit, wo wir zu finden sind.«

»Ja, das ist leider wahr. Du wirst mit größter Vorsicht zu Werke gehen müssen, Wil. Ich will euch berichten, was der Ellcrys den Erwählten über Sichermal mitteilte, ehe sie niedergemetzelt wurden – was der Baum später auch mir mitteilte. Das wird euch vielleicht bei der Suche nützen. Das Blutfeuer wohnt in einer Wildnis, die rundum von schroffen Bergen und unwegsamen Sümpfen eingeschlossen ist – zweifellos der Wildewald, wie das die Bücher der Druiden berichten. Ein dichter Nebel, sagte der Ellcrys weiter, zieht dort ein und aus. Mitten in der Wildnis erhebt sich ein einsamer Gipfel; unter dieser Bergspitze befindet sich ein Labyrinth von unterirdischen Gängen, die tief in die Erde hineinführen. Irgendwo in diesem Irrgarten befindet sich eine Tür aus Glas, das nicht zerbricht. Hinter dieser Tür werdet ihr das Blutfeuer finden.«

Er neigte nachdenklich den Kopf zur Seite.

»Ihr seht, die allgemeine Beschreibung des Wildewaldes ist überraschend zutreffend geblieben, selbst nach Ablauf so vieler Jahre, selbst nach den umwälzenden Veränderungen in der Geographie der Erde durch die Großen Kriege. Vielleicht ist auch der Rest der Beschreibung heute noch zutreffend. Vielleicht ist das Blutfeuer noch immer unter einer einsamen Bergspitze in einem Labyrinth unterirdischer Gänge zu finden.« Er zuckte die Schultern. »Ich würde euch gern mehr sagen, wenn ich das könnte. Aber ich weiß nicht mehr. Ihr müßt versuchen, mit diesen wenigen Anhaltspunkten euer Bestes zu tun.«

Wil brachte ein schwaches Lächeln zustande. Er wagte nicht, Amberle anzusehen.

»Wie kommt man zum Wildewald?« fragte er.

Der Druide warf einen fragenden Blick auf Eventine, doch der Elfenkönig schien in Gedanken versunken. Aufmerksam geworden schließlich durch die plötzliche Stille, sah er zu Allanon hinüber und nickte zerstreut.

»Es ist alles veranlaßt.«

Der Druide schien zu zögern, dann wandte er sich Amberle zu.

»Dein Großvater hat euch Hauptmann Crispin, den Befehlshaber der Leibwache, als Führer und Beschützer auf dieser Reise zugedacht. Crispin ist ein überaus einfallsreicher und mutiger Soldat; er wird euch gute Dienste leisten. Er hat Anweisung, sechs Jäger zu eurer Begleitung auszuwählen. Das ist eine geringe Zahl, doch in diesem Fall vielleicht das klügste. Eine so kleine Schar wird weit weniger Aufmerksamkeit auf sich ziehen als ein großer Zug und wird es euch ermöglichen, rascher vorwärtszukommen.

Der König und ich haben uns auf folgenden Plan geeinigt: Ihr werdet heimlich aus der Stadt hinausgebracht werden; das Wie wurde Hauptmann Crispin überlassen. Crispin weiß von eurer Mission. Er und die Jäger unter seinem Kommando werden euch begleiten, solange ihr sie braucht. Alle sind angewiesen, für eure Sicherheit zu sorgen, alles in ihrer Macht Stehende zu tun, um euch zu beschützen.«

»Allanon!«

Es war Eventine, der den Druiden plötzlich unterbrach. Ein Ausdruck tiefer Besorgnis lag auf seinem Gesicht, als seine durchdringenden blauen Augen den Blick Allanons suchten.

»Eines habe ich Euch noch nicht gesagt. Ich habe nicht früher davon gesprochen, weil uns nur die wenigen Augenblicke nach der Sitzung zur Verfügung standen. Aber ich glaube, jetzt muß es gesagt werden. Es gibt auf dieser bevorstehenden Reise noch einen anderen Anlaß zur Sorge als die Gefahr, daß ihr von den Dämonen aufgespürt werdet, die euch auf eurem Weg nach Arborlon verfolgt haben.«

Die Arme leicht auf den Schreibtisch gestützt, beugte er sich vor. Sein Gesicht wirkte sehr alt im flackernden Licht der Kerze.

»Ihr wißt, wie die Erwählten umgekommen sind – Wil und Amberle wissen es vielleicht nicht.« Er richtete den Blick auf die beiden jungen Leute. »Sie wurden buchstäblich zerrissen, in Fetzen gerissen.«

Entsetzen spiegelte sich auf den Zügen Wils und Amberles. Der König legte seiner Enkelin beruhigend die Hand auf die Schulter.

»Ich sage das nicht, um deine Angst noch mehr zu vergrößern, Amberle, und auch Euch will ich damit nicht ängstigen, Wil.« Er sah wieder Allanon an. »Seit Ihr aus Arborlon fortgegangen seid, sind noch andere den gleichen Tod gestorben wie die Erwählten. Viele. Das Ungeheuer, das die Erwählten getötet hat, treibt sich seitdem in der Umgebung der Stadt herum und mordet wahllos jeden, der ihm in den Weg kommt, ob Mensch oder Tier, ob jung oder alt. Mehr als fünfzig Elfen sind umgekommen – alle auf die gleiche Weise: von dem Ungeheuer in Fetzen gerissen. Vor drei Tagen wurde ein ganzer Spähtrupp aus dem Hinterhalt angegriffen und vernichtet. Sechs bewaffnete Männer! Eine Woche zuvor wurde ein Soldatenlager überfallen, und zwanzig Männer wurden im Schlaf umgebracht. Seit das Siechtum des Ellcrys begonnen hat, wurden im Westland immer mehr Dämonen gesichtet, und es ist hier und dort auch zu schlimmen Kämpfen gekommen – aber etwas dieser Art hat es sonst nirgends gegeben. Dieses Ungeheuer weiß genau, was es will; es tötet mit Vorsatz. Wir haben ohne Erfolg versucht, ihm auf die Spur zu kommen. Wir können es nicht ausfindig machen. Wir haben es noch nicht einmal zu Gesicht bekommen. Niemand hat es bisher gesehen. Aber es treibt sich in unserem Land herum – und es macht Jagd auf uns.«

Er hielt einen Moment inne.

»Es wurde einmal ausgesandt, Allanon, die Erwählten zu vernichten. Und es hat es getan. Es hat sie alle vernichtet – außer Amberle. Es kann sein, daß es wieder ausgesandt wird.«

Amberle war blaß geworden. Allanon rieb sich gedankenvoll das bärtige Kinn.

»Ja, so einen Dämon gab es in der alten Zeit«, meinte er sinnend. »Einen Dämon, der aus einem instinktiven Bedürfnis heraus tötete. Man nannte ihn den Raffer.«

»Es ist mir gleich, wie er genannt wurde«, sagte Wil unvermittelt. »Ich möchte nur wissen, wie man ihm entkommt.«

»Mit Verschwiegenheit«, versetzte der Druide. »Dieser Dämon mag noch so bösartig und schlau sein, er hat so wenig Grund wie seine Brüder zu der Vermutung, daß ihr Arborlon verlassen habt. Und wenn er glaubt, daß ihr euch noch in der Stadt befindet – wenn sie das alle glauben –, werden sie euch anderswo gar nicht suchen. Vielleicht können wir diesen Eindruck bei ihnen erwecken.«

Er wandte den Kopf und sah Eventine an.

»Bald wird der Tag kommen, an dem der Ellcrys die Mauer der Verfemung nicht mehr halten kann. Wenn es soweit ist, werden die Dämonen, die noch hinter ihr gefangen sind, ihre Kräfte vereinen, um die Mauer an ihrer schwächsten Stelle zu sprengen und so die Freiheit zu gewinnen. Das können wir nicht abwarten. Wir müssen die Stelle finden, wo sie den Durchbruch versuchen werden, und mit allen Mitteln versuchen, das zu verhindern. Selbst wenn es uns nicht gelingt, können wir einen Verzögerungskrieg führen, der das Dämonenheer auf seinem Marsch auf Arborlon aufhalten wird. Daß sie auf Arborlon marschieren werden, steht außer Zweifel, denn sie werden den Ellcrys vernichten wollen. Das müssen sie. Sie können den Baum nicht dulden. Solange er gesund und kräftig war, war er ja ihr ärgster Feind. Nun aber, da er immer schwächer wird, ist er nicht mehr so gefährlich. Wenn die Dämonen erst die Mauer durchstoßen haben, werden sie nichts Eiligeres im Sinn haben, als den Ellcrys zu vernichten. Wir müssen unser möglichstes tun, um das zu verhindern. Wir müssen Amberle einen Vorsprung verschaffen, das Blutfeuer zu erreichen und hierher zurückzukehren. Bis zu diesem Augenblick müssen wir die Dämonen daran hindern, nach Arborlon einzudringen.

Und deshalb ...« Er ließ das Wort in der Stille des Raumes hängen und sprach erst nach einer Pause weiter. »Deshalb werden wir die Dämonen täuschen, die die Mauer der Verfemung schon durchstoßen haben. Wir werden den Anschein erwecken, als müßten die Vorbereitungen für die Reise zum Blutfeuer erst noch getroffen werden. Wir werden den Anschein erwecken, als hieltet ihr euch noch hier auf. Die Dämonen wissen, daß ich es war, der Amberle hierher brachte; sie werden erwarten, daß ich sie begleite, wenn sie sich auf den Weg macht. Das können wir uns zunutze machen. Wir können ihre Aufmerksamkeit auf mich lenken. Bis sie dann merken, daß sie getäuscht worden sind, solltet ihr längst außer Reichweite sein.«

Es sei denn, ihr Spion ist gerissener, als du vermutest, hätte Wil gern gesagt, doch er unterließ es.

»Das klingt alles sehr optimistisch«, bemerkte er statt dessen.

»Damit scheint alles geklärt außer der Frage, wann wir nun aufbrechen.«

Der Druide lehnte sich in seinem Sessel zurück.

»Ihr brecht bei Morgengrauen auf.«

Wil starrte ihn ungläubig an.

»Bei Morgengrauen? Morgen früh?«

Amberle sprang auf. »Das ist unmöglich, Druide. Wir sind erschöpft. Wir haben beinahe zwei Tage lang nicht geschlafen – wir brauchen mehr als ein paar Stunden der Ruhe, ehe wir uns wieder auf den Weg machen.«

Allanon hob beide Hände.

»Friede, Elfenmädchen! Ich sehe das alles ein. Aber überlege: Die Dämonen wissen, daß du hierhergekommen bist, um das Samenkorn des Ellcrys zum Blutfeuer zu bringen. Sie wissen, daß du versuchen wirst, die Stadt zu verlassen, und sie werden genau achtgeben. Aber jetzt werden sie nicht so aufmerksam sein wie in ein paar Tagen. Und soll ich dir sagen, warum? Weil sie erwarten, daß du erst einige Tage rastest. Und genau deshalb mußt du ohne Verzug aufbrechen. Ein Überraschungsmanöver bietet dir die besten Chancen, ihnen zu entkommen.«

Begreifen blitzte in Wils Augen auf. Dies war der Vorteil, den der Druide mit seiner Täuschungstaktik zu gewinnen hoffte.

»Ihr werdet genug der Ruhe pflegen können, wenn ihr erst aus der Stadt heraus seid«, versprach Allanon. »In zwei Tagesreisen solltet ihr spätestens den Vorposten im Drey-Wald erreicht haben; dort könnt ihr den versäumten Schlaf nachholen. Aber ein Aufenthalt in Arborlon ist gefährlich. Je schneller ihr von hier fortgeht, desto besser sind eure Chancen.«

Wil gab es nicht gern zu, doch die Argumente des Druiden entbehrten nicht der Logik. Rasch blickte er zu Amberle hinüber. Diese sah ihn einen Moment lang schweigend an, voll Zorn und Enttäuschung, dann wandte sie sich wieder an Allanon.

»Ich möchte meine Mutter sehen, ehe ich abreise.«

Der Druide schüttelte den Kopf.

»Das ist nicht ratsam, Amberle.«

Ihr Gesicht wurde trotzig.

»Ihr scheint zu glauben, daß Ihr über alles, was ich wünsche, die letzte Entscheidung habt, Druide. Dem ist aber nicht so. Ich möchte meine Mutter sehen.«

»Die Dämonen wissen, wer du bist. Wenn sie auch von deiner Mutter wissen, werden sie erwarten, daß du sie aufsuchst. Auf eine solche Gelegenheit warten sie nur. Das ist äußerst gefährlich.«

»Für mich ist schon das Hiersein gefährlich. Ihr werdet doch wohl einen Weg finden können, der es mir ermöglicht, meine Mutter zu sehen, und sei es nur fünf Minuten.« Sie senkte die Lider. »Und kommt mir jetzt ja nicht damit, daß ich sie sehen kann, wenn ich wieder zurück bin.«

Eine Weile unerquicklicher Stille folgte auf diese Worte. Allanons dunkles Gesicht verschloß sich plötzlich, als hätte er Angst, er könne etwas preisgeben, was besser verborgen blieb. Wil entging die Veränderung nicht, und sie machte ihn neugierig.

»Wie du wünschst«, meinte der Druide schließlich. Er stand auf. »Jetzt müßt ihr schlafen. Gehen wir also.«

Eventine erhob sich ebenfalls und trat zu seiner Enkelin.

»Es tut mir leid, daß Arion im Hohen Rat so harte Worte gebrauchte«, sagte er. Es schien, als wolle er noch etwas sagen, doch dann schüttelte er den Kopf. »Ich denke, mit der Zeit wird er verstehen wie ich...« Verlegen hielt er inne. Dann legte er seine Arme um Amberle und küßte ihre Wangen. »Wenn ich nicht so alt wäre –«, begann er in tiefer Bewegung.

Amberle legte ihre Finger auf seinen Mund und schüttelte den Kopf.

»Du bist nicht so alt, daß du nicht sehen kannst, daß dein Platz hier ist, wo du am dringendsten gebraucht wirst.« Sie lächelte, und in ihren Augen standen Tränen, als sie ihn küßte.

Etwas verlegen trat Wil vom Tisch weg und ging leise zu dem schlafenden Manx. Der alte Wolfshund hörte ihn kommen und blickte blinzelnd zu ihm auf. Impulsiv beugte sich Wil nieder, um den Hund zu streicheln, doch der stieß ein tiefes, kaum hörbares Knurren der Warnung aus. Wil fuhr zurück. Unfreundlicher Köter, dachte er bei sich.

Er kehrte zu den anderen zurück. Eventine schüttelte ihm die Hand und wünschte ihm Glück. Dann folgte Wil Seite an Seite mit Amberle dem Druiden zur hohen Fenstertür, und die drei traten wieder in die Nacht hinaus.

Der Druide führte sie zu einem kleinen Haus am Nordrand der Stadt, das inmitten einer Ansiedlung ähnlich gebauter Häuser an einem bewaldeten Hang stand. Durch nichts unterschied es sich von seinen Nachbarn, und dies, vermutete Wil, war wohl gerade der Grund, weshalb es als Unterkunft für sie ausgesucht worden war. Niemand erwartete sie, als sie eintraten, doch das Häuschen war behaglich eingerichtet und offensichtlich bewohnt. Allanon ließ sich nicht darüber aus, was aus seinen Bewohnern geworden war. Er ging in das Haus hinein, als sei es sein eigenes, entzündete in der Wohnstube mehrere Öllampen und schloß dann vor sämtlichen Fenstern sorgfältig die Vorhänge. Während Wil und Amberle sich an einen kleinen, mit frischen Blumen geschmückten Tisch setzten, machte er eine prüfende Runde durch das Haus, um dann mit Brot, Käse, Früchten und einem Krug Wasser zurückzukehren.

Sie aßen schweigend. Wil langte kräftig zu, trotz der späten Stunde, Amberle jedoch brachte kaum einen Bissen hinunter. Nach diesem Nachtmahl führte Allanon das Elfenmädchen in ein kleines Gästezimmer im hinteren Teil des Hauses. Das Fenster hinter den zugezogenen Vorhängen war vergittert und durch Holzläden gesichert. Der Druide überprüfte gewissenhaft den Riegel, dann nickte er zufrieden.

Ohne ein Wort trat Amberle an das Bett. Sie war so todmüde, daß sie sich nicht einmal auskleidete. Sie schlüpfte nur aus ihren Stiefeln und ließ sich dann auf das weiche Lager fallen. Beinahe augenblicklich war sie eingeschlafen. Allanon breitete eine leichte Decke über ihr aus, dann löschte er das Licht und ging aus dem Zimmer.

Wil Ohmsford, der mittlerweile allein in der Wohnstube saß, starrte durch die verhüllten Fenster in die Dunkelheit hinaus. Die Lichter der Stadt blinzelten ihm zu wie Glühwürmchen im Schatten des Waldes. Als der Druide zurückkam, fuhr Wil rastlos herum.

»Ich muß mit Euch sprechen, Allanon.«

Der große Alte schien nicht verwundert.

»Neue Fragen, Wil Ohmsford?«

»Nicht direkt.« Wil machte ein verlegenes Gesicht.

»Hm. Gut. Aber setzen wir uns doch.«

Wil nickte, und sie ließen sich auf den Stühlen an dem kleinen Tisch nieder, an dem sie gegessen hatten. Wil schien unschlüssig, wie er anfangen sollte. Allanon betrachtete ihn mit ausdrucksloser Miene und wartete.

»Als ich an dem Abend im Tirfing mit den Elfensteinen gegen diesen Dämon kämpfen wollte, da ist etwas in mir vorgegangen, das ich nicht verstehe«, fing Wil schließlich an. »Ich war schon halb und halb entschlossen, Euch das gar nicht zu erzählen, weil ich nicht wollte, daß Ihr glaubt, ich suche nur nach einer Ausrede, um die Reise in den Wildewald nicht antreten zu müssen.«

»Das wäre töricht gewesen.« Allanons Ton war ernst und ruhig. »Erzähle mir, was geschehen ist.«

Wil schien ihn nicht zu hören.

»Ich habe mich nur deshalb entschlossen, mit Euch darüber zu sprechen, weil ich Angst bekam, daß Amberles Sicherheit gefährdet ist, wenn ich Euch nichts sage. Wenn ich sie beschützen soll, kann ich es mir nicht leisten, auf meinen Stolz Rücksicht zu nehmen.«

»Erzähle mir, was geschehen ist«, wiederholte der Druide.

Voller Unbehagen blickte Wil auf.

»Ich will versuchen, es so gut wie möglich zu erklären. Wie ich schon sagte, als der Dämon auf mich zukam und ich die Kraft der Elfensteine freisetzen wollte, da widersetzte sich etwas in meinem Inneren. Es war wie eine Art Sperre, eine Mauer, die sich zwischen mir und den Elfensteinen aufgerichtet hatte, so daß ich nicht zu ihrer helfenden Kraft durchdringen konnte. Ich hielt sie vor mich hin und versuchte, in sie einzudringen, um ihre Kräfte freizusetzen, aber es geschah nichts. In diesem Augenblick war ich sicher, Eure Überzeugung, ich könnte mich genau wie mein Großvater der Elfensteine bedienen, sei falsch. Ich war sicher, Ihr hättet Euch getäuscht. Ich dachte, ich würde sterben müssen. Aber im letzten Augenblick dann, kurz bevor der Dämon sich auf mich stürzen konnte, schien die Mauer in meinem Inneren plötzlich einzustürzen, und die Kraft der Steine brach hervor und vernichtete das Ungeheuer.«

Er schwieg nachdenklich.

»Seitdem habe ich immer wieder darüber nachgedacht, was in diesem Augenblick eigentlich geschehen ist. Zuerst sagte ich mir, ich hätte wahrscheinlich einfach nicht verstanden, die Kraft der Elfensteine zu gebrauchen; ich meinte, es sei Mangel an Erfahrung oder Unsicherheit die Ursache des inneren Widerstands gewesen. Aber das glaube ich jetzt nicht mehr. Es war etwas anderes. Es war etwas, das mit meinem Wesen zu tun hat.«

Der Druide betrachtete ihn eine ganze Weile, ohne etwas zu sagen. Eine Hand zupfte zerstreut an dem kleinen schwarzen Bart. Schließlich wurde die Hand ruhig, und Allanon beugte sich ein wenig vor.

»Du wirst dich erinnern, daß ich dir sagte, daß den Elfensteinen eine alte Zauberkraft innewohnt, eine Zauberkraft aus jener Zeit, als es den Menschen noch gar nicht gab, aus einer Zeit, als noch die Feenvölker über die Erde herrschten und Zauberei etwas Alltägliches war. Damals gab es viele verschiedene Elfensteine, und sie dienten vielen unterschiedlichen Zwecken. Ihr Anwendungsgebiet war durch ihre Farben gekennzeichnet. Blaue Elfensteine, so wie du sie in Besitz hast, waren suchende Steine. Wer die blauen Elfensteine besaß, konnte alles finden, was ihm verborgen war, wenn er es nur kräftig wünschte. So könntest du mit ihrer Hilfe beispielsweise das Blutfeuer finden. Andere Elfensteine besaßen andere Eigenarten. Allen aber war eines gemeinsam: Sie boten ihrem Besitzer Schutz vor anderen Zauberkräften und Dingen, die durch Zauberei und Hexerei geschaffen waren. Jedoch der Umfang dieses Schutzes – ja, der Umfang der Kraft der Steine – hing allein von der Charakterstärke des Besitzers ab. Immer gab es diese Steine in einer Dreiheit, und auch das hatte seinen Grund. Jeder Stein symbolisierte einen Aspekt des Besitzers: ein Stein für das Herz, ein Stein für den Körper, ein Stein für den Geist. Damit die Zauberkraft wirken konnte, mußten diese drei Aspekte in Einklang sein – drei individuelle Kräfte, die sich zu einer einzigen vereinigten. Je besser es einem Besitzer gelang, diese drei Kräfte zu bündeln, desto stärker wirkte die Zauberkraft der Steine.«

Er spreizte die Hände auf dem Tisch.

»Die Elfensteine besitzen noch eine andere Eigenart, Wil, die grundlegend ist für ihre Anwendung. Die Elfensteine sind ein Zaubermittel der Elfen, von Elfenzauberern für Elfen geschaffen. Sie wurden von Generation zu Generation weitergegeben, von Familie zu Familie – aber immer von Elfen zu Elfen, denn kein anderes Geschöpf könnte von den Steinen Gebrauch machen.«

Ungläubigkeit flog wie ein Schatten über Wils Züge.

»Wollt Ihr mir sagen, daß ich die Elfensteine nicht gebrauchen kann, weil ich kein Elf bin?« rief er.

Allanon schüttelte den Kopf.

»So einfach ist es nicht.« Er beugte sich noch ein Stück vor und wählte mit Sorgfalt seine Worte. »In deinen Adern fließt Elfenblut, Wil. Und so ist es auch mit deinem Großvater. Er aber ist das Kind eines Elfs und einer Menschenfrau. Er ist also zur Hälfte ein Elf. Bei dir ist das ganz anders. Weder deine Mutter noch deine Großmutter gehörten dem Elfenvolk an; beide gehörten der Rasse der Menschen an. Du hast nur das Elfenblut in dir, das du über deinen Vater von deinem Großvater geerbt hast.«

»Ich sehe nicht ein, was das für eine Rolle spielt«, entgegnete Wil. »Wieso sollte ich mit den Elfensteinen Mühe haben, wenn mein Großvater keine hatte? Ihr habt es selbst gesagt – in meinen Adern fließt Elfenblut.«

»Gewiß«, antwortete der Druide rasch. »Die Schwierigkeiten macht dir jener Teil von dir, der Mensch ist. Du besitzt die körperlichen Eigenschaften deines Großvaters – an ihnen ist dein Elfenerbe augenblicklich zu erkennen. Doch das ist nur ein geringer Teil des Ganzen; der größere Teil deines Wesens ist Mensch.«

Er machte eine Pause.

»Wenn du versuchst, die Elfensteine zu gebrauchen, Wil, dann kann sich nur jener kleine Teil von dir, der Elf ist, mit ihrer Kraft verbinden. Jener Teil aber deines Wesens, der Mensch ist, widersteht dem Eindringen der Zauberkraft. Er bildet eine Sperre. Die drei Kräfte sind also geschwächt. Das, denke ich, hast du erlebt, als du die Steine gebrauchtest – die Ablehnung des Elfenzaubers durch jenen Teil von dir, der Mensch ist.«

Voller Verwirrung schüttelte Wil den Kopf.

»Aber mein Großvater hat diese Ablehnung doch nie gespürt!«

»Nein«, bestätigte Allanon. »Dein Großvater war ja auch zur Hälfte Elf. Das Elfenblut dominierte, und dadurch war es ihm möglich, die Kraft der Elfensteine zu beherrschen. Der Widerstand, der sich in seinem Inneren aufbaute, war kaum meßbar. Bei dir aber liegt die Sache ganz anders. Deine Verbindung mit der Zauberkraft der Elfensteine ist beträchtlich schwächer.«

»Wil starrte ihn fassungslos an.

»Allanon, das habt Ihr gewußt, als Ihr zu mir nach Storlock kamt. Ihr müßt es gewußt haben. Und doch habt Ihr kein Wort davon gesagt. Nicht ein einziges Wort!«

Die Miene des Druiden blieb unverändert.

»Was hätte ich denn sagen sollen, Wil Ohmsford? Ich konnte nicht vorhersagen, in welchem Maß du auf Schwierigkeiten stoßen würdest, wenn du versuchen solltest, die Elfensteine zu gebrauchen. Immer ist die Wirkung ihrer Kraft vom Charakter ihres Besitzers abhängig. Ich hielt dich für stark genug, einen Widerstand in deinem Inneren zu überwinden. Ich halte dich immer noch für stark genug. Hätte ich dir damals schon von dieser Schwierigkeit gesprochen, so hätte ich nur Zweifel in dir geweckt, die vielleicht zu deinem Tod im Tirfing geführt hätten.«

Wil stand wortlos auf, ungläubige Bestürzung auf dem Gesicht. Schweigend ging er ein paar Schritte durch das Zimmer und kehrte dann wieder um.

»Das kann doch wieder geschehen, nicht wahr?« fragte er leise. »Jedesmal, wenn ich versuche, die Elfensteine zu gebrauchen, kann es so werden, nicht?«

Der Druide nickte, während Wil forschend in das dunkle Gesicht blickte.

»Jedesmal«, wiederholte er, und plötzlich kam ihm ein erschreckender Gedanke. »Und es kann auch der Tag kommen, an dem sich der Widerstand in meinem Inneren als unüberwindlich erweist. Es kann der Tag kommen, an dem ich die Kraft der Elfensteine zu beschwören versuche, und die Steine nicht ansprechen.«

Es dauerte lange, ehe Allanon antwortete.

»Ja, auch das ist möglich.«

Wil setzte sich wieder. Die Fassungslosigkeit auf seinen Zügen hatte sich in Entsetzen gewandelt.

»Wie könnt Ihr mir Amberles Schutz anvertrauen, wenn Ihr das wißt?«

Die Hand des Druiden fiel auf den Tisch wie ein Hammer.

»Weil kein anderer da ist!« Sein dunkles Gesicht war gerötet vor Zorn, doch seine Stimme blieb ruhig. »Ich habe dir schon einmal gesagt, du sollst endlich anfangen, an dich selbst zu glauben. Ich sage es dir jetzt noch einmal. Wir sind nicht immer angemessen gerüstet, den Schwierigkeiten entgegenzutreten, die das Leben uns in den Weg stellt. So verhält es sich auch jetzt. Ich wünschte, ich verfügte über solche Macht, daß deine Hilfe in dieser Situation nicht notwendig wäre. Ich wünschte, ich könnte dir besseres Rüstzeug geben, das Elfenmädchen und dich selbst zu schützen. Ich wünsche vieles, was unmöglich ist. Ich habe dich nach Arborlon geholt, weil ich wußte, daß ich allein die Elfen nicht vor der Katastrophe retten kann, die sie bedroht. Wir kämpfen in dieser Sache beide mit unzulänglichen Waffen, Wil Ohmsford. Aber wir müssen mit dem, was wir haben, unser Bestes tun. Die Druiden sind untergegangen; der Elfenzauber der alten Welt ist verloren. Nur wir beide sind noch da, du und ich. Nur die Elfensteine sind noch da, die du in Besitz hast, und die Zauberkraft, die mir eigen ist. Das ist alles, aber es muß reichen.«

Wil hielt dem Blick des großen Alten ruhig stand.

»Ich fürchte nicht für mich; ich fürchte für Amberle. Wenn ich versage –«

»Du darfst eben nicht versagen, Wil Ohmsford!« Die Stimme des Druiden war hart, eindringlich. »Du darfst nicht! Du bist ihr einziger Schutz!«

Wil richtete sich auf.

»Es kann aber sein, daß ich dieser Aufgabe nicht gewachsen bin.«

»Daß du nicht genügst?« Die Worte spieen Sarkasmus. Allanon schüttelte den Kopf. »Auch dein Großvater glaubte das einst vor nicht allzu vielen Jahren. Er konnte nicht begreifen, wie ich glauben konnte, er besäße die Fähigkeit, ein so fürchterliches Wesen wie den Dämonen-Lord zu besiegen. Schließlich war er doch nur ein unbedeutender kleiner Talbewohner.«

Nach diesen Worten folgte ein langes Schweigen. Talbewohner und Druide sahen einander stumm an, während der flakkernde Schein der Öllampen über ihre Gesichter tanzte. Dann stand Allanon langsam und bedächtig auf.

»Glaube an dich selbst! Du hast die Elfensteine schon einmal gebraucht; du hast den Widerstand in dir gespürt und überwunden und die Zauberkraft freigesetzt. Das gelingt dir auch wieder. Du bist ein Sohn des Hauses Shannara; du bist der Erbe von Kraft und Mut, die stärker sind als die Zaghaftigkeit und Furcht, die dich an deinem Elfenblut zweifeln lassen.« Er beugte sich zu Wil hinunter. »Reich mir deine Hand.«

Wil gehorchte. Allanon umfaßte sie fest.

»Hier ist meine Hand, und hier ist mein Versprechen. Du wirst dieses Unterfangen zu einem guten Ende bringen, Wil Ohmsford. Du wirst das Blutfeuer finden und die letzte der Erwählten, die, welche den Ellcrys zu neuem Leben erwecken wird, sicher nach Hause zurückgeleiten.« Seine Stimme war leise und gebieterisch. »Daran glaube ich, und du mußt ebenfalls daran glauben.«

Die harten, dunklen Augen tauchten tief in die des jungen Talbewohners ein, und Wil hatte das Gefühl, völlig bloßgelegt zu werden. Und doch wandte er den Blick nicht ab. Als er sprach, war seine Stimme beinahe ein Flüstern.

»Ich werde es versuchen.«

Der Druide nickte. Er war klug genug, es dabei bewenden zu lassen.

Nachdem die drei verschwunden waren, blieb Eventine Elessedil noch lange in dem kleinen Studierzimmer zurück. Schweigend saß er im Lichtschein der einzigen Öllampe, die im Zimmer brannte, eine zusammengesunkene Gestalt, deren Konturen sich in verhüllenden Gewändern und flackernden Schatten verloren. In die Tiefen seines Lieblings-Sessels geschmiegt, ein schweres Möbelstück mit abgewetztem Lederbezug, starrte der König der Elfen, ohne wirklich zu sehen, auf die Gemälde und Wandteppiche an der Wand gegenüber, während er darüber nachsann, was gewesen war, und was noch sein würde.

Mitternacht kam und ging vorüber.

Endlich stand der König auf. Seine schweifenden Gedanken ordnend, löschte er die Lampe und schritt müde durch die Tür in den Gang hinaus. In dieser Nacht konnte nichts mehr getan werden. Bei Tagesanbruch würde Amberle ihre Reise zum Wildewald antreten. Er durfte jetzt nicht mehr an sie denken; er mußte an sein Volk denken.

Langsam schritt der König durch den breiten Gang zu seinem Schlafgemach.

Und die ganze Zeit über verfolgten ihn die Augen des Wandlers. In der undurchdringlichen Schwärze des Waldes südlich der Stadt Arborlon erhob sich der Dagda Mor von dem Stein, auf dem er gesessen hatte. Grausame, rotglühende Augen spiegelten die Genugtuung des Dämons wider. Diesmal würde er keinen Fehler machen. Diesmal würde er dafür sorgen, daß alle vernichtet wurden.

Seine unförmige Gestalt schlurfte voran. Zuerst würde er sich das Elfenmädchen vornehmen.

Mit einer klauenbewehrten Hand winkte er, und aus den Schatten trat der Raffer.

Verschleiert und eisengrau brach der neue Tag über Arborlon an. Schwarze Wolken jagten sich am Himmel. Als Wil und Amberle sich angekleidet und ihr Morgenmahl eingenommen hatten, hatte es schon zu regnen begonnen. Erst waren es nur ein paar Tropfen, doch sie verdichteten sich rasch zu stetig herabströmenden Wasserschnüren, die prasselnd auf das Dach des Häuschens aufschlugen. In der Ferne erschütterten krachende Donnerschläge die Wälder.

»Bei diesem Wetter seid ihr nicht so leicht zu finden«, stellte Allanon mit Befriedigung fest und führte sie in das Gewitter hinaus.

In lange Reiseumhänge gehüllt, unter denen sie wollene Kittel und Hosen und dazu hohe Lederstiefel trugen, marschierten sie hinter dem Druiden her durch den strömenden Regen. Er führte sie über Waldpfade am äußersten Westrand der Stadt den breiten Rücken des Carolan entlang. Wil und Amberle, kaum fähig, die Hand vor den Augen zu sehen in der frühsommerlichen Düsternis, blieben ihm dicht auf den Fersen. Bruchstückhafte Bilder von Häusern und Bäumen, von Zäunen und Gärten tauchten wie Luftspiegelungen aus dem Dunst auf und zerflossen wieder. Ein scharfer kalter Wind blies ihnen den Regen ins Gesicht, obwohl sie die Kapuzen tief in die Stirn gezogen hatten. Mit gesenkten Köpfen wateten sie durch Pfützen und schlammige Bäche, die sich in den Furchen des Ziehwegs bildeten, dem sie folgten.

Auf der anderen Seite der Stadt schwenkte Allanon plötzlich von dem Pfad ab und führte sie zu einem einsamen Stallgebäude, das linker Hand an einen Hang gelehnt stand. Die zweiflügelige Holztür war nur angelehnt, und eilig schlüpften sie unter das schützende Dach. Durch die Ritzen der Fensterläden und durch Sprünge in den verwitterten Mauern sickerte graues, dunstiges Licht in das Innere des Baus. Die Luft roch muffig und scharf.

Sie blieben stehen, um sich das Wasser von den Umhängen zu streifen, dann steuerten sie auf die Tür im Hintergrund des Stalls zu. Wie durch Zauber tauchten plötzlich zwei schwerbewaffnete Elfen-Jäger aus dem dämmrigen Grau auf und gesellten sich an ihre Seite. Allanon beachtete sie nicht. Ohne sich auch nur umzudrehen, schritt er geradewegs auf die Tür zu. Nachdem er geklopft hatte, legte er eine Hand auf die verrostete eiserne Klinke und blickte dann zu Amberle zurück.

»Fünf Minuten. Mehr Zeit haben wir nicht.«

Er stieß die Tür auf. Amberle und Wil spähten in den Raum dahinter, wo Sattelzeug aufbewahrt wurde. Crispin stand dort, und an seiner Seite eine Elfenfrau in langem Umhang mit Kapuze. Die Frau streifte die Kapuze ab, und verdutzt sah Wil, daß ihr Gesicht, wenn auch älter, Amberles Züge widerspiegelte. Allanon hatte sein Versprechen wahrgemacht; es war Amberles Mutter.

Amberle stürzte auf sie zu, umschlang sie mit beiden Armen und küßte sie. Crispin trat aus dem Sattelraum heraus und zog leise die Tür hinter sich zu.

»Niemand ist euch gefolgt.« So, wie der Druide es sagte, klang es wie die Feststellung einer Tatsache.

Der Hauptmann der Leibwache schüttelte den Kopf. Er war gekleidet wie die anderen Jäger – in eine lose sitzende, bequeme Uniform, deren Graubraun gut mit den Farben des Waldes verschmolz. Unter dem Umhang, der um seine Schultern lag, trug er an dem Gürtel um seine Leibmitte mehrere lange Messer. An der Hüfte hing ein breites Schwert herab, und auf den Rücken geschnallt war ein Bogen aus Eschenholz. Das vom Regen feuchte und zerzauste lichtbraune Haar verlieh ihm etwas Jungenhaftes; doch die braunen Augen blickten ernst und männlich. Er nickte Wil kurz zu, dann trat er zu seinen Jägern. Einer von ihnen eilte auf ein paar Worte von ihm schweigend aus dem Schuppen in den Regen hinaus, während der andere zum Heuboden hinaufstieg. Sie bewegten sich so geschmeidig und behende wie Katzen.

Minuten verrannen. Wil stand stumm neben Allanon und lauschte dem Rauschen des Regens, der in Kaskaden auf das Stalldach prasselte. Er hatte das Gefühl, daß die Feuchtigkeit ihm durch Mark und Bein drang. Endlich trat der Druide wieder zu der Tür zum Sattelraum und klopfte leise. Einen Augenblick später öffnete sich die Tür, und Amberle und ihre Mutter erschienen. Beide hatten geweint. Allanon nahm die Hand des Elfenmädchens und hielt sie fest.

»Es ist Zeit. Ihr müßt gehen. Crispin wird euch sicher und wohlbehalten aus Arborlon hinausgeleiten. Deine Mutter wird hier bei mir bleiben, bis du fort bist.« Er hielt einen kurzen Moment inne.

»Hab Vertrauen, Amberle. Sei tapfer und mutig.«

Amberle nickte stumm. Dann trat sie noch einmal zu ihrer Mutter hin und umarmte sie. Allanon winkte derweilen Wil Ohmsford zu sich.

»Ich wünsche dir Glück, Wil Ohmsford.« Seine Stimme war kaum vernehmbar. »Denke daran, daß ich mich mehr als alles andere auf dich verlasse.«

Er schüttelte Wil kurz die Hand und trat dann zurück. Wil sah ihn einen Moment lang an, dann spürte er Crispins Hand auf seiner Schulter und drehte sich um.

»Bleibt dicht bei mir«, empfahl der Elf und ging schon auf die große Stalltür zu.

Wil und Amberle folgten ihm. An der Tür blieb er stehen und stieß einen schrillen Pfiff aus, um den anderen Jägern das Signal zu geben. Beinahe augenblicklich erscholl die Antwort. Crispin glitt durch die Tür in den Regen hinaus. Wil und Amberle zogen ihre Umhänge fester um sich und eilten ihm nach.

Schnell liefen sie den Hang hinunter zum Ziehweg, gingen ein kurzes Stück in der Richtung, aus der sie gekommen waren, und bogen dann in einen anderen Pfad ein, der nach Osten führte. Drei Elfen-Jäger, die wie Schatten aus dem Wald auftauchten, schlossen sich ihnen an. Wil warf noch einen Blick zurück zu dem einsamen Schuppen, doch er war schon in Dunst und Regen verschleiert.

Der Pfad wurde jetzt sehr schmal, und die Bäume des Waldes rückten immer näher heran. Zwischen dunklen, regenfeuchten Stämmen hindurch und unter durchhängenden, wasserschweren Zweigen hinweg folgten die sechs Wanderer dem von Furchen durchzogenen Pfad hügelabwärts. Er mündete schließlich in einer langen Holztreppe, die sich den Hang hinunter durch den Wald wand. Weit unten, kaum erkennbar durch die Schwaden allmählich lichter werdenden Nebels, lag das graue Band des Singenden Flusses. Im Osten dehnten sich Weiden und Wälder aus.

Crispin winkte sie vorwärts. Es war ein langer und recht beschwerlicher Abstieg. Die Stufen waren schmal und glitschig vom Regen, so daß man bei jedem Schritt darauf achten mußte, nicht abzurutschen. Ein rauhes, teilweise zerfranstes Seil, das lose von Pfosten zu Pfosten hing, diente als Führung, und Wil und Amberle hielten sich vorsichtig daran fest, während sie Stufe um Stufe abwärts stiegen. Hunderte von Stufen tiefer erreichten sie wiederum einen Pfad, der in ein Föhrenwäldchen mündete. Irgendwo vor sich konnten sie das träge Glucksen des vom Regen angeschwollenen Flusses hören. Sein Rauschen vermischte sich mit dem tiefen Heulen des Windes, der von den Höhen des Carolan herunterwehte.

Als sich mehrere hundert Schritte weiter der Wald lichtete, sahen sie, daß sie sich am Ufer einer kleinen Bucht befanden, die im Schutz mächtiger alter Trauerweiden und Zedern lag. Hier schaukelte, an einem morschen, langsam verrottenden Steg festgemacht, ein kleines Schiff auf den Wellen. Auf seinem Deck stapelten sich Kisten und Säcke, die mit Ölzeug überdeckt waren.

Crispin gab ein Zeichen zum Anhalten. Die Jäger hinter ihm verschwanden unter den Bäumen wie Gespensterwesen. Er blickte sich aufmerksam um und ließ dann wiederum einen schrillen Pfiff hören. Vom Schiff kam sogleich Antwort, und wenig später ertönte auch von der anderen Seite der Bucht ein Erwiderungspfiff. Crispin nickte Wil und Amberle zu und trat aus dem Schutz des Waldes heraus. Die Köpfe eingezogen, um der Gewalt des Windes zu trotzen, hasteten die drei den Steg entlang. Dumpf klang das Poltern ihrer Stiefel auf dem nassen Holz. Dann sprangen sie an Bord des wartenden Schiffes. Ein Jäger tauchte plötzlich unter dem Ölzeug hervor, zog eilig ein Stück des Tuches zurück, um eine Öffnung zwischen den aufgetürmten Kisten freizugeben. Crispin bedeutete Wil und Amberle einzutreten. Beinahe geräuschlos fiel das Ölzeug hinter ihnen wieder herab.

Drinnen war es warm und trocken. Die Finsternis verwirrte sie anfangs, und sie blieben unsicher stehen, während sie das Schwanken des Schiffes unter ihren Füßen spürten. Doch durch einen Spalt an jener Stelle, wo das Öltuch zum Deck herabfiel, sickerte etwas Licht, und langsam gewöhnten sich ihre Augen an die Dunkelheit. Sie entdeckten, daß man hier inmitten der gestapelten Kisten eine Art Kabine für sie eingerichtet hatte. Nahrungsmittel und Decken lagen an einer Wand bereit, und in einer Ecke warteten Waffen in Lederhüllen. Sie streiften ihre Umhänge ab und breiteten sie auf dem Boden zum Trocknen aus. Dann setzten sie sich nieder und harrten der Dinge, die da kommen sollten.

Wenig später spürten sie, wie das Schiff von dem alten Steg abstieß und sacht auf der Strömung davonglitt. Ihre Reise in den Wildewald hatte begonnen.

Diesen und den folgenden Tag verbrachten sie im Versteck ihrer kleinen Kabine, da Crispin ihnen untersagt hatte, auch nur einen Schritt an Deck zu tun. Es regnete ohne Unterlaß, und Land und Himmel blieben grau und dunstig. Ein gelegentlicher Blick nach draußen zeigte ihnen die Landschaft, durch die diese erste Etappe ihrer Reise sie führte – weite Wälder und sanft gewellte Hügel. Nur einmal zwängten mehrere Stunden lang schroffe Felswände den Singenden Fluß ein, auch sie verhangen im Nebel und Regen, der alles in ein sanftes graues Licht tauchte. Der Fluß, der von den Regenfällen angeschwollen war und auf dessen Wasser abgebrochene Äste und viel anderes Strandgut dahintrieben, schüttelte und rüttelte das kleine Schiff gründlich durch.

Schlaf zu finden war unmöglich. Sie mußten sich mit kurzen Ruhepausen begnügen, aus denen sie unausgeschlafen erwachten. Meist brauchten sie ein paar Augenblicke, ehe sie sich erinnerten, wo sie waren. Muskeln und Gelenke wurden steif und begannen zu schmerzen. Das ständige Schlingern des Schiffes raubte ihnen den Appetit.

Endlos schien die Zeit sich hinzuziehen. Meist waren sie allein miteinander. Nur ab und zu kamen Crispin oder einer der anderen Elfen herein, um sich etwas aufzuwärmen. Wann die Elfen aßen und schliefen, war ein Rätsel; es hatte den Anschein, als seien sie dauernd mit ihrer Arbeit an Bord und mit der Überwachung ihrer beiden Passagiere beschäftigt. Immer stand mindestens ein Elf vor dem Eingang zu der verborgenen kleinen Kabine Wache. Mit der Zeit wurden Wil und Amberle die Namen geläufig, weil sie sie immer wieder im Gespräch hörten. Einige Namen konnten sie auch mit Gesichtern in Verbindung bringen, wie im Fall von Dilph, dem kleinen dunklen Elf mit den verschmitzten Augen und den kräftigen Händen, oder wie bei Katsin, dem grobknochigen Burschen, der kaum je ein Wort sprach. Das waren die, die ab und an in die Kabine kamen. Andere, wie Kian, Rin, Cormac und Ped, blieben gesichtslose Stimmen.

Crispin bekamen sie häufiger als die anderen zu Gesicht. Er schaute nämlich regelmäßig herein, um sich nach ihrem Befinden zu erkundigen und sie über den Fortgang der Reise zu unterrichten. Doch er blieb nie länger als ein paar Minuten, hatte es stets eilig, zu den Leuten zurückzukehren, die seinem Oberbefehl anvertraut waren.

Die Gespräche, die sich mit der Zeit zwischen ihnen entspannen, waren es schließlich, die das Eingesperrtsein, die Monotonie und die Einsamkeit erträglich machten. Sie ergaben sich, dachte Wil, aus einem beiderseitigen Bedürfnis heraus, wenn sie auch mit aller Vorsicht und einiger Verlegenheit begonnen wurden, da sie sich beide noch mit einem starken Gefühl von Unsicherheit gegenüberstanden. Wie es kam, daß Amberle sich aus dem Schneckenhaus herauswagte, in das sie sich seit Anfang ihrer Reise in Havenstead zurückgezogen hatte, wußte Wil nicht zu sagen; doch ihre Haltung schien sich auf erstaunliche Weise zu verändern. Anfangs hatte sie sich nur widerstrebend auf einen Austausch mit Wil eingelassen; jetzt hingegen schien sie ganz versessen darauf, sich mit ihm zu unterhalten, wollte alles über seine Kindheit in Shady Vale hören, als seine Eltern noch am Leben gewesen waren, und über seine späteren Jahre, als er mit seinem Großvater und seinem Großonkel Flick zusammengelebt hatte. Sie wollte wissen, wie es ihm bei den Stors ergangen war, und wie er sich seine Arbeit vorstellte, wenn er Storlock wieder den Rücken kehrte, um als Heilkundiger ins Südland heimzukehren. Ihr Interesse an ihm war echt und tiefgehend, und es entsprang einem inneren Bedürfnis.

Aber nicht nur um ihn drehten sich ihre Gespräche. Sie sprachen auch von ihr, von ihrer Kindheit als Enkelin des Königs der Elfen, von ihrer Jugend als einziges Kind des verstorbenen Sohnes von Eventine. Sie erzählte Wil viel über die Lebensweise der Elfen und ihren unerschütterlichen Glauben, daß man dem Land, das einen genährt hatte, etwas von seinem eigenen Leben zurückgeben müsse. Sie tauschten ihre Vorstellungen darüber aus, wie die verschiedenen Rassen den Bedürfnissen der anderen und den Bedürfnissen der Erde besser gerecht werden könnten. Sie plädierten beide für gegenseitiges Verständnis, Mitgefühl und Liebe, und entdeckten verwundert, daß sie in vielem gleicher Ansicht waren.

Behutsam, Schritt um Schritt, knüpften sie das Band zwischen sich. Absichtlich vermieden sie es, auch nur mit einem Wort den Auftrag zu erwähnen, der ihnen aufgegeben war, und sie sprachen auch nicht von dem schrecklichen Unglück, das das Elfenvolk bedrohte, und von ihrer eigenen Verantwortung dafür, dieses Unglück zu verhindern. Auch des uralten, geheimnisvollen Baumes mit Namen Ellcrys gedachten sie mit keinem Wort. Dazu blieb später noch Zeit; diese Wartezeit konnte nutzbringender verbracht werden. Nicht durch Worte kamen sie zu dieser Auffassung, sondern durch stillschweigendes Einverständnis. Sie wollten offen von der Vergangenheit und von der Zukunft sprechen; von der Gegenwart aber wollten sie nichts sagen.

Die Gespräche vermittelten ihnen ein Gefühl von Geborgenheit. Draußen fiel unablässig der Regen, und graue Nebelschwaden wallten über das Land, während der Singende Fluß all seine Lieder vergessen zu haben schien und mit mürrischem Gurgeln sich nach Süden ergoß. Eingesperrt in Finsternis, von Wind und Regen bedrängt, ohne Schlaf und ohne Appetit, hätten sie vielleicht schnell Furcht und Zweifeln nachgegeben. Doch die Gespräche gaben ihnen Trost und Kraft, die gemeinsamen Empfindungen und gegenseitigem Verständnis entsprangen. Jedem vermittelte die Gegenwart des anderen ein Gefühl von Sicherheit, verdrängte zumindest teilweise das beängstigende Gefühl, daß ihre Welt im Untergehen begriffen war, und daß sich mit diesem Untergang ihr Leben auf immer verändern würde. Jedem schenkte die Gegenwart des anderen, das Gespräch mit ihm, Hoffnung. Ganz gleich, was in den kommenden Tagen auf sie einstürzen würde, sie würden ihm gemeinsam ins Gesicht blikken. Keiner würde allein stehen müssen.

Irgendwann im Laufe dieser grauen, bleischwer dahinsickernden Stunden geschah Wil Ohmsford etwas Seltsames. Zum erstenmal seit jener Nacht in Storlock, als er sich bereit erklärt hatte, mit Allanon ins Westland zu ziehen, empfand er eine tiefe herzliche Sorge um Amberle Elessedil.

Am späten Nachmittag des zweiten Reisetags erreichten sie den Drey-Wald. Die schweren Regenfälle waren zu dünnem Nieselregen abgeflaut, und die Luft war mit dem Nahen der Nacht plötzlich bitterkalt geworden. Graues Zwielicht hüllte den Wald ein. Aus Westen wälzte sich eine neue dunkle Wand drohender Wolken heran.

Der Drey-Wald überzog mit dichtem Baumbestand eine Kette niedriger Hügel, die vom linken Ufer des Singenden Flusses nach Osten führten zu einem zackigen Kamm schroffer Felsspitzen. Ulmen, Eichen und rauhborkige Hickory-Bäume breiteten ihre ausladenden Äste über einem wirren Geschlinge von Gestrüpp und toten Büschen aus, und der ganze Wald roch modrig und faul. Nur ein paar Dutzend Schritte landeinwärts vom Fluß war nichts mehr als tiefe, undurchdringliche Schwärze. Das feine Rauschen des Regens, der in dünnen Schnüren in die Bäume fiel, war das einzige Geräusch in der Stille.

Die Elfen-Jäger steuerten das Schiff in eine seichte Bucht, wo eine Schlippe vom Ufer herausragte. Die Wellen der Bucht brachen sich an den Pfählen, auf denen sie errichtet war, und spülten über ihre Holzbohlen hinweg. Am Ufer, dicht am Waldrand, stand eine verwitterte Blockhütte, deren Tür und Fenster mit Läden verschlossen waren. Nachdem die Elfen-Jäger das

Schiff an den Pfählen festgemacht hatten, sprangen sie an das Ufer.

Crispin holte Wil und Amberle aus ihrer Kabine, nicht ohne sie vorher ermahnt zu haben, ihre Umhänge überzuwerfen und die Kapuzen aufzusetzen. Froh, endlich ihre Glieder wieder strecken zu können, folgten ihm die beiden auf die Schlippe hinaus. Das Wasser des Singenden Flusses leckte an ihren Füßen, und sie eilten rasch ans Ufer.

Dilph trat zu der Blockhütte, öffnete die Tür, blickte sich flüchtig um und zog sich zurück. Mit einem Kopfschütteln sah er Crispin an. Der Hauptmann runzelte die Stirn.

»Ist etwas nicht in Ordnung?« fragte Wil.

Crispin sah ihn nicht an.

»Eine Vorsichtsmaßnahme. Der Hauptstützpunkt ist eine halbe Meile landeinwärts auf der Höhe eines Hügels, wo man rundum das Land überblicken kann. Ich hätte angenommen, daß die Jäger, die dort stationiert sind, uns hätten kommen sehen müssen. Aber vielleicht war das bei diesem Wetter nicht möglich.«

»Und was ist das hier für eine Hütte?« wollte Wil wissen.

»Das ist eines von mehreren Wachhäuschen, die zu dem Stützpunkt gehören. Im allgemeinen ist es besetzt.« Er zuckte die Schultern. »Aber bei dem miesen Wetter hat der Befehlshaber des Stützpunktes vielleicht alle seine Leute zurückgezogen. Er wurde ja von unserem Kommen nicht unterrichtet, hatte daher keinen Grund, uns zu erwarten.« Er richtete den Blick wieder auf den Wald. »Entschuldigt mich einen Augenblick, bitte.«

Er winkte den anderen Elfen, zu ihm zu kommen, und sie steckten in flüsternder Beratung die Köpfe zusammen.

Amberle trat näher zu Wil heran.

»Glaubst du ihm?« wisperte sie.

»Ich weiß nicht recht.«

»Ich vertraue ihm jedenfalls nicht. Vielmehr glaube ich, hier ist etwas nicht in Ordnung.«

Wil antwortete nicht. Schon war die Besprechung beendet. Katsin kehrte zur Landungsschlippe zurück und nahm nahe beim festgemachten Schiff Aufstellung. Cormac und Ped hatten am Waldrand Posten bezogen. Crispin sprach jetzt mit Dilph, und Wil rückte näher heran, um hören zu können, was vor sich ging.

»Erkunde mit Rin und Kian zusammen den Hauptstützpunkt.« Der Hauptmann warf einen Blick zurück über die Schulter auf Wil. »Wenn alles in Ordnung ist, dann gebt uns ein Zeichen.«

Wil faßte einen schnellen Entschluß.

»Ich komme mit«, verkündete er und trat vor.

Crispin verzog das Gesicht.

»Ich sehe keinen Grund dafür.«

Wil gab nicht nach.

»Ich glaube, den kann ich Euch nennen. Nicht nur Ihr, sondern auch ich trage die Verantwortung für Amberles Sicherheit; weil ich sie beschützen soll, hat Allanon mich zum Begleiter für sie bestellt. Wie man sich dieser Pflicht entledigt, ist Ansichtssache, Crispin, ich jedenfalls bin der Ansicht, daß es meine Pflicht ist, mit Dilph zusammen das Terrain zu sondieren.«

Crispin ließ sich das durch den Kopf gehen, dann nickte er.

»Gut, aber Ihr müßt Euch strikt an Dilphs Befehle halten.«

Wil wandte sich wieder Amberle zu.

»In Ordnung?«

Sie nickte und blickte ihm stumm nach, als er den Elfen-Jägern in die Finsternis der Bäume folgte und aus ihrem Blickfeld verschwand.

Wie Geister glitten die vier durch die Schatten der Bäume, und ihr Schritt war lautlos auf dem feuchten Boden. Nebel umwob sie in dichten, wasserschweren Girlanden, und leise und sacht fiel der Regen. Endlose Reihen dunkler Stämme glitten an ihnen vorüber, während sie sich durch dichtes Gestrüpp schlugen, immer aufwärts, steile Hänge hinauf und Hügelrücken entlang. Die Minuten verrannen, und Wil spürte, wie ihm immer unbehaglicher wurde.

Dann trennten sich Kian und Rin von ihnen und verschwanden in den Bäumen. Wil war mit Dilph allein. Eine Lichtung tauchte plötzlich aus den Dämmerschatten auf, und Dilph ging in die Knie, wobei er Wil bedeutete, das gleiche zu tun. Dann wies er in die Bäume hinauf.

»Da!« flüsterte er.

Hoch im verschlungenen Geäst zweier mächtiger Eichen befand sich der Stützpunkt der Elfen. Regen und Nebel verschleierten die Hütten und Gänge, die sie miteinander verbanden. Weder Öllampen noch Fackeln brannten im Inneren. Nichts rührte sich. Kein Laut war zu hören. Es war, als sei der Stützpunkt verlassen.

Doch das durfte nicht sein.

Dilph kroch vorsichtig ein kleines Stück vorwärts, spähte nach links in die Düsternis, bis er Rin erblickte, dann nach rechts, bis er Kian fand. Beide knieten im Schutz der Bäume, jeder etwa fünfzig Schritte von ihnen entfernt, und beobachteten den Stützpunkt, der völlig ohne Leben war. Dilph pfiff leise, um ihre Aufmerksamkeit auf sich zu ziehen. Als sie zu ihm herüberblickten, bedeutete er Kian, sich näher heranzuschleichen, während er Rin aussandte, den Umkreis der Lichtung zu erkunden.

Wil sah, wie Kian zum Fuß der Eichen rannte, die den Stützpunkt trugen, wie er die versteckten Stufen in dem gewaltigen Stamm fand und aufwärts zu klettern begann. Dann erhob sich Dilph, und Wilf folgte ihm, als er sich, im Schatten der Bäume am Rand der Lichtung bleibend, nach rechts wandte, um mit scharfen Blicken nach einer Spur der verschwundenen Elfen zu suchen. Es war lichtlos und grau im Wald, und durch das Dickicht war kaum etwas zu sehen.

Wil blickte zurück zu dem Stützpunkt. Kian hatte den untersten Unterschlupf fast erreicht, eine niedrige Hütte unmittelbar unterhalb des Haupthauses. Rin war nirgends zu sehen. Wil hielt noch nach ihm Ausschau, als er plötzlich über eine Unebenheit stolperte und bäuchlings über die grauenvoll zerfetzte Leiche eines Elfen-Jägers stürzte. Von Entsetzen gepackt, sprang er auf, während sein Blick schon fieberhaft die Finsternis rundum durchstreifte. Links von ihm lagen noch zwei tote Elfen mit zerschmetterten Knochen und verrenkten Gliedern.

»Dilph!« flüsterte er rauh.

Sogleich war der Elf neben ihm. Nur einen Moment hielt er inne, das Schreckliche aufzunehmen, dann stürzte er an den Rand der Lichtung und pfiff schrill. Rin tauchte aus dem Wald auf, Bestürzung auf den Zügen. Von der Höhe der Eichen blickte Kian herab. Wie ein Rasender winkte Dilph sie zurück.

Doch da verschwand Kian plötzlich. Es war, als griffe etwas nach ihm und risse ihn in die Finsternis. So plötzlich geschah es, daß der verblüffte Wil den Eindruck hatte, der Elf hätte sich einfach in Luft aufgelöst. Doch da gellte der Schrei durch die Stille, kurz und erstickt. Dann stürzte Kians Körper aus den Bäumen, fiel wie ein abgebrochener Ast durch den Regen und schlug leblos auf den durchweichten Boden auf.

»Lauft!« schrie Dilph und hetzte in den Wald.

Wil war einen schrecklichen Augenblick lang wie gelähmt. Kian war tot. Mit ziemlicher Sicherheit war die gesamte Besatzung des Elfen-Stützpunktes im Drey-Wald ebenfalls tot. Seine Gedanken überschlugen sich in heller Panik – nur einer blieb beherrschend: Wenn er nicht rechtzeitig zu Amberle kam, dann würde auch sie getötet werden. Da lief er los, jagte wie ein gehetztes Reh durch das Dickicht des Waldes, sprang über Büsche und Gestrüpp, nur ein Ziel vor Augen, das Schiff zu erreichen und das arglose Elfenmädchen zu warnen, dessen Leben er beschützen sollte. Irgendwo zu seiner Rechten konnte er Dilph hören, der floh wie er, und weiter zurück Rin. Er wußte instinktiv, daß etwas sie alle verfolgte. Er konnte es nicht sehen und konnte es nicht hören, aber er spürte es, schrecklich und schwarz und erbarmungslos. Regen peitschte ihm ins Gesicht und rann ihm in die Augen, so daß er kaum noch etwas sah, während er krampfhaft versuchte, umgestürzten Baumstämmen und Dornengestrüpp auszuweichen. Einmal stürzte er, raffte sich jedoch gleich wieder auf, hastete weiter, ohne nachzulassen, nur das eine im Sinn, den Abstand zwischen sich und dem unsichtbaren Verfolger zu vergrößern. Die Brust wollte ihm schier bersten vor Anstrengung, und seine Beine schmerzten. Selten in seinem Leben hatte er Angst gehabt, jetzt aber trieb ihn Todesangst an.

Rins Schrei zerriß gellend die Stille. Das Ungeheuer hatte ihn eingeholt. Wil biß die Zähne zusammen. Vielleicht waren die Elfen am Schiff jetzt gewarnt. Vielleicht würden sie gleich ablegen, so daß wenigstens Amberle entkommen würde, selbst wenn er wie Rin eingeholt werden sollte.

Äste und Zweige hielten ihn fest wie zupackende Hände. Er suchte Dilph, doch der Elf war nicht mehr zu sehen. Allein rannte er weiter.

Rasch senkte sich der Abend über den Drey-Wald, und der graue Nachmittag wurde zur Nacht. Der Nieselregen, der den ganzen Tag in stetiger Monotonie niedergegangen war, wurde plötzlich zum strömenden Guß, und der Wind begann in stürmischen Böen zu tosen, als eine neue Zusammenballung schwarzer Gewitterwolken sich über den Himmel schob. Die Elfen-Jäger und das Mädchen, das ihrer Obhut anvertraut war, zogen die wärmenden Umhänge fester um sich.

Dann drang aus den Tiefen des Waldes der Schrei, hoch und dünn, so flüchtig, daß er im Toben des Windes beinahe untergegangen wäre. Einen Moment lang standen alle wie versteinert und starrten auf die finstere Mauer der Bäume. Dann brüllte Crispin mit scharfer Stimme Befehle, schickte Amberle aufs Schiff, in die Verborgenheit der kleinen Kabine, rief Ped und Cormac zu sich. Mit gezogenen Waffen wichen die drei Jäger bis zum Ende des Stegs zurück, während sie mit durchdringenden Blicken das von Nebeln durchzogene Gewirr des Waldes absuchten. Katsin, der aufs Schiff zurückbeordert worden war, machte die Taue los und wartete nur auf den Befehl abzulegen.

Amberle hockte zusammengekauert in der Dunkelheit der Kabine und lauschte dem Prasseln des Regens und dem Heulen des Windes. Dann sprang sie auf, schlug die Klappe vor der Kabinenöffnung zur Seite und trat wieder an Deck hinaus. Gleichgültig, was für Folgen es hatte, sie konnte sich nicht in dieser Kabine verkriechen, ohne zu wissen, was um sie herum vorging. An den aufgetürmten Kisten entlang tastete sie sich zum Steg. Katsin, die Schiffstaue fest in den Händen, aber bereit, sie jederzeit loszulassen, warf ihr einen strengen Blick zu, doch Amberle achtete nicht auf ihn. Am Ufer, mehrere Schritte vom

Steg entfernt, standen mit gezogenen Waffen die übrigen Jäger. Das Metall ihrer Schwertklingen schimmerte matt im Regen.

Plötzlich brach keine fünfzig Schritte flußabwärts eine keuchende Gestalt aus dem Wald hervor, stolperte und stürzte der Länge nach hin. Als die Gestalt sich wieder aufgerappelt hatte, sahen sie, daß es Dilph war.

»Weg!« schrie er warnend. »Schnell, weg hier!«

Er rannte zu ihnen hin, stürzte wieder.

Doch Crispin war schon in Aktion. Mit einem gebieterischen Wort sandte er Ped und Cormac aufs Schiff, während er dem geschwächten Dilph zu Hilfe eilte. In vollem Lauf beinahe riß er den Elf vom Boden in seine Arme, schwang ihn über seine Schulter und war schon auf dem Rückweg zum wartenden Schiff.

Amberle spähte durch Dunst und Regen in die Bäume. Wo war Wil Ohmsford?

»Ablegen«, brüllte Crispin.

Katsin ließ die Taue fahren und stieß Amberle dann hastig aufs Schiff, wo Ped und Cormac schon warteten. Eine Sekunde später war auch Crispin mit Dilph an Bord, und das schwere Fahrzeug begann davonzugleiten.

Da tauchte plötzlich Wil Ohmsford auf, sprang wie ein gehetztes Wild aus dem Dunkel des Waldes und hielt auf den Steg zu. Amberle sah ihn, wollte rufen, erstarrte. Im Schatten der Bäume hinter dem fliehenden Talbewohner bewegte sich ein riesiges Wesen, das ihn verfolgte.

»Gib acht!« rief sie warnend.

Von ihrem Ruf angespornt, gewann Wil den Steg mit einem einzigen großen Sprung, raste, ohne innezuhalten, die Holzbohlen hinunter und schnellte sich ab, um mit einem gewaltigen Satz das davontreibende Schiff noch zu erreichen. Nur mit einem ausgestreckten Fuß berührte er das Deck und wäre ins Wasser gestürzt, hätten nicht die Elfen-Jäger ihn gepackt und hochgezogen.

Das Schiff glitt ins offene Wasser des Singenden Flusses hinaus, und die Fahrt wurde schneller. Erschöpft sank Wil zu Boden, und Amberle streifte rasch ihren Umhang ab und hüllte

Wil fest darin ein. Neben ihnen beugte sich Crispin über Dilph. Der Wind und das Rauschen des Flusses zerfetzten seine Worte.

»... tot – alle ... zerschmetterte Glieder ... wie die Leute von dem Spähtrupp in Arborlon, wie die Erwählten.« Mit weit geöffnetem Mund schnappte er nach Luft. »Kian auch – und Rin. Beide tot ... der Dämon hat sie eingeholt ... er erwartete uns ...«

Das übrige hörte Amberle nicht mehr. Ihr Blick traf sich mit dem Wils. Mit schrecklicher Gewißheit erkannten sie beide die Wahrheit.

Der Dämon hatte sie erwartet.

Allanon hatte ihm einen Namen gegeben. Er hatte ihn den Raffer genannt.

Es war Mitternacht, als Crispin das Schiff wieder anlegen ließ. Unmittelbar unterhalb vom Drey-Wald schwenkte der Singende Fluß auf seinem langen, gewundenen Weg zum Innisbore-See nach Westen. Als die Elfen das Schiff in einen schmalen, von dichtem Wald umgebenen Seitenarm steuerten, befanden sie sich am nördlichsten Zipfel des Wirrnismoors, Meilen von dem Punkt entfernt, wo sie ursprünglich beabsichtigt hatten, den Fluß zu verlassen. Die prasselnden Wolkenbrüche waren wieder zu einem feinen Sprühregen verebbt, der wie ein zarter Dunstschleier in der kühlen Luft hing. Dicke Wolkenmassen verdunkelten Mond und Sterne, und die Nacht war so schwarz, daß selbst die Elfen nicht weiter als ein Dutzend Schritte sehen konnten. Der Wind hatte sich völlig gelegt, und feiner Nebel hatte sich über das ganze Land gesenkt.

Die Elfen-Jäger fuhren das Schiff auf einer flachen Sandbank am oberen Ende des stillen Wassers auf Grund, zogen es mit vereinten Kräften ganz aus dem Fluß und machten es fest. So lautlos wie Katzen erkundeten sie dann das Gelände in einem Umkreis von mehreren hundert Schritten und kehrten nach einer Weile zu Crispin zurück, um ihm zu melden, daß sie nichts Bedrohliches entdeckt hatten. Der Hauptmann der Elfen-Jäger war der Meinung, es sei sinnlos, in dieser Finsternis zu versuchen, die Reise fortzusetzen, und befahl Wil und Amberle, bis zum Morgen in ihrer Kabine zu bleiben. In warme Decken gehüllt, zum erstenmal seit zwei Tagen vom Stampfen und Schlingern des Schiffes erlöst, fielen die beiden augenblicklich in tiefen Schlaf. Die Elfen bewachten in Schichten das Schiff und seine schlafenden Passagiere, und Crispin machte es sich neben der Kabinenöffnung so bequem wie möglich.

Bei Tagesanbruch verstaute die kleine Truppe Proviant und Waffen und löste dann die Vertäuung des Schiffes, so daß der Fluß es forttragen konnte. Es trieb rasch davon, und Wil und Amberle brachen mit den Elfen-Jägern zu ihrem Marsch durch das Wirrnismoor auf.

Das Moor war eine sumpfige Niederung, von Gestrüpp und verkrüppeltem Buschwerk überwuchert, von stillen, schlammigen Tümpeln überzogen. Es spaltete die weiten Wälder des Westlands von den Ufern des Singenden Flusses bis zur gewaltigen Felswand des Steinkamm-Gebirges, eine unwegsame Wildnis, in die nur wenige Menschen sich hineinwagten. Jene, die das Wagnis dennoch auf sich nahmen, liefen ständig Gefahr, sich in den nebelumwallten Sümpfen und dem verwilderten Buschland zu verirren. Schlimmer noch, sie mußten mit unliebsamen Begegnungen mit den unleidlichen Bewohnern des Moors rechnen, bösartigen, hinterhältigen Geschöpfen, die bei der Wahl ihrer Opfer keine Unterschiede machten.

»Wenn es eine andere Möglichkeit gäbe, hätten wir diesen Weg gewiß nicht gewählt«, sagte Crispin zu Wil, als er einen Augenblick nach hinten kam, um seine Gedanken mit dem Talbewohner auszutauschen. »Wenn alles wie geplant verlaufen wäre, wären wir vom Stützpunkt aus mit Pferden am westlichen Rand des Wirrnismoors entlang zum Mermidon geritten, und dann weiter nach Westen in den Steinkamm. Aber die Geschehnisse im Drey-Wald haben das unmöglich gemacht. Jetzt darf sich unsere Sorge nicht darauf beschränken, was vor uns liegen mag, sondern muß auch die Frage einschließen, was uns noch bevorsteht. Der einzige Vorteil dieses Marsches durch das Moor liegt darin, daß man hier unsere Spur nicht finden wird.«

Wil schüttelte zweifelnd den Kopf.

»Ein Ungeheuer wie der Raffer gibt sicher nicht so leicht auf.«

»Nein, er wird uns weiter jagen«, stimmte der Elf zu. »Aber ein zweites Mal wird er uns nicht so aus heiterem Himmel überraschen. Er erwartete uns im Drey-Wald, weil er wußte, daß wir kommen. Ich weiß nicht, woher er seine Kenntnis hatte, aber er wußte es.« Er warf einen Blick auf Wil, doch der hüllte sich in Schweigen. »Auf jeden Fall weiß er nicht, wo wir uns jetzt befinden. Wenn er uns wieder aufstöbern will, muß er erst unsere Spur finden. Das wäre ihm vielleicht ganz leicht möglich gewesen, wenn wir in den Wäldern geblieben wären; hier aber wird es ihm schwerfallen. Zuerst muß er nämlich einmal herausbekommen, wo wir den Fluß verlassen haben; das allein könnte ihn Tage kosten. Dann muß er uns ins Moor folgen, nur wird er da keine Anhaltspunkte finden. Die Sümpfe verschlucken jede Spur innerhalb von Sekunden. Und wir haben den Vorteil, daß wir Katsin bei uns haben, der in dieser Gegend aufgewachsen ist und das Moor schon früher durchquert hat. Der Dämon hingegen, mag er noch so große Kräfte besitzen, befindet sich auf fremdem Gebiet. Er muß sich ausschließlich auf seinen Instinkt verlassen. Damit sind wir ganz entschieden im Vorteil.«

Wil Ohmsford konnte dem Hauptmann nicht beipflichten. Allanon hatte geglaubt, die Dämonen würden seine Spur nicht finden, als er nach Paranor geritten war. Doch sie hatten sie aufgenommen. Wil hatte geglaubt, sie würden ihn und Amberle nicht wiederfinden, nachdem der König vom Silberfluß sie zu den Gestaden des Regenbogen-Sees gebracht hatte. Doch sie hatten sie gefunden. Warum sollte es diesmal anders sein? Die Dämonen waren Geschöpfe eines anderen Zeitalters; ihre Kräfte waren die Kräfte eines anderen Zeitalters. Allanon selbst hatte das gesagt. Und er hatte auch gesagt, daß der, welcher die Dämonen führte, ein Zauberer war. Konnte es für diese Wesen so schwierig sein, eine Handvoll Elfen-Jäger, ein junges Mädchen und einen jungen Talbewohner aufzustöbern?

Wil seufzte. Das waren Überlegungen, die zu nichts führten, denn es war ja nichts zu ändern. Crispin hatte schon die richtige Entscheidung getroffen. Die Elfen-Jäger waren fähige junge Männer; vielleicht würden sie ihre Schutzbefohlenen sicher und wohlbehalten ans Ziel bringen.

Viel mehr Sorge machte Wil eine andere Möglichkeit, und seit der Begegnung mit dem Raffer im Drey-Wald war ihm die Sache nicht aus dem Kopf gegangen. Der Raffer hatte gewußt, daß sie zu diesem Elfen-Stützpunkt kommen würden. Er mußte es gewußt haben, denn er hatte ihnen ja aufgelauert. In dieser Hinsicht hatte Crispin recht. Aber nur auf eine Weise konnte der Dämon von ihren Plänen erfahren haben – durch den Spion, der sich im Lager der Elfen verbarg, durch eben jenen Spion, den zu täuschen Allanon sich solche Mühe gegeben hatte. Und wenn die Dämonen von ihrem Vorhaben gewußt hatten, im Drey-Wald Station zu machen, was wußten sie dann noch alles über diese Reise? Es war durchaus möglich, sagte sich Wil, daß ihnen alles bekannt war.

Das war eine beängstigende Möglichkeit, mit der er sich am liebsten nicht näher befaßt hätte, die aber bei genauerer Betrachtung der Umstände immer greifbarer wurde. Allanon war sicher gewesen, daß sich im Lager der Elfen ein Spitzel verbarg. Irgendwie war es diesem Spitzel gelungen, ihr Gespräch in Eventines Studierzimmer zu belauschen. Wil konnte sich nicht vorstellen, wie er das zuwege gebracht haben sollte, doch es war ihm gelungen, soviel stand fest. Man hatte über den geplanten Aufenthalt im Drey-Wald gesprochen; daher der Raffer. Aber man hatte auch vom Wildewald gesprochen, und das hieß, daß die Dämonen genau wußten, wohin Wil und Amberle vom Drey-Wald aus zu reisen gedachten; und wenn die Dämonen das wußten, dann konnte die kleine Truppe noch so geheime Wege wählen und noch so schlaue Täuschungsmanöver anwenden, um die Verfolger abzuschütteln, sie würden im Wildewald doch von den Dämonen erwartet werden.

Diese Vorstellung quälte Wil Ohmsford den ganzen Tag über, während die kleine Truppe beherzt durch die sumpfigen Niederungen des Moors marschierte. Dorniges Gestrüpp zerrte bei jedem Schritt an ihren Kleidern, weiße Nebel umhüllten sie mit Kälte und Feuchtigkeit, die ihnen in alle Glieder kroch, Schlamm und brackiges Wasser sickerten durch die Nähte ihrer Stiefel und raubten ihnen mit ihrem üblen Geruch den Atem. Sie marschierten einzeln, wechselten kaum ein Wort miteinander, während sie scharf durch dünnen Sprühregen und wogenden Nebel spähten, die das ganze Land mit einem eintönigen grauen Vorhang verschleierten.

Als die Nacht hereinbrach, waren sie todmüde und erschöpft. Im Schutz einiger dürrer Büsche am Fuß eines niedrigen Hügels schlugen sie ihr Lager auf. Ein Feuer zu machen, wäre zu gefährlich gewesen; sie wickelten sich deshalb fest in Decken, die klamm waren von der Kälte und Feuchtigkeit des Moors.

Die Elfen-Jäger hatten ihr Mahl rasch beendet und teilten nun die Nachtwachen ein. Wil hatte eben den letzten Bissen Dörrfleisch mit einem Schluck Wasser hinuntergespült, als Amberle zu ihm kam und sich neben ihn niedersetzte. Ihr kindliches Gesicht blickte aus den Falten der Decke zu ihm auf, die sie sich über den Kopf gezogen hatte. Ein paar lockige Strähnen ihres kastanienbraunen Haares fielen ihr in die Augen.

»Wie fühlst du dich?« fragte er.

»Es geht mir gut.« Sie sah aus wie ein Kind, das nicht weiß, wohin es gehört. »Aber ich muß unbedingt mit dir reden.«

»Ja?«

»Ich hab' den ganzen Tag über etwas nachgedacht.«

Er nickte stumm.

»Der Raffer hat uns im Drey-Wald erwartet«, sagte sie leise. »Ist dir klar, was das heißt?«

Er antwortete nicht. Er wußte, was sie als nächstes fragen würde. Es war, als hätte sie seine Gedanken gelesen.

»Das bedeutet, daß er von unserem Kommen wußte.« Sie sprach aus, was ihm durch den Kopf gegangen war. »Wie ist das nur möglich?«

Er schüttelte den Kopf. »Es war eben so.«

Es war die falsche Antwort, und er wußte es. Röte schoß ihr ins Gesicht.

»So, wie uns die Dämonen eben in Havenstead fanden? So,

wie sie Allanon eben in Paranor fanden? So, wie sie uns eben überall zu finden scheinen, wo wir gerade sind?« Ihre Stimme blieb gesenkt, doch Zorn schwang unverkennbar mit. »Sag mal, wofür hältst du mich eigentlich, Wil?«

Es war das erstemal, daß sie ihn bei seinem Vornamen nannte, und das überraschte ihn so, daß er sie für eine Weile nur stumm anstarrte. Gekränktheit und Argwohn spiegelten sich in ihren Augen, und er sah, daß er ihr entweder verraten mußte, was Allanon vor ihr hatte verheimlichen wollen, oder daß er ihr ein Märchen auftischen mußte. Die Entscheidung war leicht getroffen. Er berichtete ihr von dem Spion. Als er geendet hatte, schüttelte sie verstimmt den Kopf.

»Du hättest mir das viel früher erzählen sollen.«

»Allanon bat mich, es nicht zu tun«, erklärte er. »Er meinte, für dich sei das alles schon schlimm genug.«

»Der Druide kennt mich nicht so gut, wie er meint. Du hättest es mir trotzdem sagen sollen.«

Er wollte sich nicht länger mit ihr über diesen Punkt streiten. Deshalb nickte er zustimmend.

»Ich weiß. Aber ich hab's eben nicht getan.«

Sie schwiegen. Einer der Wachtposten tauchte wie ein Gespenst aus dem Nebel auf und verschwand wieder. Amberle blickte ihm nach, wandte sich dann wieder Wil zu. Ihre Stimme drang aus den Falten ihrer Kapuze hervor, während ihr Gesicht von dunklen Schatten umwölkt war.

»Ich bin nicht zornig. Wirklich nicht.«

Er lächelte schwach. »Gut. Es ist hier auch so schon trist genug.«

»Aber ich wäre zornig gewesen, wenn du mir jetzt nicht die Wahrheit gesagt hättest.«

»Deswegen hab' ich sie dir ja gesagt.«

Sie ließ das Thema auf sich beruhen.

»Wenn dieser Spitzel gehört hat, was in der Nacht vor unserem Aufbruch im Studierzimmer meines Großvaters gesprochen wurde, dann kennen die Dämonen unser Ziel, nicht wahr?«

»Ich denke schon.«

»Das heißt, daß sie auch von Sichermal wissen; sie wissen

alles, was der Ellcrys den Erwählten gesagt hat, weil Allanon es uns weitererzählt hat. Ihre Aussichten, das Blutfeuer zu finden, sind so gut wie unsere.«

»Vielleicht doch nicht.«

»Weshalb nicht?«

»Wir haben die Elfensteine.« Er fragte sich, ob das wirklich der Vorteil war, als den er es hinstellte. Er wußte ja gar nicht, ob er fähig sein würde, sich ihrer noch einmal zu bedienen. Der Gedanke machte ihn niedergeschlagen.

»Wer kann so nahe gekommen sein, daß er hören konnte, was wir sprachen?« fragte sie stirnrunzelnd.

Er schüttelte wortlos den Kopf. Diese Frage hatte er sich auch schon gestellt.

»Ich hoffe nur, meinem Großvater geht es gut«, murmelte sie nach einer kleinen Weile.

»Ich vermute, es geht ihm besser als uns.« Wil seufzte. »Wenigstens hat er ein warmes Bett.«

Er zog die Knie bis unter sein Kinn in dem Bemühen, ein wenig wärmer zu werden. Amberle zitterte vor Kälte, und er zog sie an sich, um sie zu wärmen.

»Ich wollte, es wäre schon vorüber«, flüsterte sie wie zu sich selbst.

»Ich wollte, es hätte nie begonnen.«

Sie hob den Kopf und sah ihn an.

»Da wir gerade bei Wünschen sind – ich wünschte, du wärst immer ehrlich zu mir, Wil. Von jetzt an keine Geheimnisse mehr, ja?«

»Keine Geheimnisse mehr«, versprach er.

Danach schwiegen sie. Wenig später sank Amberles Kopf an seine Schulter. Sie schlief. Wil störte sie nicht. Er starrte in die Finsternis hinaus und dachte an schönere Tage.

Zwei Tage lang stapfte die kleine Truppe durch die düstere Trostlosigkeit des Wirrnismoors. Die meiste Zeit regnete es – stetiger dünner Nieselregen, der hin und wieder von schweren Wolkenbrüchen abgelöst wurde, die die schon durchweichte Erde noch schlammiger machten und die Wanderer, denen schon kalt und elend genug war, völlig durchnäßten. Über ihnen hing der Nebel in dichten Schwaden, die über Buschwerk und stillen, moorigen Teichen wogten. Die Sonne blieb hinter dunklen Wolken verborgen, und nur ein schwaches Aufleuchten des Himmels gegen Mittag kündigte von ihrer Anwesenheit. In der Nacht herrschte nur undurchdringliche Schwärze.

Der Marsch war beschwerlich, und die Wanderer kamen nur langsam voran. Im Gänsemarsch schlugen sie sich durch das Geschlinge des Moors, bahnten sich mit Schwertern einen Weg durch dorniges Gestrüpp, stapften über schlammigen Grund, der unter ihren Füßen gluckste und gurgelte, zogen an Seen und Tümpeln vorüber, aus deren von grünem Schleim bedecktem Wasser widerlicher Gestank aufstieg. Dürres Holz lag überall, und bei jedem Schritt mußten sie achtgeben, daß sie nicht über knorrige Wurzeln stolperten. Über der Vegetation hing ein grauer Schleier, der ihre Grüntöne dämpfte und der ganzen Landschaft etwas kränklich Winterliches gab. Jene Wesen, die im Moor lebten, hielten sich verborgen. Nur hin und wieder waren seltsame Laute zu hören, die sich in der Stille auflösten, und Schatten glitten geisterhaft durch die regengraue Düsternis.

Kurz vor Mittag des dritten Tages erreichten die Wanderer einen See, dessen Wasser still und reglos unter dem bleiernen Himmel lag. Wurzeln und tote Bäume, die wie die gebrochenen Glieder der Erde selbst aus dem von Seerosen bedeckten Wasser ragten, schienen den See ersticken zu wollen. Seine Ufer waren, so weit das Auge reichte, von dichtem Gestrüpp und verwildertem Buschwerk überwuchert. Das andere Ufer war in den Nebelschwaden, die sich über das Wasser wälzten, versunken.

Es war klar, daß jeder Versuch, den See zu umrunden, einen riesigen Umweg verlangen und Stunden wertvoller Zeit kosten würde. Es blieb nur eine Alternative, und für die entschieden sie sich. Katsin führte sie, wie er das fast den ganzen Tag getan hatte. Die anderen Elfen-Jäger gruppierten sich paarweise, so daß ein Paar vor Wil und Amberle schritt, und eines hinter ihnen. Nachdem sie sich durch das Gestrüpp gekämpft hatten, das ihnen den Zugang verwehren wollte, traten sie auf eine schmale Brücke aus Erde und Wurzelwerk, die vom Ufer in den See hinausragte und sich im Nebel verlor. Wenn sie Glück hatten, spannte sich die Brücke bis an das andere Ufer.

Vorsichtig tasteten sie sich voran, setzten mit Bedacht einen Fuß vor den anderen auf dem unebenen Grat, der zu beiden Seiten von glucksendem Sumpfwasser umspielt wurde. Schnell schloß sich die Nebelwand hinter ihnen, und das Land versank hinter ihr. Regen schlug ihnen in die Gesichter, während sie vorwärtsschritten, und Windböen rissen an ihren Kleidern. Dann lichtete sich unversehens der Nebel, und sie sahen, daß die Brücke keine dreißig Schritte entfernt im See versank. Jenseits hob sich ein massiger Erdhaufen aus dem Wasser, der mit Steinen und wuchernden Pflanzen bedeckt war. Das andere Ufer des Sees war nicht zu sehen. Sie waren in eine Sackgasse geraten.

Crispin wollte ein Stück vorauseilen, um zu erkunden, was sich jenseits des gewaltigen Erdhaufens befand, doch Katsin hob abwehrend die Hand. Er warf rasch einen Blick nach hinten zu den anderen und legte mahnend einen Finger auf die Lippen. Dann wies er auf den Erdhaufen, machte Crispin auf einen langgezogenen Kamm aufmerksam, der sich leicht gewölbt zum Wasser hinunterschwang. Ganz vorn stieg aus zwei kleinen Löchern, die unmittelbar über dem Wasserspiegel lagen, Dampf in die Luft auf.

Atemlöcher!

Wortlos winkte Crispin sie zurück. Er hatte nicht die Absicht, das Ding, das da draußen im Wasser schlief, zu stören.

Doch es war zu spät. Das Geschöpf hatte sie gewittert. Urplötzlich hob sich sein massiger Leib aus dem See und überschüttete sie mit stinkendem brackigen Wasser. Mit einem lauten Schnauben öffnete es die gelben Augen, die bis dahin unter Seerosenblättern verborgen gewesen waren. Zuckende Fühler tasteten von dem schlammstarrenden Leib in die Luft, und ein breites, flaches Maul wandte sich ihnen mit weit geöffnetem Rachen zu. Einen Moment lang hing es über dem See, dann sank es unter das Wasser und war verschwunden.

Wil Ohmsford erhaschte nur einen flüchtigen Blick auf das massige Ungeheuer. Dann packte er Amberles Hand und zog das Elfenmädchen hinter sich her, während er hinter Ped und Cormac durch den Nebel hetzte. Hinter sich hörte er das Keuchen von Katsin, Dilph und Crispin und riskierte einen hastigen Blick zurück, um zu sehen, ob das Ungeheuer sie verfolgte. Genau in diesem Moment verfing sich sein Fuß in einer losen Wurzel, und er stürzte zu Boden.

Der Sturz, bei dem er Amberle mit sich zog, rettete ihnen das Leben. Aus dem wallenden Nebel nämlich stieß jetzt das gewaltige Ungeheuer empor und schob sein weit aufgerissenes Maul über die schmale Brücke wie einen Kescher. Angstschreie kamen von Ped und Cormac, als das Monstrum sie packte und in den See riß. Der massige Leib sank erneut ins Wasser und verschwand.

Wil war wie versteinert vor Entsetzen, während er dort, wo das Ungeheuer verschwunden war, in den Nebel spähte. Dann sprang Crispin zu ihnen hin, zog Amberle hoch und schwang sie sich über die Schulter, um mit ihr das sichere Ufer zu erreichen. Katsin hievte Wil über seine Schulter, ehe der noch ans Aufstehen dachte, und jagte Crispin nach. Dilph folgte als letzter mit gezogenem Schwert.

Sekunden später stolperten sie durch Dickicht und Gestrüpp und ließen sich schließlich weit vom Ufer entfernt auf die schlammige Erde niederfallen. Keuchend vor Anstrengung lauschten sie. Aber sie vernahmen nichts. Sie wurden nicht verfolgt. Das Ungeheuer hatte sich zurückgezogen.

Doch jetzt waren ihrer nur noch fünf.

Mit zarten Schleiern grauen Zwielichts glitt die Nacht über das Westland, und der kühle Hauch des Abends ließ sich in den Wäldern nieder. Die Wolken, die beinahe sieben Tage lang den sommerlichen Himmel verhüllt hatten, öffneten sich, so daß im verblassenden Sonnenlicht schmale Streifen von Blau aufleuchteten. Im Westen färbte sich der Horizont zu einem glühenden Scharlachrot, und der Widerschein des strahlenden

Lichts fiel sanft über die regennassen Wälder.

Aus den Nebelschleiern, die das Wirrnismoor verdunkelten, tauchten jene fünf auf, die von dem kleinen Trupp, der in Arborlon aufgebrochen war, noch übrig waren. Wie verlorene Seelen, die der Unterwelt entkommen sind, glitten sie ins Licht. Abgespannt und erschöpft waren sie, ihre Gesichter und Hände voller Schwielen und Kratzer, ihre Kleider schmutzverkrustet und zerfetzt. Sie sahen aus wie zerlumpte Bettler. Nur ihre Waffen verrieten, daß sie etwas anderes waren. Schwerfällig stapften sie durch den letzten schlammigen Graben, an den letzten dornigen Büschen vorüber, kletterten mühsam zu einer kleinen Anhöhe hinauf und machten schließlich schweratmend vor den Zwillingstürmen des Pykon halt.

Es war ein ehrfurchtgebietender, großartiger Anblick. Zu beiden Seiten des breiten Mermidon, der sich glitzernd zum ostwärts gelegenen Grasland von Callahorn wand, erhoben sich in majestätischer Würde die beiden gewaltigen Felsspitzen des Pykon, der ein natürliches Tor zu der weitläufigen, buckeligen Bergkette bildete, die die Elfen den Steinkamm nannten. Einsam und unzugänglich ragten die beiden Felstürme in den Himmel hinein, schweigenden Wächtern gleich, die das Land zu ihren Füßen behüteten. Ihre Felswände waren von Rissen und Wülsten gezeichnet wie das Gesicht eines Greises von den Linien des Alters. Am Nordfuß des Berges leuchtete grün ein Fichtenwald, der sich nach oben hin lichtete, immer dünner wurde, bis schließlich nur noch vereinzelte Krüppelkiefern blieben und wilde Blumen, die dem dunklen Fels farbenfrohe Glanzlichter aufsetzten. Noch weiter oben funkelten Schnee und Eis.

In aller Eile hielt Crispin eine Beratung ab. Auf ihrem Marsch durch die Wildnis des Wirrnismoores waren sie weiter nach Osten geraten, als in seiner Absicht gelegen hatte, so daß sie nun hier, am Pykon, angelangt waren, statt wie geplant an den Ausläufern des Steinkamms. Das Naheliegende wäre nun gewesen, den Pykon zu umgehen und am Mermidon flußaufwärts zu marschieren bis zum Steinkamm. Doch sie hätten diesen langen Marsch zu Fuß unternehmen müssen und mindestens zwei weitere Tage gebraucht, um die Strecke zu bewältigen. Außerdem – und das war ein wesentlicher Gesichtspunkt – hätten sie eine leicht zu verfolgende Spur hinterlassen.

Der Hauptmann der Elfen-Jäger meinte, er hätte eine bessere Möglichkeit zu bieten. Tief im Inneren des Pykon, eine gewaltige Felsspalte in der näher liegenden Spitze überbrückend, stand eine Festung der Elfen, die seit dem Zweiten Krieg leer und verlassen lag. Crispin war vor drei Jahren einmal dort gewesen, und wenn er sie wiederfinden konnte, dann konnte er ihnen auch die Wege zeigen, die von der trutzigen alten Burg durch die Felswüste des Berges abwärts führten zum Mermidon. Am Fluß gab es einen Schiffsanlegeplatz und vielleicht auch ein Boot; wenn nicht, so war auf jeden Fall Holz genug da, um eines zu bauen. Der Mermidon floß von dieser Stelle aus anfangs noch ein Stück nach Osten, ehe er abschwenkte und südwärts zum Steinkamm strebte. Wenn sie sich des Flusses bedienten und von seinen Wassern tragen ließen, konnten sie die Reise in der Hälfte der Zeit bewältigen, die sie zu Fuß brauchen würden – an einem Tag also etwa. Und, fügte Crispin hinzu, es gab noch einen anderen Grund, diesen Weg einzuschlagen. Der Fluß würde alle Spuren auslöschen.

Dieses letzte Argument bestimmte ihre Entscheidung. Keiner hatte die Begegnung mit dem Raffer im Drey-Wald vergessen. Es war anzunehmen, daß der Dämon noch immer nach ihnen suchte, und sie wollten alles tun, um ihm die Suche zu erschweren. Sie waren sich schnell einig darüber, daß es am besten wäre, den von Crispin vorgeschlagenen Weg zu gehen.

Ohne weitere Zeit zu verlieren, nahmen sie den Aufstieg zum Pykon in Angriff. Den Fichtenwald am Fuß des Berges hatten sie schnell durchquert und erreichten die unteren Hänge, als die Nachmittagssonne hinter dem bewaldeten Horizont unterging. Die Nacht senkte sich über das Land, und im Osten ging mit sanftem Glanz der Mond auf. Sterne funkelten am tiefen Blau des Himmels und erhellten den Weg der fünf Wanderer, die stetig aufwärts stiegen. Es war eine stille, friedliche Nacht, von süßen Düften erfüllt, die ein milder Südwind aus den Wäldern mitbrachte. Sie fanden einen breiten, viel begangenen Trampelpfad, der sich zwischen Felsbrocken hindurchwand und an zerklüfteten Abgründen vorüberführte, während er sich im Schatten des Berges aufwärts schlängelte. Die Wälder dahinter versanken allmählich in der Tiefe, und sie konnten weit auf das dunkle Wirrnismoor hinaussehen, das sich wüst und öde nach Norden dehnte bis zur feinen Linie des Singenden Flusses.

Es war fast Mitternacht, als endlich die Elfenfestung in Sicht kam. Das massige alte Kastell war tief in eine gewaltige Felsspalte hineingebaut, mit seinen Zinnen und Türmen, seinen Schießscharten und Wehrgängen eine eindrucksvolle Silhouette vor dem mondhellen Felsen des Berges. Eine lange, gewundene Treppe führte den Steilhang hinauf zu einem gähnenden Tor im äußeren Schutzwall der Burg. Die schweren, eisenbeschlagenen Torflügel, die rissig und verwittert in den rostigen Angeln hingen, waren der Nacht geöffnet. Wachtürme kauerten wie vierschrötige Raubtiere auf wuchtigen, aus Steinquadern errichteten Mauern, deren schmale Fensterhöhlen schwarz und leer waren. Eisendornen bewehrten die Brüstungen. Hoch oben im Wald spitzer Türme schlugen Eisenketten, an denen einst die Banner der Elfenkönige befestigt waren, klirrend gegen eiserne Masten. Aus den Tiefen des Berges hoch über der Festung scholl der durchdringende Ruf eines Nachtvogels, schwoll an, bis er vom gellenden Pfeifen des Windes nicht mehr zu unterscheiden war, verlor sich dann in vielfältigem Echo. Die fünf, die von der kleinen Truppe aus Arborlon geblieben waren, kletterten keuchend die Treppe zum Tor der verlassenen Festung hinauf und traten vorsichtig ins Innere. Ein hoher, geschlossener Gang führte zu einer zweiten Mauer. Unkräuter hatten sich durch die Risse in dem Stein gebohrt, der den Gang pflasterte. Dumpf hallten die Schritte der fünf Wanderer durch die Stille. Fledermäuse flatterten mit wild schlagenden Flughäuten aus der Dunkelheit auf. Kleine Nagetiere huschten flink über den brüchigen Stein. Spinnweben hingen in feinen Schleiern von der Decke und hefteten sich in langen bleichen Fäden an die Kleider der Wanderer.

Am Ende des Durchgangs führte ein Tor in einen großen Hof, der vom Heulen des Windes erfüllt war. Zu beiden Seiten einer Brustwehr führten Treppen zu einem Söller vor dem Hauptturm der uralten Festung hinauf. Es war eine gewaltige steinerne Zitadelle, die Hunderte von Fuß in den Nachthimmel hinaufragte. Fenster kennzeichneten die verschiedenen Stockwerke des Turmes, der weit über das Land blickte. In der Mitte des Söllers, in eine schützende Nische eingelassen, befand sich eine hölzerne Tür. Darunter war eine zweite Tür, die vom Hof direkt in den Turm führte. Beide waren verschlossen.

Wil war gar nicht recht geheuer, als er den Blick über die uralten, verwitterten Mauern und Brustwehren wandern ließ. Der tobende Wind pfiff ihm um die Ohren und blies ihm Staub und Schmutz in die Augen. Er zog die Kapuze seines Umhangs tiefer in die Stirn. Die Festung war ihm unheimlich. Sie flößte ihm Angst ein. Die Geister der Toten waren hier zu Hause; Lebende waren hier Störenfriede. Er blickte Amberle an und sah das gleiche Unbehagen auf ihren Zügen.

Crispin hatte Dilph zum Söller hinaufgeschickt. Er selbst trat jetzt mit Katsin im Schlepptau auf die untere Tür im Turm zu. Den Riegel konnte er nicht öffnen, so warf er sich denn mit dem ganzen Gewicht seines Körpers gegen die Tür. Sie gab nicht nach. Sie widerstand auch Katsins Bemühungen. Wil beobachtete diese Anstrengungen, die Tür gewaltsam zu öffnen, mit wachsender Beunruhigung. Die Festung schloß sie alle ein wie ein Gefängnis. Er wollte nur fort von hier.

Dilph kam die Treppe vom Söller herunter. Seine Worte verloren sich beinahe im gellenden Heulen des Windes. Die obere Tür war offen. Crispin nickte. Nachdem er einige herumliegende Holzscheite aufgesammelt hatte, die ihnen im Turm als Fackeln dienen konnten, führte er die kleine Truppe die Treppe hinauf zum Söller. Die Tür oben war angelehnt. Crispin trat nur einen Schritt hinein, entzündete mit Zunder eines der Scheite als Fackeln, die er bei sich hatte, zündete eine zweite an und gab sie Dilph, winkte sie dann alle herein und drückte die Tür zu.

Sie befanden sich in einem kleinen Vorraum, von dem mehrere dunkle Gänge abzweigten. Hinten war eine Wendeltreppe, die sich vom Erdgeschoß aufwärts in die Finsternis wand. Dichter Staub hing in der vom Wind bewegten Luft, und das Felsgestein des Turms war durchdrungen vom modrigen Geruch ständiger Feuchtigkeit.

Die Fackel hoch in der Hand, schritt Crispin einmal durch den kleinen Raum, prüfte den schweren Eisenriegel, durch den die Tür gesichert war, und kehrte wieder zu den anderen zurück. Hier würden sie bis zum Morgen rasten. Katsin und Dilph würden im Hof Wache halten, während Wil und Amberle schliefen. Crispin würde sich inzwischen auf die Suche nach dem Durchgang machen, der sie durch den Berg zu den Ufern des Mermidon führen würde.

Dilph reichte Wil seine Fackel. Gefolgt von Katsin schlüpfte er in die Nacht hinaus. Crispin verriegelte die Tür hinter ihnen, ermahnte Wil und Amberle, sie keinesfalls zu öffnen, und verschwand dann in der Finsternis eines der Gänge. Wil und Amberle blickten ihm nach, bis das Licht seiner Fackel in der Schwärze unterging. Dann trat Wil an die Tür, steckte seine Fackel in einen eisernen Halter an der Wand, und hockte sich, den Rücken zur Tür gelehnt, auf dem Boden nieder. Amberle wickelte sich fest in ihre Decke und streckte sich neben ihm aus. Durch die Türritzen drang pfeifend der Wind und jagte mit gespenstischem Wimmern durch die dunklen Gänge.

Sie brauchten lange, bis sie einschliefen.

Wil konnte später nicht sagen, ob er überhaupt geschlafen hatte. Er hatte den Eindruck, daß es mehr ein Dahindämmern als ein Schlafen war, ein leichter, unruhiger Schlummer, in unsicherer Schwebe zwischen Wachen und Schlafen. Er träumte, irrte durch die Schleier des Halbschlafs, die wie Nebel über seinem Unbewußten hingen. Dunkelheit und Nebel senkten sich in einem Wald der Phantasien über ihn, und er verlor den Weg. Und doch, so schien es ihm, war er hier schon einmal gewesen. Sie war ihm vertraut, diese labyrinthhafte Landschaft, die er da durchwanderte, während Dunkelheit und Nebel sie verschleierten. Es war ein Traum und doch kein Traum ...

Da spürte er plötzlich die schreckliche Gegenwart des Ungeheuers, das irgendwo in der Dunkelheit auf ihn lauerte, und schlagartig erinnerte er sich. Havenstead – diesen Traum hatte er in Havenstead gehabt. Das Ungeheuer hatte ihn verfolgt, und er war geflohen, doch vergebens geflohen, denn es hatte kein Entrinnen gegeben. Schließlich war er erwacht. Aber konnte er das jetzt auch? Helle Panik überfiel ihn. Es war wirklich da draußen, das Ungeheuer, das schreckliche Wesen. Es trachtete ihm nach dem Leben. Er konnte ihm nicht entfliehen, konnte ihm nicht entrinnen, wenn er nicht erwachte. Doch er konnte den Weg nicht finden, der aus Dunkelheit und Nebel herausführte.

Er hörte sich aufschreien, als es ihn packen wollte.

Augenblicklich war er wach. Die Elfensteine in der Tasche seines Kittels brannten wie Feuer an seinem Körper. Wild fuhr er unter seiner Decke hoch und blinzelte angespannt in das schummrige Licht der Fackel. Amberle setzte sich neben ihm auf, das Gesicht noch vom Schlaf umwölkt. Ihre Züge waren bleich und voller Angst. Mit unsicherer Hand berührte Wil die Elfensteine. War es sein Schrei gewesen, der sie beide geweckt hatte, fragte er sich. Doch das Elfenmädchen sah ihn gar nicht an. Sie starrte unverwandt auf die Tür.

»Da draußen«, wisperte sie.

Mit einem Sprung war Wil auf den Beinen, zog Amberle mit sich hoch. Er lauschte, doch er hörte nichts.

»Vielleicht war es der Wind«, sagte er schließlich leise und voller Zweifel. Er legte seine Hand auf ihren Arm. »Ich seh' lieber mal nach. Sperr die Tür hinter mir ab. Mach nur auf, wenn du meine Stimme hörst.«

Er zog den schweren Eisenriegel zurück und glitt in die Nacht hinaus. Schrill pfiff der Wind durch die Tür, bevor er sie hinter sich schloß. Amberle schob den Riegel wieder vor und wartete.

Einen Moment lang kauerte Wil abwartend in der Dunkelheit der Türnische und spähte in die Nacht. Mondlicht erhellte den Söller und fiel milchig auf die Mauern und Brustwehren rundum. Vorsichtig huschte Wil zur Brüstung und blickte in den Hof hinunter. Er war leer. Von Katsin und Dilph war keine Spur zu sehen. Er zögerte, unsicher, was er tun sollte. Dann eilte er über den Söller zur Treppe. Dort hielt er noch einmal an, um den stillen Hof zu überblicken. Nichts. Er stieg die ersten

Stufen hinunter.

Der wütende Wind fegte Staub und kleine Steine über den Hof. Wil glitt lautlos die Stufen hinunter. Er hatte beinahe den Hof erreicht, als er Katsin sah. Oder das, was von Katsin noch übrig war – ein Körper mit grotesk verrenkten Gliedern, der zusammengesunken an der Turmwand unter dem Söller hockte. Nur ein paar Fuß entfernt lag Dilph, kaum sichtbar unter dem schweren Holz der Turmtür, die so fest verschlossen gewesen war, daß keiner von ihnen sie hatte öffnen können.

Wil überlief es eiskalt. Der Raffer! Er hatte sie gefunden. Und er war im Turm!

Wie von Furien gejagt, stürzte er die Treppe zum Söller wieder hinauf. Hoffentlich war es nicht schon zu spät!

Amberle glaubte, aus der Düsternis des Treppenschachts hinter ihr ein Geräusch aufsteigen hören, das irgendwo aus den Tiefen des Turmes kam. Ängstlich sah sie sich um und lauschte. Sie hockte noch immer lauschend da, als jemand an die Turmtür trommelte. Mit einem erschreckten Aufschrei sprang sie auf.

»Amberle! Mach auf!«

Es war Wils Stimme, kaum hörbar im Toben des Windes. Hastig schob sie den schweren Riegel zurück. Wil schoß herein und schlug krachend die Tür hinter sich zu. Sein Gesicht war kreideweiß vor Angst.

»Sie sind tot – alle beide!« Nur mit Anstrengung gelang es ihm, leise zu sprechen. »Der Raffer hat sie ermordet. Er ist hier, in diesem Turm!«

Amberle wollte etwas sagen, doch Wil drückte ihr hastig die Hand auf den Mund. Ein Geräusch – er hatte ein Geräusch gehört –, ja, dort im Treppenschacht. Es war der Raffer. Er wußte es mit absoluter Sicherheit. Er suchte sie. Und wenn er den Weg in diesen kleinen Raum gefunden hatte, dann gab es für sie kein Entkommen mehr. Kopflose Panik überwältigte Wil. Wie hatte das geschehen können? Wie hatte der Dämon sie so rasch finden können? Was sollte er jetzt tun?

Die Fackel vor sich haltend wie einen Schild, trat er von der Tür weg und weg vom Treppenschacht. Amberle schien ihm versteinert, wie sie stolpernd zurückwich wie er. Hier konnten sie nicht bleiben, sagte er sich wie betäubt, und blickte auf die Korridore, die sich zu beiden Seiten öffneten. In welchen von ihnen war Crispin hineingelaufen? Er war nicht sicher. Er entschied sich für den, in dem seiner Erinnerung nach der Hauptmann der Elfenjäger verschwunden war, und raste, Amberle fest an der Hand haltend, in die Finsternis hinein.

Mehrere hundert Fuß weiter hielten sie stolpernd an. Der Korridor endete hier, verzweigte sich in drei neue Gänge. Wieder wollte wilde Angst Wil alle klare Überlegung rauben. Welchen Gang sollte er nehmen? Er hielt die Fackel tief zum Boden hinunter. Crispins Stiefel hatte im Staub der Jahrhunderte eine klare, leicht zu lesende Spur hinterlassen. Ihr konnten sie folgen. Doch ihr konnte auch der Raffer folgen. Er schluckte seine Angst hinunter und rannte weiter.

Seite an Seite hetzten Wil und Amberle durch die finsteren Korridore der Festung, durch Säle, in denen Moder und Staub sich breitgemacht hatten, durch Gemächer, an deren Wänden zerfallende Teppiche hingen, über Altane und Gesimse, unter denen schwarze Abgründe gähnten. Ein tiefes, alles durchdringendes Schweigen wohnte in der uralten Zitadelle, so daß sogar das Heulen des Windes verklang und nur das Donnern ihrer Stiefel auf dem Steinboden zu hören war. Zweimal liefen sie in die Irre, rannten einen falschen Gang hinunter, bis sie merkten, daß die Spur verschwunden war und sie in ihrer Hast eine Abzweigung übersehen hatten. Mehrmals stießen sie auf zwei Spuren, wenn Crispin auf seiner Suche nach dem richtigen Weg einen Fehler gemacht hatte und wieder umgekehrt war. Jedesmal verloren sie kostbare Sekunden mit dem Bemühen, festzustellen, wohin Crispin tatsächlich gelaufen war. Und immer saß ihnen das schreckliche Gefühl im Nacken, daß gleich der Raffer aus der Düsternis hinter ihnen auftauchen und ihre letzte Chance auf ein Entkommen vertan sein würde.

Dann schimmerte das flackernde Licht einer Fackel in der Dunkelheit vor ihnen auf. Sie liefen ihm keuchend entgegen und sahen mit tiefer Erleichterung, wie sich langsam Crispins Gestalt aus den Schatten hob. Der Hauptmann war auf dem Rückweg von seiner Suche nach dem Weg, der durch den Berg führte. Die Klinge seines gezogenen Schwertes blitzte im Fackelschein, als er ihnen entgegenstürzte und abrupt stehenblieb.

»Was ist geschehen?« fragte er, als er die Angst in ihren Augen sah.

In aller Eile berichtete Wil. Crispins Gesicht wurde aschfahl.

»Dilph und Katsin auch noch! Kann denn nichts dieses Ungeheuer aufhalten?« Einen Moment lang blickte er schweigend auf sein Schwert hinunter, dann winkte er ihnen. »Kommt. Wir haben vielleicht doch noch eine Chance.«

Zusammen rannten sie den Gang hinunter, durch den Crispin gekommen war, bogen nach links in einen anderen Gang ab, durchquerten einen großen Saal, der früher als Waffenkammer gedient hatte, hasteten eine Treppe hinunter in eine weite, öde Rundhalle, bogen wieder in einen Gang ein. Am Ende dieses letzten Korridors wartete eine hohe Eisentür, die mit schweren Bolzen in den Fels des Berges eingelassen war. Crispin zog die Riegel zurück und öffnete die Tür. Brüllend schlug ihnen der Wind in die Gesichter, als wolle er sie ins Innere der Festung zurückschleudern. Der Elfen-Hauptmann warf seine Fackel weg, senkte entschlossen den Kopf und trat in die Dunkelheit hinaus. Amberle und Wil folgten.

Zu ihren Füßen gähnte eine tiefe Kluft, die entstanden war, als der Berg in uralter Zeit durch eine schwere Erschütterung vom Gipfel bis zum Fuß hinunter gespalten worden war. Ein schmaler Steg überspannte den Abgrund. Er führte von der kleinen Felsnische, in der sie standen, zu einem schlanken Turm, der in die gegenüberliegende Wand gebaut war. Der Wind fegte jaulend über die Kluft und rüttelte mit wütendem Geheul an dem schmalen eisernen Steg. Nur ein dünner Mondstrahl drang in die Tiefe der Schlucht hinunter und erhellte ein kurzes Stück des Stegs auf der anderen Seite.

Crispin zog Wil und Amberle nahe zu sich heran.

»Wir müssen hinüber!« schrie er durch das Tosen des Windes. »Haltet Euch am Geländer fest und schaut nicht nach unten.«

»Ich weiß nicht, ob ich das schaffe!« rief Amberle, den Blick voller Besorgnis auf den Steg gerichtet.

Wil spürte, wie ihre kleinen Hände krampfhaft seinen Arm umfaßt hielten.

»Ihr müßt!« Crispins Erwiderung duldete keine Widerrede. »Das ist unser einziger Ausweg.«

Amberle warf einen flüchtigen Blick auf die Eisentür in der Felswand, dann sah sie Crispin wieder an. Stumm nickte sie.

»Bleibt dicht bei mir!« mahnte der Elf.

Sie gingen los. Vorn der Elfen-Hauptmann, dann Amberle, zum Schluß Wil. Langsam und vorsichtig tappten sie durch die Dunkelheit, die Hände fest am Geländer auf beiden Seiten, die Köpfe gesenkt. Der Wind zerrte in wilden Stößen an ihnen, riß an ihren Kleidern und rüttelte an dem schmalen Steg, bis sie das Gefühl hatten, er müsse jeden Moment in den Abgrund stürzen. Als sie aus dem Schutz der Felswand traten, fegte die eisige Luft von den Gletschern des Berges über sie hinweg. Hände und Füße wurden rasch gefühllos vor Kälte, und das Eisen der Brücke fühlte sich an wie Eis. Schritt für Schritt tasteten sie sich voran, gelangten endlich aus den Schatten der Wand in silbriges Mondlicht, das in einem schmalen Streifen über dem Steg lag. Endlich hatten sie die letzte Etappe dieser gefährlichen Gratwanderung erreicht. Und Augenblicke später sprangen sie auf die Plattform vor dem einsamen Turm. Die Fenster in den dunklen Nischen waren dunkel, die Steinmauern von glitzerndem Eis überzogen. Eine Tür führte in das Innere des Turms.

Crispin führte Amberle vom Steg zum Eingang des Turms. Als Wil an ihrer Seite war, griff der Elf in einen Holzkasten, der an die Turmmauer gelehnt stand, und entnahm ihm zwei schwere Hämmer. Einen reichte er Wil und wies dann zur schmalen Brücke hinaus.

»Die Pfeiler des Stegs werden von sechs Bolzen gehalten – drei auf jeder Seite. Wenn wir die Bolzen herausschlagen, bricht der Steg ein. Das wurde extra so angelegt, um feindlichen Verfolgern zu entgehen, falls die Festung je überrannt werden sollte. Nehmt Ihr die drei auf der rechten Seite.«

Wil eilte auf die Plattform hinaus. Drei Bolzen, die horizontal durch Ringe getrieben waren, hielten die Strebepfeiler des Stegs in der Plattform, auf der er stand. Den Hammer fest in der

Hand, begann er, gegen den ersten Bolzen zu schlagen. Rost und Schmutz hatten sich rundherum festgesetzt, und er löste sich nur sehr langsam aus seiner Fassung. Als er endlich heraussprang, fiel er lautlos in die Schlucht. Eilig nahm Wil sich den nächsten Bolzen vor. Im Rasen des Windes konnte er die Hammerschläge kaum hören, doch er spürte die Kälte, die seine ungeschützten Hände gefühllos machte. Der zweite Bolzen löste sich und fiel in die Tiefe.

Plötzlich begann die Brücke unter einer schweren Erschütterung zu schwanken. Wil und Crispin, die Hämmer in den Händen, blickten gleichzeitig auf. In den tiefen Schatten der gegenüberliegenden Wand bewegte sich etwas.

»Schnell!« rief der Elfen-Hauptmann.

Wie ein Wahnsinniger schlug Wil auf den letzten Bolzen ein, ließ einen wahren Hagel von Schlägen auf den runden Kopf niedergehen, doch der Bolzen rührte sich nicht von der Stelle. Er war eingerostet. Wil packte den Hammer mit beiden Händen und donnerte mit aller Wucht auf den Bolzen ein. Jetzt endlich bewegte er sich ein winziges Stück.

Auf der Brücke schob sich ein Schatten heran, der finsterer war als die Nacht. Mit einem Sprung kam Crispin auf die Beine. Zwei der Bolzen auf seiner Seite waren heraus, der dritte zur Hälfte herausgeschlagen.

Doch die Zeit war abgelaufen. Der Raffer tauchte aus dem Dunkel ins Mondlicht – gigantisch, finster, gesichtslos. Crispin spannte seinen Bogen und schoß seine Pfeile mit solcher Geschwindigkeit auf das Ungeheuer ab, daß Wil seine Bewegungen kaum verfolgen konnte. Doch alle Pfeile wurden mühelos zur Seite geschleudert. Wil krampfte sich der Magen zusammen. Verzweifelt schlug er auf den Bolzen ein, und dieser rutschte noch ein Stück weiter durch den Ring. Doch dann blieb er stecken.

Da fielen ihm plötzlich die Elfensteine ein. Die Elfensteine! Jetzt mußte er sich ihrer Kraft bedienen! Wilde Entschlossenheit durchflammte ihn. Er sprang auf, griff in seinen Kittel und riß den Lederbeutel heraus. In Sekundenschnelle hatte er die Steine in der Hand, hielt sie so fest umfaßt, daß sie in sein Fleisch einschnitten. Der Raffer kam immer näher, ein riesenhaftes, schattendunkles Ungeheuer, das tief zusammengekauert den Steg entlangkroch. Er war keine zwanzig Fuß mehr entfernt. Wil schwang die Faust mit den Steinen in die Höhe und beschwor mit aller Willenskraft, die ihm zu Gebote stand, das Feuer, das dieses Ungeheuer vernichten würde.

Die Elfensteine flammten blitzartig auf, und ihr blaues Feuer stieß züngelnd in die Nacht. Dann aber schien in Wils Innerem eine Schranke herabzufallen. Und im nächsten Moment versiegte der Kraftstrom der Steine.

Entsetzen packte Wil. Verzweifelt versuchte er noch einmal sein Glück. Nichts geschah. Amberle stürzte zu ihm, schrie wie eine Rasende auf ihn ein – doch ihre Worte verloren sich im gellenden Heulen des Windes. Wil war wie vom Donner gerührt vor Schreck und Entsetzen. Er hatte versagt! Er besaß keine Macht mehr über die Kraft der Elfensteine.

Da sprang plötzlich Crispin auf den Steg hinaus. Keinen Augenblick hatte er gezögert. Er warf den Bogen beiseite und zog sein Schwert, um dem Dämon entgegenzutreten. Das Ungeheuer schien flüchtig zu zögern. Eine direkte Konfrontation hatte es nicht erwartet. Wild rüttelte der Wind an der schmalen Eisenbrücke.

»Die Bolzen!« rief Crispin scharf nach hinten zurück.

Immer noch fassungslos schob Wil die Elfensteine unter seinen Kittel, ergriff wieder den Hammer und begann erneut, mit aller Kraft auf den Bolzen einzuschlagen. Er rührte sich nicht. Amberle kam aus den Schatten hinter ihm gelaufen. Sie nahm den Hammer, den Crispin weggeworfen hatte, und fing an, den anderen Bolzen mit erbitterten Schlägen zu bearbeiten.

Draußen auf der schmalen Brücke focht Crispin einen Kampf der Verzweiflung. Mit Scheinangriffen drang er auf den Raffer ein, um ihn aus dem Gleichgewicht zu werfen und so seinen Sturz in den Abgrund herbeizuführen. Doch der Dämon ließ sich nicht aus der Reserve locken, blieb in Lauerstellung, während er die Hiebe und Attacken des Elfen mit wuchtigem Arm abwehrte. Crispin verstand sich auf den Kampf mit dem Schwert, doch er vermochte nicht, die Abwehr des Ungeheuers zu durchdringen. Immer weiter schob sich der Raffer vorwärts, und der Elf war gezwungen, Boden abzugeben.

Ein ungeheurer Zorn über seine eigene Ohnmacht packte Wil Ohmsford. Den Hammerstiel mit beiden Händen umspannend, hieb er mit aller Gewalt auf den runden Kopf des Bolzens ein, und endlich sprang dieser aus seiner Fassung und sauste in die Schlucht hinunter. Doch da lief ein plötzlicher Ruck durch die Brücke und der waghalsig kämpfende Crispin verlor das Gleichgewicht. Als er taumelnd nach hinten stolperte, stürzte sich der Raffer auf ihn. Krallenhände schlugen sich in den Kittel des Elfs. Mit blankem Entsetzen sahen Wil und Amberle, wie der Raffer Crispin in die Höhe schleuderte. Das Schwert des Elfen-Hauptmanns sauste blitzend abwärts zur Kehle des Dämonen, doch die Klinge zersprang, als sie auftraf. Der Raffer wehrte den Hieb ab wie eine lästige Fliege. Noch einen Moment lang hielt er Crispin über seinem vermummten Kopf, dann schleuderte er den Elf von der Brücke in die schwarze Tiefe. Lautlos taumelte Crispin durch die Luft und war verschwunden.

Und wieder rückte der grauenhafte Töter näher.

Da packte ein plötzlicher Windstoß mit gewaltiger Kraft die schon schwankende Brücke und rüttelte mit solcher Heftigkeit an ihr, daß auch der letzte Bolzen aus seiner Fassung brach. Der schmale Steg löste sich von der Plattform, an der er festgemacht war, und fiel klirrend in den Abgrund, den Raffer mit sich reißend, der das eiserne Gestänge umklammert hielt. Gemächlich beinahe sank der Steg herab, schwang mit metallischem Knirschen zur gegenüberliegenden Wand hinüber, fiel durch den schmalen Streifen Mondlicht in den Schatten zurück und krachte schließlich donnernd gegen den Fels. Doch er löste sich nicht ganz aus seiner Verankerung. Die Pfeiler auf der anderen Seite, geknickt zwar und verbogen, hielten ihn noch, und schaukelnd wippte er im tosenden Wind hin und her. In den finsteren Schatten der Wand war er kaum sichtbar. Der Raffer war nirgends zu sehen.

Amberles Stimme übertönte plötzlich das Heulen des Sturms, ein schrilles, verängstigtes Wimmern. Doch Wil konnte nicht verstehen, was das Elfenmädchen rief. Er hielt noch immer seinen Hammer umklammert, und in seinem Geist herrschte das Chaos. Crispin und die Elfen-Jäger waren nicht mehr. Die Kraft der Elfensteine war verloren. Amberle und er waren allein.

Weinend drückte sie sich an seine Schulter und flehte ihn an, diesen Ort zu verlassen. Jetzt erst wandte er sich ihr zu und zog sie an sich. Flüchtig war ihm, als höre er Allanons Stimme, die ihm sagte, daß der Druide sich vor allen anderen auf ihn, Wil Ohmsford, verlasse. Amberle fest an seiner Seite, verschwand er im Schutz des einsamen Turmes.

Sie brauchten die ganze Nacht, um aus dem Turm wieder herauszufinden. Beim flackernden Licht der Fackel, die Crispin in einem eisernen Halter neben dem Turmtor zurückgelassen hatte, durchwanderten sie eine scheinbar endlose Folge von Gängen und Treppenschächten, die sich durch den Fels des Berges stetig abwärtswanden. Zu Tode erschöpft von den Strapazen der vergangenen Tage, rannten sie stolpernd Hand in Hand durch die dunklen Gänge des uralten Steinturms. Sie sprachen nichts; sie hatten nichts zu sagen. Sie waren noch immer wie betäubt vor Schreck und Entsetzen über das, was geschehen war. Es beherrschte sie nur ein Gedanke – diesem Berg zu entfliehen.

Rasch verloren sie jegliches Zeitgefühl, und sie hätten nicht sagen können, ob sie nun Stunden oder gar schon Tage durch die Finsternis des Berges flohen. Sie hatten keine Vorstellung, wohin die Gänge sie führten. Sie vertrauten blind auf ihren Instinkt und auf das Glück, während sie in der verzweifelten Hoffnung durch das Labyrinth der Gänge irrten, daß sie irgendwo schließlich doch wieder an das Tageslicht gelangen müßten. Ihre Glieder schmerzten, und ihre Muskeln verkrampften sich, und ihnen schwindelte vor Müdigkeit. Die Fackel brannte herunter, und noch immer nahm der Irrgarten der Gänge kein Ende.

Doch dann standen sie unversehens vor einer wuchtigen Eisentür, die durch einen schweren Riegel gesichert war. Wil wollte ihn öffnen, als Amberle ihn am Arm faßte.

»Wil«, fragte sie ängstlich, und ihre Stimme war heiser vor Erschöpfung, »was tun wir, wenn da draußen auch Dämonen auf uns warten? Was tun wir, wenn der Raffer nicht allein war?«

Wil blickte sie schweigend an. Diese Möglichkeit hatte er bis jetzt nicht in Erwägung gezogen. Er hatte sich nicht gestattet, sie in Betracht zu ziehen. Er dachte zurück an alles, was ihnen seit dem Halt im Drey-Wald widerfahren war. Immer und überall gelang es den Dämonen, sie zu finden. Es hatte etwas Unausweichliches. Selbst wenn der Raffer vernichtet sein sollte, warteten andere Dämonen. Und der Spitzel in Arborlon hatte alles mitangehört.

»Wil?« Amberles Gesicht war voller Bangnis, während sie seine Antwort erwartete.

Er traf seine Entscheidung.

»Wir müssen es wagen. Es gibt keinen anderen Weg für uns.«

Behutsam streifte er ihre Hand von seinem Arm und schob Amberle hinter sich. Dann öffnete er vorsichtig den Riegel und zog die Tür auf. Dunstiges Tageslicht sickerte durch die Öffnung. Sie hörten das Plätschern des Flusses, dessen Wellen sachte gegen die Wände einer Grotte schlugen, in der sich der versteckte Anlegeplatz der Elfen befand. Nichts regte sich. Wil und Amberle tauschten flüchtig einen Blick. Wil ließ die Fackel auf den Grund des Tunnels fallen, wo ihr Feuer erlosch.

Der Pier und die Boote, die an ihm festgemacht waren, waren morsch und nicht mehr zu gebrauchen. Wil und Amberle liefen einen schmalen Sims in der Grotte entlang und gelangten schließlich an ein bewaldetes Flußufer am Fuß des Pykon. Nirgends war eine Seele zu sehen. Sie waren allein.

Gerade erst graute der Tag mit kaltem, silbernem Licht. An Bäumen und Büschen glitzerten zu Kristallen gefrorene Tautropfen, und das Land lag unter einem weißen Schleier von Rauhreif. Verwundert blickten sie sich um, sahen ihren eigenen Atem, der in Wölkchen vor ihren Gesichtern aufstieg, spürten die Kälte, die ihnen durch die Kleider hindurch in alle Glieder kroch. Laut gurgelnd strömte der Fluß zwischen den beiden Bergspitzen dahin, kaum sichtbar unter dem dichten Gespinst weißen Nebels. Dunkel und mächtig ragten die Zwillingstürme des Pykon in den Nebel hinein.

Unsicher blickte Wil sich um. Die Boote der Elfen, die in der Dunkelheit der Höhle versteckt waren, waren nur noch Wracks. Hier schien es nichts zu geben, was ihnen weiterhelfen konnte. Aber dann fiel sein Blick auf ein kleines Ruderboot, das ein gutes Dutzend Schritte entfernt, halb von Gebüsch verborgen, am Flußufer lag. Er nahm Amberle bei der Hand und führte sie am dichtbewachsenen Ufer entlang zu dem kleinen Boot. Es war ein Fischerboot in gutem Zustand, fest und sicher am Gesträuch vertäut. Offenbar hatte es jemand zurückgelassen, der sich von Zeit zu Zeit damit vergnügt hatte, hier, in der Nähe der Grotte, zu fischen, wo das Wasser besonders tief war. Wil löste die Vertäuung, half Amberle ins Boot und stieß es vom Ufer ab. Sie brauchten den Kahn viel dringender als der abwesende Fischer.

Von der Strömung des Flusses ließen sie sich ostwärts tragen, während der Tag heller wurde und die Luft sich allmählich erwärmte. Fest in ihren Umhang gehüllt schlief Amberle vor Erschöpfung bald ein. Wil hätte es ihr gern nachgetan, doch der Schlaf mied ihn. Er war so übermüdet, daß er sich nicht entspannen konnte. Unablässig plagten ihn die Erinnerungen an all das, was ihnen auf dieser Reise zugestoßen war. Nach einer Weile schob er das kleine Ruder, das auf dem Boden des Bootes lag, in die Dolle, hockte sich aufs Heck des zierlichen Kahns und steuerte das Gefährt den Fluß hinunter, während er mit abgestumpften Sinnen beobachtete, wie hinter den Bergen die Sonne aufging und die Nebel des frühen Morgens aufzehrte. Der Rauhreif auf Büschen und Bäumen schmolz dahin. Die Gipfel des Pykon verloren sich in der Ferne, als der Fluß sie weiter ostwärts trug, und rundum leuchtete jetzt das satte Grün der Wälder. Strahlend blau lachte der Himmel, nur hier und dort trieben träge einige weiße Federwölkchen durch den Morgensonnenschein.

Als es Mittag wurde, erreichten sie die Stelle, wo der Mermidon sich nach Süden wandte, um der dunklen Kette des Steinkamms entgegenzutreten. Es war ein warmer Tag, die Sonne hatte die Feuchtigkeit und Kälte des frühen Morgens vertrieben. Über dem Wasser des Mermidon kreisten Vögel in leuchtenden Farben und erfüllten den Tag mit ihrem Gesang. Der Duft wilder Blumen hing betörend in der Luft.

Amberle räkelte sich und erwachte. Schlaftrunken blickte sie Wil an.

»Hast du gleichfalls geschlafen?«

Er schüttelte den Kopf.

»Ich konnte nicht.«

Sie setzte sich auf.

»Dann schlaf doch jetzt. Ich übernehme die Steuerung des Bootes schon. Du mußt dich ausruhen.«

»Nein, es ist schon gut. Ich bin nicht müde.«

»Wil, du bist doch völlig erschöpft.« Sorge sprach aus ihrer Stimme. »Du mußt schlafen.«

Tiefe Qual lag in seinen Augen, er blickte sie einen Moment lang wortlos an.

»Weißt du, was mir da heute nacht geschehen ist?« fragte er schließlich.

»Nein.« Sie schüttelte langsam den Kopf. »Und ich glaube, du weißt es auch nicht.«

»O doch, ich weiß es genau. Ich weiß ganz genau, was geschehen ist. Ich wollte die Elfensteine einsetzen, und ich vermochte es nicht. Ich habe keine Macht mehr über sie. Sie ist mir verlorengegangen.«

»Das kannst du nicht wissen. Du hattest doch schon das erste Mal Mühe mit den Steinen, als du sie im Tirfing gebrauchen wolltest. Vielleicht hast du es diesmal allzusehr erzwingen wollen. Vielleicht hast du dir selbst gar keine Chance gelassen.«

»Doch, doch, ich hab' mir jede Chance gelassen«, widersprach er leise. »Ich habe alles eingesetzt, was ich in mir habe, um die Kraft der Elfensteine freizusetzen. Aber es geschah nichts. Gar nichts. Allanon anvertraute mir, daß dies eintreten könnte. Das kommt daher, daß mein Elfenblut mit Menschenblut gemischt ist. Nur Elfenblut hat die Macht über die Steine, und das meine ist, scheint's, äußerst schwach. In mir ist eine

Sperre, Amberle. Einmal habe ich sie überwunden, aber jetzt gelingt es mir nicht mehr.«

Sie rückte näher an ihn heran und legte ihre Hand leicht auf seinen Arm.

»Dann müssen wir es eben ohne die Steine schaffen.«

Er lächelte schwach bei diesen Worten.

»Die Elfensteine sind die einzige Waffe, die wir besitzen. Wenn die Dämonen uns wiederfinden, sind wir erledigt. Wir haben nichts, womit wir uns schützen können.«

»Dann dürfen die Dämonen uns eben nicht finden.«

»Sie haben uns noch jedesmal gefunden, Amberle, trotz aller Vorsichtsmaßnahmen, die wir ergriffen haben. Wir konnten gehen, wohin wir wollten, sie haben uns immer wieder gefunden. Und sie werden uns auch diesmal finden. Das weißt du.«

»Ich weiß nur, daß du derjenige warst, der sich nach unserer Flucht aus Havenstead strikt weigerte, umzukehren«, erwiderte sie. »Ich weiß, daß du derjenige bist, der nicht ein einziges Mal daran gedacht hat, die Flinte ins Korn zu werfen. Ich weiß, daß du derjenige bist, den Allanon als meinen Beschützer ausgewählt hat. Würdest du mich im Stich lassen?«

Wil errötete. »Nein. Niemals.«

»Und ich dich auch nicht. Wir haben diesen Weg gemeinsam angetreten, und wir werden ihn zusammen beenden. Wir können uns aufeinander verlassen, du und ich. Wir werden einander helfen, alles bis zum Ende durchzustehen. Ich habe so ein Gefühl, daß es gelingen wird.« Sie hielt inne, und ein scheues Lächeln flog über ihr Gesicht. »Dir ist doch wohl klar, daß eigentlich du mir diesen Vortrag hättest halten sollen, nicht ich dir. Ich war es doch, die nicht an ihr Erbe glaubte, die kein Vertrauen in den Druiden hatte. Du hast immer geglaubt.«

»Ja, wenn die Elfensteine mir nicht den Dienst versagt hätten –«, begann Wil bedrückt.

Amberle schloß ihm rasch mit einem Finger die Lippen.

»Sei nicht so sicher, daß sie dir den Dienst versagt haben. Überleg doch mal einen Augenblick, was du mit ihnen bewirken wolltest. Du wolltest sie als eine Waffe der Vernichtung einsetzen. Ist dir das überhaupt möglich, Wil? Vergiß nicht, daß du ein Heilkundiger bist. Du hast es dir zur Aufgabe gemacht, Leben zu erhalten, nicht zu zerstören. Der Elfenzauber ist immer nur ein Teil dessen, der sich seiner bedient. Vielleicht solltest du die Elfensteine nicht auf die Weise gebrauchen, wie du sie einsetzen wolltest, als du dich dem Raffer gegenübersahst.«

Wil überdachte Amberles Worte reiflich. Allanon hatte ihm erklärt, daß sich in den drei Steinen Herz, Geist und Körper zu jener einen Kraft vereinigen mußten, die den Zauber ausmachte. Wenn es eines Teiles mangelte...

»Nein.« Er schüttelte mit Nachdruck den Kopf. »Das ist Haarspalterei. Mein Großvater glaubte so fest an die Erhaltung des Lebens wie ich, und doch setzte er die Elfensteine ein, um zu vernichten. Und er tat es ohne die Schwierigkeiten, die ich erlebte.«

»Nun, dann gibt es noch eine andere Möglichkeit«, fuhr sie fort. »Allanon warnte dich vor dem inneren Widerstand, der seinen Ursprung in deinem gemischten Blut hat. Einmal schon hattest du ihn verspürt. Vielleicht hat das dich veranlaßt, deine eigene Sperre zu schaffen – eine geistige Sperre in der Form, daß du – dir selbst unbewußt – befürchtest, daß die Kraft der Elfensteine dir verloren ist, obwohl es in Wirklichkeit gar nicht zutrifft. Vielleicht war die Sperre, die dich heute nacht hinderte, von dir selbst geschaffen.«

Wil starrte sie nachdenklich an. War das möglich? Er schüttelte den Kopf.

»Ich weiß nicht. Ich bin mir nicht sicher. Es ging alles so schnell.«

»Dann hör mir zu.« Sie neigte sich zu ihm hinüber, so daß ihr Gesicht dem seinen ganz nahe war. »Akzeptiere nicht so rasch als Wahrheit, was nur Mutmaßung ist. Einmal hast du dich der Elfensteine bedient. Da hast du ihre Kraft heraufbeschworen und sie zu deiner eigenen gemacht. Ich glaube nicht, daß einem eine solche Gabe so leicht verlorengeht. Vielleicht hast du sie nur verschüttet. Nimm dir Zeit, sie zu suchen, ehe du sagst, daß sie dir auf immer genommen sei.«

Voll tiefer Verwunderung blickte er sie an.

»Du hast mehr Vertrauen in mich als ich selbst. Wie seltsam! Auf unserer Reise nach Arborlon hegtest du noch große Zweifel an mir. Erinnerst du dich?«

Sie rückte ein Stück von ihm ab.

»Das war falsch von mir. Ich habe Dinge gesagt, wovon ich besser geschwiegen hätte. Ich hatte Angst...«

Einen Augenblick schien es so, als wolle sie noch mehr sagen; doch wie schon bei anderer Gelegenheit, als es den Anschein hatte, als wolle sie ihre Angst erklären, ließ sie das Thema fallen. Wil war klug genug, sich damit zufriedenzugeben.

»Nun, in einer Hinsicht hast du jedenfalls recht gehabt«, meinte er, bemüht, in leichtem Ton zu sprechen. »Diesen Vortrag hätte ich dir halten sollen. Nicht du mir.«

Eine unbestimmbare Wehmut lag tief in ihren Augen.

»Dann denk daran, das zu tun, wenn du siehst, daß ich es brauche. So, kannst du jetzt schlafen?«

Er nickte. »Ja, ich glaube schon – ein Weilchen wenigstens.«

Sie tauschten den Platz, und er streckte sich auf dem Boden des Kahns aus, seinen zusammengerollten Umhang als Kissen unter dem Kopf. Gedanken an die Elfensteine huschten aufreizend durch seinen Geist. Er schloß die Augen und hüllte solche Gedanken in Schwärze. Glaub an dich selbst, hatte Allanon zu ihm gesagt. Hatte er diesen Glauben? War dieser Glaube stark genug?

Die Gedanken verwirrten sich. Er versank in tiefen Schlaf.

Es war schon später Nachmittag, als Wil erwachte. Mit steifen, schmerzenden Gliedern stemmte er sich von dem harten Boden des Bootes in die Höhe und erhob sich vollends, um Amberle am Ruder abzulösen. Er war hungrig und durstig, doch sie hatten nichts zu essen und nichts zu trinken. Sie hatten alles auf ihrer Flucht durch den Pykon verloren.

Nach einiger Zeit verengte sich der Lauf des Flusses, und die Zweige der Bäume zu beiden Seiten des Ufers schlossen sich wie ein Baldachin über ihnen. Die Schatten auf dem Wasser wurden länger, und im Westen hing die Sonne jetzt schon tief über der Wand des Steinkamm-Gebirges. Ihr goldenes Licht färbte sich mit dem Nahen des Abends zu roter Glut. Eine Folge von Stromschnellen schüttelte das kleine Boot wild hin und her, doch Wil gelang es, die gefährlichen Felsbrocken zu meiden, und er hielt mit eiserner Hand den Kurs, bis sie die gefährlichen Strudel und Untiefen hinter sich gelassen hatten. Als der Fluß auf seiner langen Wanderung nach Callahorn wieder nach Osten schwenkte, steuerte Wil den Kahn an Land, und sie stiegen aus.

Die Nacht verbrachten sie im Schutz einer ausladenden alten Weide, mehrere hundert Schritte vom Flußufer entfernt. Nachdem sie das Boot im Gebüsch versteckt hatten, sammelten sie Früchte und Kräuter für ein karges Nachtmahl und machten sich auf die Suche nach Trinkwasser. Doch sie fanden nirgends eine Quelle und mußten sich schließlich mit der harten Nahrung begnügen. Bald nach dem Essen schliefen sie ein.

Der Morgen zog hell und freundlich herauf, und Wil und Amberle brachen zeitig auf, um den Marsch zum Steinkamm in Angriff zu nehmen. In zügigem Tempo wanderten sie durch den frühen Morgen, während sie mit herzhaftem Appetit die Früchte verspeisten, die vom vergangenen Abend übrig waren. Die Stunden verflogen rasch. Am späten Vormittag entdeckten sie einen Bach mit einem sprudelnden Wasserfall und stellten fest, daß das Wasser genießbar war. Sie tranken gierig und ausgiebig, doch da sie keinen Behälter hatten, konnten sie nichts mitnehmen.

Der Tag wurde älter, und immer näher rückte hinter der grünen Mauer der Wälder das Steinkamm-Gebirge, eine gewaltige Kette gezackter Spitzen, die sich über den westlichen Horizont dehnte. Nur im Süden, wo das öde, undurchdringliche Totenmoor lag, waren keine Berge. Dort war die Luft von dichten grauen Nebeln verschleiert, die wie Rauchwolken aus dem Moor aufstiegen.

Zum erstenmal, seit sie dem Pykon entronnen waren, machte sich Wil Gedanken darüber, wie ihre Reise weitergehen sollte. Ihr Entschluß, dem Mermidon bis zu den Wäldern am Fuß der Bergkette zu folgen, war durchaus naheliegend gewesen. Jetzt aber, da sie hier waren, fragte er sich, wie sie es je schaffen sollten, diese gigantischen Gipfel zu überwinden. Sie kannten beide dieses Gebiet nicht; sie wußten beide nicht, ob es Pässe gab, die einigermaßen gefahrlos über das Gebirge hinwegführten. Wie sollten sie es jetzt, ohne die Führung der Elfen-Jäger, verhindern, daß sie hoffnungslos in die Irre gingen?

Als die Sonne unterging, standen sie unmittelbar am Fuß des Steinkamms und blickten Tausende von Fuß hinauf zu einem Wald nadelspitzer Felsgipfel, der nirgends eine Lücke zeigte, nirgends einen Durchgang bot. Sie ließen den Wald hinter sich und erklommen die unteren Hänge des unmittelbar vor ihnen sich auftürmenden Berges. Die weiten grünen Matten waren mit leuchtenden blauen Glockenblumen und rotem Tausendgüldenkraut übersät. Die Sonne war beinahe hinter dem Horizont verschwunden, und sie sahen sich nach einem Lagerplatz um. Bald hatten sie einen Bach gefunden, der munter aus den oberen Felshängen herabsprang; an einem kleinen Teich im Schutz einer Gruppe von Föhren ließen sie sich zur Nacht nieder. Wieder gab es nur frische Früchte und Kräuter zum Nachtmahl, doch Wil hungerte nach Fleisch und Brot und aß das, was sie hatten, ohne viel Appetit. Sie wünschten einander gute Nacht, wickelten sich in ihre Umhänge und schlossen die Augen.

Wil überlegte noch immer, wie es ihnen gelingen sollte, das Gebirge zu überwinden, als der Schlaf ihn übermannte.

Als er erwachte und die Augen aufschlug, saß ein Junge neben ihnen im Gras und musterte ihn. Es war früh am Morgen, und die Sonne stieg wie in einem Glorienschein dunstverschleierten, goldenen Lichts aus den fernen Wäldern empor. Auf den weiten, offenen Hängen des Berges, die sich über ihnen dehnten, öffneten sich die Blüten der wilden Blumen, und Tautropfen schimmerten im Gras.

Wil blinzelte überrascht. Im ersten Moment glaubte er, seine Augen spielten ihm einen Streich, und wartete darauf, daß der Junge wieder in den Gefilden seiner Phantasie untertauchen würde. Doch der Junge blieb, wo er war. Mit gekreuzten Beinen hockte er vor Wil im Gras und betrachtete diesen schweigend. Es war also kein Trugbild, sagte sich Wil und richtete sich ein wenig auf.

»Guten Morgen«, sagte er endlich.

»Guten Morgen«, antwortete der Junge feierlich.

Wil rieb sich den Schlaf aus den Augen und nahm sich Zeit, um den Jungen zu mustern. Er war ein Elf, ziemlich groß, mit zerzaustem, sandblondem Haar, das ihm in sein Gesicht fiel. Auf der Nase saßen ein paar Sommersprossen. Der Junge trug eine Hose und ein Wams aus Leder, und um seinen Hals sowie an seinem Gürtel hing eine Vielzahl von Beuteln und Säcken. Er war sehr jung, viel jünger noch als Wil und Amberle.

»Ich wollte Euch nicht wecken«, erklärte der Junge.

Wil nickte. »Du warst sehr leise.«

»Ich weiß. Ich kann mich durch einen Wald schleichen, ohne daß mich jemand hört.«

»Tatsächlich?«

»Ja. Und ich kann mich an einen Fuchsbau heranpirschen, ohne daß der Fuchs was merkt. Das hab' ich schon einmal gemacht.«

»Das ist ja allerhand.«

Der Junge sah ihn neugierig an.

»Was tut ihr hier draußen?«

Wil mußte unwillkürlich lachen.

»Genau das gleiche wollte ich dich gerade fragen. Wohnst du hier?«

Der Junge schüttelte den Kopf.

»Nein. Ich wohne im Süden, unterhalb vom Irrybis. Im Rockshort.«

Wil hatte keine blasse Ahnung, was ein Rockshort sein könnte. Er hörte, wie Amberle sich hinter ihm regte.

»Sie ist sehr schön«, sagte der Junge leise. »Seid ihr verheiratet?«

»Äh – nein, wir reisen nur zusammen«, erwiderte Wil leicht verlegen. »Wie bist du denn hierhergekommen?«

»Ich bin geflogen«, antwortete der Junge. »Ich bin ein Himmelsreiter.«

Wil war sprachlos. Der Junge blickte an ihm vorbei zu Amberle, die sich jetzt aufsetzte.

»Guten Morgen, schöne Dame«, begrüßte er sie.

»Guten Morgen«, antwortete Amberle. Belustigung mischte sich mit Verwunderung in ihren grünen Augen. »Wie heißt du?«

»Perk.«

»Ich heiße Amberle.« Das Elfenmädchen lächelte. »Und das ist Wil.«

Der Junge stand auf und trat zu Wil, um ihm die Hand zu schütteln. Mit Überraschung stellte Wil fest, daß die Innenhand des Jungen schwielig und von Hornhaut überzogen war. Der Junge schien sich dieser Tatsache bewußt zu sein und zog seine Hand rasch zurück. Amberle bot er sie gar nicht, sondern nickte ihr nur zu.

»Möchtet ihr etwas zum Frühstück?« fragte er.

Wil zuckte die Schultern. »Woran hattest du denn gedacht, Perk?«

»Milch, Nüsse, Käse und Brot. Das ist alles, was ich bei mir habe.«

»Nun, das ist doch wunderbar.« Wil lachte und blickte rasch zu Amberle hinüber. Er hatte keine Ahnung, was Perk hier tat, doch was er zum Frühstück zu bieten hatte, klang köstlich.

»Wir teilen das Frühstück mit Freuden mit dir.«

Sie ließen sich im Gras nieder. Aus einem der Beutel, die er bei sich trug, holte der junge Elf die versprochenen Nüsse, den Käse und das Brot hervor, dazu drei kleine Becher. Diese füllte er mit Milch aus einem anderen Beutel.

Wil und Amberle verzehrten die kleine Mahlzeit mit Heißhunger.

»Woher hast du die Milch?« fragte Amberle.

»Von den Ziegen«, murmelte der Junge mit vollem Mund. »Ein paar Meilen weiter nördlich ist ein Ziegenhirt mit einer kleinen Herde. Ich hab' heute morgen in aller Frühe eine von den Geißen gemolken.«

Amberle warf einen fragenden Blick auf Wil. Der zuckte die Schultern.

»Er hat mir erzählt, daß er ein Himmelsreiter ist. Er fliegt.«

»Ein richtiger Himmelsreiter bin ich nicht – noch nicht«, schränkte der Junge ein. »Dazu bin ich noch zu jung. Aber eines Tages werde ich einer sein.«

Ein etwas verlegenes Schweigen folgte auf diese Worte, das der Junge schließlich brach.

»Ihr habt mir noch gar nicht erzählt, was ihr hier draußen tut«, bemerkte er. »Lauft ihr vor irgendwas davon?«

»Warum fragst du das, Perk?« wollte Amberle sogleich wissen.

»Weil ihr so ausseht, als ob ihr vor irgendwas flieht. Eure Kleider sind ganz zerrissen und schmutzig. Ihr habt keine Waffen und kein Essen und keine Decken. Ihr habt kein Feuer entzündet. Und ihr seht so aus, als ob euch etwas schreckliche Angst gemacht hat.«

»Perk, du bist ein kluger Junge«, bemerkte Wil eilig und wußte schon, wie er diese Situation anpacken wollte. »Versprichst du mir, daß du es nicht weitererzählst, wenn ich dir jetzt etwas sage?«

Der Junge nickte mit einer Miene gespannter Erwartung. »Ja, das verspreche ich.«

»Gut.« Vertraulich neigte sich Wil ihm zu. »Diese Dame hier – Amberle – ist etwas ganz Besonderes. Sie ist eine Prinzessin, eine Enkelin von Eventine Elessedil, dem König der Elfen.«

»Dem König der Landelfen«, verbesserte Perk. Als Wil, durch den Einwurf des Jungen verwirrt, innehielt, rückte dieser begierig näher an ihn heran. »Seid ihr auf Schatzsuche? Oder ist die Dame verzaubert? Ist sie behext?«

»Ja. Nein.« Wil brach ab. Worauf hatte er sich da eingelassen? »Wir suchen – äh, wir sind auf der Suche nach einem – einem Talisman, Perk. Nur Amberle kann seine Kraft zur Wirkung bringen. Das Volk der Elfen wird von großem Unheil bedroht. Nur dieser Talisman kann vor diesem Unheil schützen, und wir müssen ihn schnell finden. Wärst du bereit, uns zu helfen?«

Perks Augen blitzten aufgeregt.

»Ein Abenteuer? Ein richtiges Abenteuer?«

»Wil, ich weiß nicht –« unterbrach Amberle mit gerunzelter Stirn.

»Vertrau mir bitte.« Wil hob beschwichtigend die Hände. Er wandte sich wieder an Perk. »Das ist eine sehr gefährliche Sache, Perk. Die Wesen, vor denen wir fliehen, haben schon eine ganze

Anzahl von Elfen getötet. Das ist kein Spiel. Du mußt genau das tun, was ich dir sage, und wenn ich dir sage, daß es vorbei ist, dann mußt du uns auf der Stelle verlassen. Ist das klar?«

Der Junge nickte zustimmend.

»Was soll ich denn tun?«

Wil wies zum Steinkamm-Gebirge hinauf.

»Du sollst mir einen Weg durch dieses Gebirge zeigen. Kennst du einen?«

»Aber natürlich.« Perks Stimme klang entrüstet. »Wohin wollt ihr denn?«

Wil zögerte. Eigentlich hätte er das dem Jungen lieber nicht verraten.

»Spielt das eine Rolle?« fragte er.

»Aber gewiß spielt das eine Rolle«, gab Perk sogleich zurück. »Wie kann ich euch zeigen, wie ihr zu eurem Ziel kommt, wenn ich gar nicht weiß, wo euer Ziel liegt?«

»Das klingt sehr vernünftig«, bemerkte Amberle und warf Wil einen Blick zu, der besagte, daß er all dies hätte voraussehen müssen. »Ich glaube, es ist besser, du sagst es ihm, Wil.«

Wil nickte. »Also gut. Wir wollen in den Wildewald.«

»In den Wildewald?« Mit ernster Miene schüttelte Perk den Kopf, und sein Eifer wurde ein wenig gedämpfter. »Der Wildewald ist mir verboten. Er ist gefährlich.«

»Das wissen wir«, pflichtete Amberle ihm bei. »Aber wir haben keine andere Wahl. Wir müssen dorthin. Kannst du uns helfen?«

»Ja, ich kann euch helfen«, antwortete der Junge fest. »Aber ihr könnt nicht durch das Gebirge wandern. Da würdet ihr Tage brauchen.«

»Ja, aber wenn wir nicht durch das Gebirge gehen, wie kommen wir dann hin?« fragte Wil. »Gibt es denn einen anderen Weg?«

Perk lachte. »Klar. Wir können fliegen.«

Wil sandte einen hilfesuchenden Blick zu Amberle hinüber.

»Perk, das geht doch gar nicht, wir können nicht fliegen«, sagte sie behutsam.

»Doch, wir können fliegen«, beharrte er. »Ich hab' euch doch gesagt, daß ich ein Himmelsreiter bin – jedenfalls schon fast.«

Eine blühende Phantasie hat der Knabe, dachte Wil.

»Schau mal, Perk, zum Fliegen braucht man Flügel, und die haben wir nicht.«

»Flügel?« Der Junge machte ein verwirrtes Gesicht. Dann lachte er. »Ach so, ihr dachtet – ach so, jetzt verstehe ich. Nein, nein, nicht wir selbst. Wir haben Genewen. Hier, kommt mit.«

Eilig sprang er auf und lief aus dem Schatten der Föhren auf die Wiese hinaus. Verwundert folgten ihm Wil und Amberle. Als sie die Bäume hinter sich gelassen hatten und am offenen Hang standen, griff Perk in einen der Lederbeutel, die er am Hals trug, und zog eine kleine silberne Pfeife heraus. Er legte sie an die Lippen und blies hinein. Kein Laut war zu hören. Wil blickte wieder zu Amberle hinüber und schüttelte verstohlen den Kopf. Perk steckte das silberne Pfeifchen wieder ein und hob den Kopf zum Himmel hinauf. Ganz mechanisch taten es Wil und Amberle ihm nach.

Plötzlich stieg aus den Zacken des Steinkamms ein gewaltiges, golden schimmerndes Wesen in die Lüfte empor. Hell blitzte es im warmen Sonnenlicht des Morgens, als es am Hang des Berges abwärtstauchte und auf sie zukam. Wil und Amberle fuhren erschreckt zusammen. Es war der größte Vogel, den sie je gesehen hatten, ein riesenhaftes Geschöpf mit einer Spannweite von vollen dreißig Fuß. An dem schlanken, von einem Kamm gekrönten Kopf, der, schwarz gesprenkelt, wie Feuer leuchtete, saß ein mächtiger gebogener Schnabel, und scharfe Krallen schoben sich aus den Füßen, als der Vogel sich näherte. Einen Moment lang fühlten sich Wil und Amberle an das geflügelte schwarze Ungeheuer erinnert, das sie auf ihrer Flucht durch das Rhenn-Tal beinahe eingeholt hätte, doch dann sahen sie, daß dies nicht dasselbe Geschöpf war. Keine zehn Fuß von ihnen entfernt, landete der Vogel auf der Wiese und faltete die gewaltigen Schwingen über seinem golden gefiederten Körper. Sein durchdringender Schrei zerriß die morgendliche Stille, und dann neigte er den schmalen Kopf begierig zu Perk hinunter. Der Junge antwortete mit einem raschen, seltsamen Ruf und wandte sich dann wieder seinen erstaunten Begleitern zu.

»Das ist Genewen«, verkündete er strahlend. Dann lachte er. »Seht ihr? Ich sagte euch, daß wir fliegen können.«

Angesichts des Riesenvogels waren Wil und Amberle eher bereit, die Geschichte zu glauben, die Perk ihnen dann erzählte.

Vor der Zeit von Jerle Shannara und vor dem Ausbruch des Zweiten Krieges der Rassen verließ eine kleine Schar von Elfen – aus Gründen, die nun längst vergessen waren – ihre Heimat und wanderte nach Süden, um sich am Fuß des Irrybis-Gebirges in einem rauhen, unerforschten Gebiet bergigen Waldlands anzusiedeln, das an ein großes Wasser grenzte, den Rassen als blaue Scheide bekannt. Diese Elfen waren Perks Vorfahren. Im Lauf der Jahre wurden sie zu Jägern und Fischern, die westlich vom Myrian-See in kleinen Dörfern an der steilen Felsküste der blauen Scheide hausten. Die Elfen entdeckten schon bald, daß sie diese Felsen mit einer Familie riesiger Vögel teilten, die in den Höhlen über den Wassern der blauen Scheide ihre Nester bauten.

Nach einem legendären Vogel der alten Welt nannten sie diese Vögel Rocks. Die Rocks und die Elfen wahrten zunächst tunlichst Abstand voneinander, doch mit der Zeit erkannten die Elfen, daß die Riesenvögel ihnen von großem Nutzen sein konnten, wenn es möglich war, sie zum Tragen und Befördern von Lasten abzurichten. Die Elfen waren einfallsreiche und resolute Leute und machten sich sogleich daran, dieses Ziel zu verwirklichen. Nach zahlreichen Fehlschlägen entdeckten sie tatsächlich einen Weg, mit den Vögeln Kontakt aufzunehmen und sich mit ihnen zu verständigen, und das führte dazu, daß zunächst einige der jungen Vögel ins Geschirr genommen wurden. Nach einiger Zeit der Erfahrung schafften es die Elfen schließlich, sich zu Herren der ganzen Vogelsippe zu machen. Die Rocks wurden zu Reittieren der Elfen, die jetzt ihre Jagd- und Fischgründe weiter ausdehnen konnten. Die Vögel wurden aber auch zu starken Beschützern ihrer Herren, indem man sie darauf abrichtete, mit den Feinden der kleinen Gemeinde zu kämpfen. Die Elfen ihrerseits verteidigten die Rocks gegen andere Tiere, die etwa die Brutstätten überfallen oder in ihre

Futtergebiete einfallen wollten. Sie machten es sich zur Aufgabe, für die Vögel zu sorgen, sie bei Krankheit und Verletzung zu behandeln und zu heilen, sich stets um ihr Wohlbefinden zu kümmern. Im Lauf der Jahre wurde das Band zwischen Elf und Vogel immer fester. Das Land, in dem sie gemeinsam lebten, nannten sie Rockshort. Es war klein und abgeschieden, in einer Wildnis gelegen, die nur dünn besiedelt war und selten von Reisenden aufgesucht wurde. Jede Verbindung zwischen Rockshort und den größeren Elfengemeinden nördlich vom Wildewald war längst abgebrochen. Die Elfen im Rockshort hatten ihre eigene Regierung gebildet, und wenn sie auch die Souveränität des Elfenkönigs in Arborlon über die Mehrheit der Westland-Elfen anerkannten, so betrachteten sie sich doch als ein selbständiges Volk. Sie nannten sich selbst die Luftelfen und die übrigen Westland-Elfen die Landelfen.

Perk war Sohn und Enkel von Himmelsreitern. Himmelsreiter waren jene Männer, die die gewaltigen Rocks abrichteten, ritten, und die für die Ernährung und für die Verteidigung der im Rockshort lebenden Elfen und Vögel zuständig waren. Es gab noch andere Ämter, die den Männern und Frauen vom Rockshort übertragen wurden, doch das des Himmelsreiters war das am meisten begehrte. Nur der Himmelsreiter konnte dem Rock befehlen. Nur er durfte fliegen, die Himmelsbahnen von einem Zipfel des Landes bis zum anderen durchreiten. Der Himmelsreiter war ein Mann, der Vertrauen und Ehre genoß, der sein Leben in den Dienst seiner Mitbürger stellte, der stets als ein Symbol ihrer Lebensweise gelten würde.

Perk befand sich im zweiten Jahr seiner Ausbildung als Himmelsreiter. Die, denen dieses Amt einmal übertragen werden sollte, wurden früh ausgewählt, und die Ausbildung dauerte dann bis zu dem Tag, an dem der Junge das Mannesalter erreichte. Häufig war die Wahl schon vorbestimmt, wie im Fall von Perk, von dem erwartet wurde, daß er in die Fußstapfen seines Vaters und seines Großvaters treten würde, die beide Himmelsreiter waren. Genewen war der Vogel seines Großvaters, doch dieser war zu alt, um noch regelmäßig im Dienste des Rockshort zu fliegen. Wenn Perk das Mannesalter erreichte, würde Genewen in seinen Besitz übergehen. Die Rocks wurden sehr alt, lebten im allgemeinen vier-, in seltenen Fällen fünfmal so lang wie die Elfen. Ein Rock konnte also im Lauf seines Lebens mehreren Herren dienen. Genewen war zuerst von Perks Großvater in Dienst genommen worden, doch wenn ihre Gesundheit erhalten blieb, würde sie eines Tages Perks Sohn dienen, vielleicht auch seinem Enkel.

Im Augenblick jedoch diente sie Perk, der unter der Aufsicht seines Großvaters zum Himmelsreiter ausgebildet wurde. Ein Übungsflug hatte den Elfenjungen ins Steinkamm-Gebirge und zu dieser Begegnung mit Wil und Amberle geführt. Im Rahmen seiner Ausbildung zum Himmelsreiter mußte er vom Rockshort aus immer längere Flüge unternehmen. Und bei jedem Flug hatte er ganz bestimmte Aufgaben zu erfüllen, mußte ganz bestimmte Vorschriften befolgen. Diesmal sollte er dem Rockshort sieben Tage fernbleiben, wobei man ihm nur einen schmalen Proviant an Brot und Käse und einen Kanister Wasser mitgegeben hatte. Was er sonst noch brauchte, um seinen Hunger zu stillen, mußte er sich selbst beschaffen. Er hatte den Auftrag, bestimmte Teile des Gebirgslandes rund um den Wildewald zu erforschen und bei seiner Rückkehr genau zu beschreiben. Der Wildewald selbst war ihm verboten, wie allen, die sich noch in der Ausbildung befanden. Er durfte in dem Land, das an den Wildewald angrenzte, landen, nicht aber in dem Gebiet selbst. Und er war gehalten, allen Kontakt mit seinen Bewohnern zu vermeiden.

Die Anweisungen waren klar und deutlich, und Perk stellte sie nicht in Frage. Am Morgen seines zweiten Tages jedoch entdeckte er, während er am Ostrand des Steinkamms entlang nach Süden flog, Wil und Amberle, zwei vermummte Gestalten, die im Schutz einer Gruppe von Fichten unter ihm schliefen. Er schwang sich herab, um die beiden näher in Augenschein zu nehmen, und sogleich war seine Neugier geweckt. Wer waren diese Wanderer, Elfen wie er selbst, ein junger Mann und ein junges Mädchen, ganz offensichtlich aus einem anderen Teil des Landes? Was taten sie so schlecht ausgerüstet in diesem rauhen Land? Es bedurfte nur kurzer Überlegung, dann war sein Entschluß gefaßt. Er hatte Anweisung, jeden Kontakt mit den Bewohnern des Wildewalds zu vermeiden, hinsichtlich eventueller Kontakte mit anderen jedoch war ihm nichts gesagt worden – ein Versehen seines Großvaters vielleicht, aber auf jeden Fall eine Tatsache. Obwohl Perk durch die hohen Anforderungen seiner Ausbildung Bedachtsamkeit und Vorsicht gelernt hatte, war er dennoch ein Junge mit eben der Abenteuerlust eines Jungen. Sein Großvater hatte die Tür angelehnt gelassen, da war es nur natürlich, daß er sie jetzt ganz aufstoßen wollte. Er wollte gehorsam sein, aber er war auch wißbegierig. Und manchmal mußte eben der Gehorsam vor der Wißbegierde weichen.

Und dies war eine solche Gelegenheit – zum Glück für Wil und Amberle.

Nachdem Perk zum Ende gekommen war, beantwortete er geduldig die Fragen der beiden. Doch seine Ungeduld, das neue Abenteuer anzugehen, gewann schließlich die Oberhand. Mit erwartungsfrohem Blick fragte er seine neuen Freunde, ob sie zum Abflug bereit seien. Genewen war zwar nicht daran gewöhnt, mehr als einen Reiter zu tragen, doch sie konnte es leicht schaffen. Sie würde sie im Nu über die Bergkette des Steinkamms hinwegtragen.

Wil und Amberle musterten den Riesenvogel mit skeptischen Blicken. Hätte es einen anderen Weg gegeben, sie hätten ihn mit Freuden eingeschlagen. Allein schon der Gedanke an das Fliegen machte ihnen Angst. Doch es gab keine Alternative, und da stand der Junge, die Hände in die Hüften gestemmt, und wartete darauf, daß es endlich losging. Mit einem Schulterzucken erklärte Wil, sie seien bereit. Lieber Himmel, wenn ein Knabe dies konnte, dann konnten sie es doch gewiß auch.

Perk folgend, gingen sie zu Genewen hinüber. Der Riesenvogel trug ein ledernes Geschirr, das eng um seinen Körper lag. Perk zeigte ihnen die Fußschlingen, die ihnen gestatteten, an dem Geschirr bis zur Mitte des gefiederten Rückens hochzuklettern. Er hielt Genewen ruhig, während sie hinaufstiegen, schob ihre Stiefel dann in lederne Schlaufen, führte ihre Hände zu verknoteten Haltegriffen und band sie vorsichtshalber schließlich noch mit Sicherheitsgurten an das Geschirr. So, klärte er sie auf, würden sie auch dann nicht abstürzen, wenn ein starker Wind sie vom Rücken des Vogels herunterwehen sollte. Wil und Amberle, die auch ohne diese Aussicht Angst genug hatten, fanden das wenig tröstlich. Als sie beide fest saßen, gab Perk jedem von ihnen ein kleines Stück einer bräunlichen Wurzel und sagte, sie sollten sie gut kauen und dann hinunterschlucken. Diese Wurzel, erklärte er, helfe gegen das Unwohlsein während des Flugs. Sie schoben sie eiligst in den Mund.

Der Elfenjunge saß nun ebenfalls auf, zog unter den Gurten des Geschirrs eine lange, mit Leder umwickelte Peitsche hervor und versetzte Genewen einen scharfen Schlag. Mit einem durchdringenden Schrei spannte der Rock seine gewaltigen Schwingen aus und stieg steil in den leuchtenden Morgen auf. Starr vor Angst sahen Wil und Amberle, wie die grüne Wiese unter ihnen zurückblieb. Die Fichten, unter denen sie geschlafen hatten, schienen zu schrumpfen, als Genewen hoch über dem grünen Weideland kreiste, sich von den Strömungen des Windes weiter aufwärts tragen ließ und in weitem Bogen westwärts flog, den Gipfeln der Berge entgegen.

Wil und Amberle wurden von einer Mischung seltsamer Gefühle überwältigt, die zwischen Angst und Schwindel einerseits und jauchzendem Frohlocken andererseits schwankten. Nur der Saft der fremdartigen Wurzel verhinderte, daß sich ihnen der Magen umdrehte. Mit der Zeit jedoch vergingen Schwindel und Übelkeit, während das Gefühl schwereloser Beschwingtheit intensiver wurde und ganz von ihnen Besitz ergriff und sie auf das weite Land hinunterblickten, das sich in einem überwältigenden Panorama von Wäldern, Sümpfen, Bergen und Flüssen unter ihnen dehnte. Es war ein unbeschreiblicher Anblick. Vor ihnen stießen die schwarzen Spitzen des Steinkamms wie zackige Zähne aus der Erde empor, und das dünne blaue Band des Mermidon schlängelte sich aus dem unfruchtbaren Fels ins flache Wiesenland hinaus. Im Norden, eingeschlossen vom Grün der Westland-Wälder, lag dunkel und verschleiert das Wirrnismoor. Im Osten, jetzt weit entfernt, ragten die Zwillingstürme des Pykon in den Himmel. Im Süden hüllten die brodelnden Dämpfe, die aus dem Totenmoor aufstiegen, das Irrybis-Gebirge in graue Schleier. Da lag es unter ihnen ausgebreitet, das ganze Land, scharf gezeichnet von der Morgensonne, die aus einem wolkenlosen, leuchtendblauen Himmel herunterbrannte.

Genewen stieg zu einer Höhe von mehreren hundert Fuß auf, während sie mit stetigem Flügelschlag immer tiefer in das Steinkamm-Gebirge hineinflog, sich in diesem Felslabyrinth mit sicherem Instinkt ihren Weg suchte, durch Spalten und Klüfte tauchte, in Täler hinabstieß, dann wieder steil nach oben stieg, um einen neuen scharfzackigen Rücken zu überwinden. Wil und Amberle klammerten sich eisern mit ihren Händen an ihren Riemen fest, doch es war ein runder, glatter Flug; der gewaltige Vogel sprach auf jede Bewegung des Knaben, der ihn lenkte, an. Der Wind fegte in kurzen Böen über sie hinweg, doch er war freundlich und warm an diesem Sommertag, wehte sacht aus Süden. Ab und zu warf Perk einen Blick über die Schulter auf seine neuen Freunde und lachte über das ganze sommersprossige Gesicht. Der Höflichkeit halber lächelten sie zurück, doch Begeisterung sprach nicht aus diesem Lächeln.

Fast schon eine Stunde dauerte der Flug, immer tiefer hinein in das Gebirge, bis die grünen Wälder ganz aus ihrem Blickfeld entschwunden waren. Von Zeit zu Zeit konnten sie durch eine Lücke im Zackenwald die Dämpfe des Totenmoores sehen, das grau und abweisend im Süden lag. Dann aber schlossen sich die Berge wie eine undurchdringliche Wand um sie, massige Felstürme, die das Sonnenlicht verdunkelten. Flüchtig dachte Wil daran, wie es wohl gewesen wäre, wenn er und Amberle versucht hätten, diese grimmigen Berge zu Fuß zu überqueren. Es schien unmöglich, daß sie es geschafft hätten, schon gar nicht ohne die Hilfe der Elfenjäger. Die Dämonen, dachte er, jagten ihnen gewiß noch immer nach, doch diesmal würde es selbst dem Raffer, wenn er den Einsturz der Brücke am Pykon überlebt hatte, unmöglich sein, ihnen wieder auf die Spur zu kommen.

Nach einer Weile lenkte Perk den Riesenvogel zu einem baumlosen Hochplateau über einem funkelnden Bergsee. Der Rock landete ruhig und sicher wieder auf festem Boden, und seine Reiter stiegen ab. Perk sprang flink und behende vom Rücken des Vogels, während Wil und Amberle sich mit steifen, ungelenken Bewegungen herunterließen. Auf ihren Gesichtern stand tiefe Erleichterung.

Eine halbe Stunde rasteten sie auf dem Plateau, dann kletterten sie wieder auf Genewens Rücken, und der Flug ging weiter, immer in westlicher Richtung. Noch zweimal machten sie im Laufe des Morgens Rast, und jedesmal erbot sich Perk, Essen und Trinken mit seinen neuen Freunden zu teilen. Doch diese lehnten ab. Nur ein weiteres Stück von der geheimnisvollen braunen Wurzel nahmen sie gern entgegen. Perk versagte sich einen Kommentar. Ihm war es genauso gegangen, als er das erste Mal geflogen war.

Am späten Morgen erreichten sie den Ostrand des Wildewalds. Von Genewens Rücken aus konnten sie das ganze Tal überblicken, eine schier undurchdringliche Wildnis aus dichtem Wald und struppigem Dickicht, eingeschlossen von den Gipfeln des Steinkamms und des Irrybis-Gebirges und von der weiten, nebelverhangenen Einöde des Totenmoors. Ein unheimliches Gebiet war es, dicht überwuchert von Buschwerk und Gestrüpp, ein Auf und Ab von Talmulden und Hügelkämmen, von Sümpfen durchzogen. Hier und da ragten einsame Felsspitzen auf, die aus dem grünen Meer der Bäume emporstießen wie himmelsuchende Arme. Nirgends waren Anzeichen menschlicher Besiedlung auszumachen; es gab keine Dörfer, keine Einödhöfe, keine bebauten Äcker, kein grasendes Vieh. Das ganze Tal war eine einzige Wildnis, finster und bedrohlich. Wil und Amberle blickten voll Bangnis hinunter.

Nun aber steuerte Perk den Vogel wieder in den Schatten der Berge hinein, und der Wildewald verschwand hinter den Gipfeln. Ohne Pause flogen sie weiter bis kurz nach Mittag, als Perk Genewen wieder nach Süden wandte. Der Rock segelte durch eine schmale Kluft, und vor ihnen tauchte erneut der Wildewald auf. Sie flogen direkt darauf zu, indem sie dem Gefälle einer langen Geröllhalde folgten, die bis zum oberen Rand der Talmulde reichte. Dort schwenkte Genewen nach rechts ab und landete wenig später im Schutz einiger Tannen auf einem weiten

Hang, der Blick auf den Wildewald bot.

Vorsichtig kletterten Wil und Amberle vom Rücken des Rock und rieben sich die Muskeln, die vom langen Flug ganz verkrampft waren. Nachdem Perk seinem Riesenvogel rasch einen Befehl erteilt hatte, folgte er seinen beiden Freunden. Seine Augen blitzten.

»Seht ihr! Wir haben es geschafft!« Er strahlte über das ganze Gesicht.

»Ja, tatsächlich.« Wil lächelte ungläubig.

»Und was tun wir jetzt?« erkundigte der Junge sich eifrig.

Mit einem dankbaren Lächeln richtete Wil sich auf.

»Du tust jetzt gar nichts mehr, Perk. Hier ist für dich das Ende des Wegs.«

»Aber ich möchte euch helfen«, beharrte Perk.

Amberle trat zu ihm und legte ihm den Arm um die Schultern.

»Du hast uns schon sehr geholfen, Perk. Ohne dich wären wir nicht so weit gekommen.«

»Aber ich möchte –«

»Nein, Perk«, unterbrach Amberle ihn rasch. »Das, was wir jetzt tun müssen, ist viel zu gefährlich. Da dürfen wir dich nicht mit hineinziehen. Wil und ich müssen in den Wildewald hinein. Du hast selbst gesagt, daß du dorthin nicht darfst. Darum mußt du uns jetzt verlassen. Vergiß nicht, du hast Wil versprochen zu gehorchen.«

Der Junge nickte enttäuscht.

»Aber ich hab' keine Angst«, murmelte er.

»Das weiß ich.« Amberle lächelte. »Ich glaube, es gibt kaum etwas, wovor du Angst hast.«

Perks Gesicht hellte sich ein wenig auf bei diesem Kompliment, und ein flüchtiges Lächeln huschte über seine Züge.

»Eines kannst du noch für uns tun.« Wil legte dem Jungen eine Hand auf die Schulter. »Wir wissen nicht sehr viel über den Wildewald. Kannst du uns etwas darüber berichten, was uns da unten erwartet?«

»Ungeheuer«, antwortete der Junge, ohne zu zögern.

»Ungeheuer?«

»Ja, Ungeheuer aller Art. Hexen auch, hat mein Großvater

immer gesagt.«

Wil wußte nicht, ob er das glauben sollte. Schließlich lag dem Großvater daran, seinen Enkel von einem Ausflug in den Wildewald abzuschrecken; da hatte er in seinen Warnungen vielleicht übertrieben.

»Hast du schon einmal von einem Ort namens Sichermal gehört?« fragte er, einem Impuls folgend.

Perk schüttelte bedauernd den Kopf.

»Das dachte ich mir.« Wil seufzte. »Ungeheuer und Hexen also, wie? Gibt es Straßen und Wege da unten?«

Der Junge nickte. »Ich zeig's euch.«

Er führte sie aus den Tannen heraus zu einer kleinen Anhöhe, von wo aus sie ins Tal hinunterblicken konnten.

»Seht ihr das da?« fragte er und wies auf ein wirres Chaos umgestürzter Bäume am Fuß des Hangs. Wil und Amberle blickten seinem ausgestreckten Arm nach. »Auf der anderen Seite dieser Bäume verläuft eine Straße, die nach Grimpen Ward führt. Alle Straßen im Wildewald führen nach Grimpen Ward. Das ist ein Dorf, das irgendwo mitten im Wald liegt. Von hier aus kann man es nicht sehen. Mein Großvater hat mir erzählt, daß es ein ganz schlimmer Ort ist, wo nur lauter Banditen wohnen. Aber vielleicht findet ihr dort jemanden, der euch führen kann.«

»Ja, vielleicht.«

Wil lächelte zum Zeichen seines Dankes. Banditen, dachte er bei sich, waren Hexen und Ungeheuern immer noch vorzuziehen. Dennoch war Vorsicht geboten. Selbst wenn alle Banditen und Hexen und Ungeheuer Ausgeburten der Phantasie waren, so mußten sie doch vor den Dämonen auf der Hut sein, die, nur allzu real, sie verfolgten, sie jagten, vielleicht schon auf sie warteten.

Perk war tief in Gedanken versunken. Nach einer kleinen Weile blickte er auf.

»Was habt ihr denn vor, wenn ihr dieses Sichermal gefunden habt?« fragte er.

Wil zögerte. »Nun, Perk, wenn wir Sichermal gefunden haben, dann haben wir auch den Talisman gefunden, von dem ich dir erzählt habe. Dann können wir nach Arborlon zurückkehren.«

Der Junge strahlte.

»Dann kann ich doch noch etwas für euch tun«, verkündete er voller Eifer.

Er griff in den kleinen Beutel, den er um den Hals trug, und entnahm ihm das silberne Pfeifchen, um es Wil zu reichen.

»Perk, was–?« begann Wil, als der Junge ihm das Pfeifchen in die Hand drückte.

»Ich habe noch fünf Tage Zeit, ehe ich in den Rockhort zurückkehren muß«, erklärte der Junge rasch. »Jeden Tag fliege ich zur Mittagszeit einmal über das Tal. Wenn ihr mich braucht, dann gebt mir das Signal mit dieser Pfeife, und ich komme. Der Ton kann von Menschen nicht vernommen werden – nur von den Rocks. Wenn es euch gelingt, den Talisman innerhalb der fünf Tage zu finden, die mir noch bleiben, dann können Genewen und ich euch wieder nach Norden bringen, in eure Heimat.«

»Perk, ich glaube nicht–«, begann Amberle kopfschüttelnd.

»Moment mal«, unterbrach Wil. »Wenn Genewen uns wieder nach Norden fliegen könnte, würden wir viele Tage sparen. Und wir müssen so schnell wie möglich zurück, Amberle, das weißt du doch.« Rasch wandte er sich Perk zu. »Könnte Genewen denn einen solchen langen Flug unternehmen? Könntest du es?«

Der Junge nickte voller Selbstvertrauen.

»Aber er hat doch gerade gesagt, daß ihm der Wildewald verboten ist«, wandte Amberle ein. »Wie soll er dann dort landen?«

Perk ließ sich den Einwand durch den Kopf gehen.

»Nun ja, wenn ich Genewen nur so lange lande, bis ihr aufgestiegen seid – das wäre doch nur ein Moment.«

»Mir gefällt das alles nicht«, erklärte Amberle und blickte Wil stirnrunzelnd an. »Das ist viel zu gefährlich für Perk –, und er verletzt damit das Vertrauen, das man in ihn gesetzt hat.«

»Aber ich möchte euch helfen«, beharrte der Junge. »Außerdem habt ihr mir doch selbst erzählt, wie wichtig das alles ist.«

In seiner Stimme lag so viel Entschlossenheit, daß Amberle zunächst kein weiteres Gegenargument vorbringen konnte. Wil nutzte die Gelegenheit, um sich nochmals einzuschalten.

»Paß auf, machen wir doch einen Kompromiß. Ich verspreche dir, wenn für Perk auch nur die geringste Gefahr besteht, werde ich ihn auf keinen Fall rufen. Was hältst du davon?«

»Aber Wil –«, begann der Junge.

»Und Perk verspricht uns, daß er nach Ablauf der fünf Tage zum Rockhort zurückkehren wird, wie er das seinem Großvater zugesagt hat, ganz gleich, ob ich ihn rufen werde oder nicht«, schloß Wil, ohne den Einwendungen Raum zu lassen, die der Junge erheben wollte.

Amberle überdachte Wils Argumentation, dann nickte sie widerstrebend.

»Also gut. Aber ich werde dafür sorgen, daß du dein Versprechen hältst, Wil.«

Die Augen der jungen Leute trafen sich.

»Dann ist es abgemacht«, entschied Wil und wandte sich wieder an den Jungen. »Wir müssen jetzt los, Perk. Wir schulden dir großen Dank.«

Er nahm die schwielige Hand des Elfenjungen und drückte sie lange und fest.

»Leb wohl«, sagte Amberle und beugte sich zu Perk hinunter, um ihn auf die Wange zu küssen.

Der Junge errötete und senkte die Lider.

»Leb wohl, Amberle. Viel Glück.«

Mit einem letzten Winken machten sich Wil und Amberle auf den Weg den Hang hinunter in die Wildnis des ausgedehnten Waldes. Perk blickte ihnen nach, bis sie außer Sichtweite waren.

In den frühen Abendstunden des zweiten Tages nach dem Aufbruch von Wil und Amberle aus Arborlon saß Eventine allein in seinem Studierzimmer, den Kopf grübelnd über Landkarten geneigt, die aufgeschlagen vor ihm auf dem Schreibtisch lagen. Draußen fiel in langen grauen Schnüren der Regen, so wie er nun schon seit zwei Tagen niederging und die Wälder des Elfenlandes überflutete. Schon stahlen sich die Schatten des Abends ins Zimmer, fielen lang und dunkel durch die hohen Fenster.

Manx lag zusammengerollt zu Füßen seines Herrn. Der zottige graue Kopf ruhte auf den Vorderpfoten, der Atem ging tief und regelmäßig.

Der alte König hob den Kopf von seiner Arbeit und rieb sich die von Müdigkeit geröteten Augen. Zerstreut blickte er durch das Zimmer, dann rückte er seinen Sessel vom Tisch weg. Allanon müßte eigentlich längst hier sein, dachte er besorgt. Es gab noch so viel zu tun, so vieles, was ohne die Hilfe des Druiden nicht geschafft werden konnte. Eventine hatte keine Kenntnis davon, wo der große Alte sich diesmal hinbegeben hatte; er war am frühen Morgen aufgebrochen und seitdem nicht mehr gesehen worden.

Der König starrte in den Regen hinaus. Seit drei Tagen nun arbeitete er mit dem Druiden und den Mitgliedern des Hohen Rates an den Verteidigungsplänen für das Elfenland, denn sie alle wußten, daß eine Verteidigung notwendig werden würde. Die Zeit zerrann ihnen förmlich zwischen den Fingern. Der Ellcrys siechte immer mehr dahin, die Mauer der Verfemung wurde immer brüchiger. Jeden Tag erwartete der König zu hören, daß beide gefallen waren, daß die gefangenen Dämonen sich in Freiheit befanden und die Invasion des Westlandes begonnen hatte. Das Elfenheer war in Alarmbereitschaft versetzt worden: Fußsoldaten und Reiterei; Leibgarde und Schwarze Wache; reguläres Heer und Reservetruppen. Der König hatte gerufen, und alle Männer, die nicht durch Alter oder Gebrechen daran gehindert wurden, waren seinem Ruf gefolgt, hatten ihr Heim und ihre Familien verlassen und waren in Scharen nach Arborlon geströmt, um sich zum Kampfe ausrüsten zu lassen. Doch der König war sich bewußt, daß auch die wilde Entschlossenheit des Elfenheeres nicht ausreichen würde, einem Angriff der Dämonen zu widerstehen, wenn es den Mächten des Bösen einmal gelungen war, sich zu befreien und zum Kampf zu vereinen. Allanon hatte ihm das prophezeit, und Eventine war klug genug, diese Vorhersage des Druiden, so bitter sie sein mochte, nicht in Zweifel zu ziehen. Die Dämonen verfügten über größere körperliche Kräfte als die Elfen; und sie waren den Elfen an Zahl überlegen. Grausame, tollwütige Geschöpfe, von einem Haß getrieben, der am Tag ihrer Verbannung aufgeflammt war und sich auf jene konzentrierte, die die Verbannung herbeigeführt hatten. Jahrhundertelang hatte nur der Haß sie aufrechterhalten, und jetzt würde dieser Haß sich Bahn brechen. Eventine gab sich keinen Illusionen hin. Wenn den Elfen nicht von anderer Seite noch geholfen wurde, würden die Dämonen sie alle vernichten.

Es wäre töricht gewesen, sich allein auf Amberle und das Samenkorn des Ellcrys zu verlassen. Der Gedanke mochte noch so schmerzlich sein, Eventine wußte, er mußte sich mit dem Gedanken vertraut machen, daß er seine Enkelin vielleicht nie wiedersehen würde. Schon vor ihrer Rückkehr nach Arborlon hatte der König Boten an die anderen Rassen ausgesandt, um diese zu bitten, mit den Elfen gegen das Böse anzugehen, das sein Land bedrohte, das letztlich sie alle vernichten würde. Die Boten waren nun schon seit mehr als einer Woche unterwegs; keiner war bisher zurückgekehrt. Es war in der Tat noch zu früh, eine Antwort von den anderen Rassen zu erwarten; selbst Callahorn war mehrere Tagesritte entfernt. Aber Eventine zweifelte ohnehin daran, daß viele sich auf seine Seite stellen würden.

Die Zwerge würden sie zweifellos unterstützen, so wie sie stets Beistand geleistet hatten. Die Zwerge und die Elfen hatten gemeinsam gegen jeden Feind gekämpft, der die freien Völker der Vier Länder seit den Tagen des ersten Druidenrats bedroht hatte. Doch die Zwerge mußten aus den Tiefen der Wälder des Anar herbeieilen. Und das zu Fuß, denn sie waren keine Reiter. Eventine schüttelte den Kopf. Sie würden kommen, so schnell es ihnen möglich war – doch vielleicht nicht rasch genug, um den Elfen beizustehen.

Callahorn lag näher, aber es war nicht mehr das Callahorn von früher, nicht mehr das Callahorn Balinors. Hätte Balinor noch gelebt oder die Buckhannahs noch regiert, so wäre die Grenzlegion unverzüglich aufgebrochen. Doch Balinor war tot, und er war der letzte der Buckhannahs gewesen. Callahorns gegenwärtiger Herrscher, ein entfernter Verwandter der Buckhannahs, der mehr auf zufälligem als auf rechtmäßigem Wege auf den Thron gelangt war, war ein übermäßig vorsichtiger Zauderer, der es vielleicht für das einfachste halten würde, zu vergessen, daß die Elfen auch Callahorn zu Hilfe gekommen waren, als dieses gerufen hatte. Im übrigen besaßen die vereinigten Räte von Tyrsis und Varfleet und von Kern, nach seiner Zerstörung vor fünfzig Jahren wiederaufgebaut, jetzt mehr Macht als der König. Sie würden sich Zeit lassen mit einem Entschluß, selbst wenn es Eventines Boten gelang, ihnen die Dringlichkeit der Lage deutlich zu machen, denn ihnen fehlte ein starker Führer, der fähig gewesen wäre, sie zu einen. Sie würden diskutieren und debattieren, und die Grenzlegion würde sich inzwischen in ihrer Garnison langweilen.

Ironischerweise würde gerade das Mißtrauen, das sie gegen ihre Landsleute aus dem Südland – und insbesondere gegen die Föderation – hegten, die Männer von Callahorn daran hindern, rasch zu handeln. Erst nach der Vernichtung des Dämonen-Lords und nach dem Sieg über sein Heer hatten die größeren Städte verspätet das Ausmaß der Bedrohung erkannt, das diese dunklen Mächte dargestellt hatten. Von Furcht getrieben, hatten sie sich zu einem Bündnis zusammengetan, das zunächst nicht mehr war als eine lockere Vereinigung von Ländern, die gemeinsame Grenzen und gemeinsame Ängste hatten, sich jedoch rasch zu der sehr starr strukturierten Föderation entwickelte. Die Föderation war seit mehr als tausend Jahren der erste Versuch der Menschenrasse, eine Gemeinschaftsregierung zu bilden. Ihr Ziel war die Vereinigung des Südlands und der Menschenrasse unter einer einzigen Regierung. Diese Regierung sollte natürlich die Föderation sein. Zu diesem Zweck hatte man erste gemeinsame Bemühungen unternommen, auch die anderen Städte und Provinzen zu vereinigen. In den vier Dekaden ihres Bestehens war es der Föderation gelungen, beinahe das gesamte Südland unter ihrer Regierung zu einen. Von den bedeutenden Städten des Südlands hatte nur Callahorn sich den Vereinigungsbestrebungen der Föderation widersetzt. Die Folge waren beträchtliche Reibungen zwischen beiden Regierungen – insbesondere, da die Föderation ihren stetigen Vormarsch nach Norden, den Grenzen Callahorns entgegen, weiter fortsetzte.

Eventine runzelte die Stirn und verschränkte die Arme über seiner Brust. Er hatte einen Boten an die Föderation entsandt, hatte jedoch wenig Hoffnung, von dort Beistand zu erhalten. Die Föderation hatte kaum Interesse an den Angelegenheiten der anderen Rassen gezeigt, und es war zu bezweifeln, daß sie eine Dämoneninvasion des Westlands als besorgniserregend betrachten würde. Ja, es war sogar zu bezweifeln, daß sie eine solche Invasion überhaupt für möglich halten würden. Die Menschen des tiefen Südlands wußten kaum etwas über die Zaubermächte, die die anderen Länder seit den Tagen des ersten Druidenrats geplagt hatten. Sie hatten zunächst ein abgekapseltes Dasein geführt und waren im Rahmen ihrer noch recht jungen Expansionsbestrebungen noch nicht auf die unerfreulichen Realitäten gestoßen, die jenseits ihrer eigenen begrenzten Erfahrungswelt lagen.

Wieder schüttelte der König den Kopf. Nein, die Städte der Föderation würden keine Hilfe entsenden. Wie damals, als sie vor der Ankunft des Dämonen-Lords gewarnt worden waren, würden sie nicht an die Gefahr glauben.

An die Gnomen war kein Bote geschickt worden. Es wäre sinnlos gewesen. Die Gnomen waren eine Rasse, die sich aus vielen einzelnen Stämmen zusammensetzte. Sie hatten keinen gemeinsamen Herrscher, keine Regierung, die sie unter sich vereinigte. Ihre Häuptlinge und ihre Seher waren ihre Führer, und jeder Stamm hatte seinen eigenen Häuptling und seinen eigenen Seher, und sie alle befehdeten einander unablässig. Verbittert und voller Groll seit ihrer Niederlage bei Tyrsis, hatten sich die Gnomen in den fünfzig Jahren, die seitdem vergangen waren, nicht mehr um die Angelegenheiten der anderen Rassen gekümmert. Es war kaum zu erwarten, daß sich das jetzt ändern würde.

Somit blieben die Trolle. Auch die Trolle waren eine Rasse, die sich aus verschiedenen Stämmen zusammensetzte, doch seit dem Ende des fehlgeschlagenen Dritten Krieges der Rassen waren bei den Trollen, die in den Weiten des Nordlandes lebten, Bestrebungen zum Zusammenschluß im Gange. In gewissen Gebieten hatten sich bereits die ersten Stämme unter einer gemeinsamen Ratsregierung zusammengefunden. Eine der größten dieser Gemeinden lebte im Kershalt-Territorium, an der nördlichen Grenze des Elfenlandes. Das Kershalt war in erster Linie von Felstrollen besiedelt, es lebten allerdings auch einige der weniger angesehenen Stämme in bestimmten Teilen dieses Gebietes. Traditionsgemäß waren Elfen und Trolle immer Feinde gewesen; in den letzten beiden Rassenkriegen hatten sie erbittert gegeneinander gekämpft. Mit dem Sturz des Dämonen-Lords jedoch hatte die Feindschaft zwischen den beiden Völkern fühlbar nachgelassen, und in den letzten fünfzig Jahren hatten sie in relativ friedlichem Nebeneinander gelebt. Besonders gut waren dabei die Beziehungen zwischen Arborlon und dem Kershalt. Der Handel zwischen beiden Regionen florierte, und es gab bereits Pläne, Delegationen auszutauschen. Es bestand also eine Chance, daß die Trolle des Kershalt sich bereitfinden würden, den Elfen Beistand zu leisten.

Der alte König bremste seinen Optimismus, eine geringe Chance, sagte er sich. Doch sie mußten jede Möglichkeit nutzen. Wenn die Elfen überleben wollten, dann brauchten sie die Hilfe aller, die bereit waren, ihnen zur Seite zu stehen.

Seufzend erhob er sich, reckte seine müden Glieder und blickte dann auf das Sortiment von Landkarten, das auf dem Tisch ausgebreitet lag. Jede Karte zeigte einen anderen Teil des Westlands; das gesamte erforschte Gebiet, das zum Elfenreich gehörte, sowie die Territorien, die es umgaben, war hier eingezeichnet. Eventine hatte die Karten so gründlich und eingehend studiert, daß er meinte, er könne sie jetzt im Schlaf nachzeichnen. Aus einem dieser Teilgebiete würden die Dämonen anrükken; und dort mußte der Abwehrblock der Elfen errichtet werden. Aber wo? Wo würde die Mauer der Verfemung zuerst abbröckeln? Wo würde die Invasion beginnen?

Der König ließ seine Augen von einer Karte zur anderen wandern. Allanon hatte ihm versprochen, wenn möglich, festzustellen, wo der Durchbruch stattfinden würde, und auf diese wichtige Information wartete nun das Elfenheer. Doch bis dahin ...

Er richtete sich auf und ging zur Fenstertür, die in den Park hinausführte; während er dort verweilte und in die dichter werdende Dunkelheit hinausblickte, sah er Andor den Fußweg heraufkommen. Er hielt den Kopf gesenkt gegen den Regen und trug in den Armen einen Stapel von Truppenverzeichnissen und Proviantlisten, die zu beschaffen er beauftragt worden war. Die tiefen Falten, welche die Stirn des alten Königs durchfurchten, glätteten sich. Andor war ihm in diesen letzten Tagen eine unschätzbare Hilfe gewesen. Ihm war die zeitraubende, aber notwendige Aufgabe zugefallen, Informationen zusammenzutragen – eine undankbare Aufgabe, die Arion zweifellos zurückgewiesen hätte. Andor jedoch hatte die Arbeit ohne ein Wort des Widerspruchs auf sich genommen.

Der König schüttelte den Kopf. Sonderbar, doch obwohl Arion der Kronprinz der Elfen war und ihm von seinen beiden Söhnen der nächste, hatte es in diesen letzten Tagen Momente gegeben, in denen er sich selbst gerade in Andor wiedererkannt hatte. Sein Blick schweifte zum bleiernen Abendhimmel hinauf, und er fragte sich plötzlich, ob es Andor manchmal ebenso ging.

Tiefe Kerben der Müdigkeit zeichneten Andor Elessedils Gesicht, als er durch das Portal in das Herrenhaus trat. Er nahm seinen vom Regen durchweichten Umhang ab und ging dann, die Dokumente, die er mitgebracht hatte, fest im Arm, den Korridor hinunter, der zum Studierzimmer seines Vaters führte. Er hatte einen harten Tag hinter sich, und die beharrliche Weigerung seines Bruders, auch nur ein Wort mit ihm zu wechseln, machte die Dinge nicht einfacher, sie setzten ihm arg zu. Seit er sich im Hohen Rat für Amberle entschieden hatte, war es so. Die Kluft, die immer schon zwischen ihnen bestanden hatte, hatte sich zu einem Abgrund geweitet, der sich nicht mehr überbrükken ließ. Die letzte Begegnung mit seinem Bruder hatte das wieder deutlich offenbart. Von seinem Vater beauftragt, die Unterlagen zu beschaffen, die er jetzt bei sich trug, hatte er sich an Arion gewandt, da diesem die Verantwortung für die Mobilmachung und die Ausrüstung des Elfenheeres übertragen worden war. Arion hätte ihm Stunden an Arbeit ersparen können, doch er hatte sich geweigert, auch nur mit ihm zu sprechen, hatte statt seiner einen jungen Offizier geschickt und sich den ganzen Tag nicht blicken lassen. Dieses Verhalten hatte Andor so erzürnt, daß er nahe daran gewesen war, mit Gewalt eine Konfrontation herbeizuführen. Doch in eine solche Auseinandersetzung wäre womöglich auch ihr Vater hineingezogen worden, und der alte König hatte in diesen Tagen schon Sorgen genug. Nur um seinen Vater zu schonen, hatte Andor die Sache auf sich beruhen lassen. Solange die Dämonenhorden das Elfenreich bedrohten, mußten persönliche Dinge zurückstehen.

Er schüttelte den Kopf. Das war zwar vernünftig, aber besser fühlte er sich deshalb nicht.

Vor dem Studierzimmer angekommen, blieb er stehen und stieß die Tür mit der Fußspitze auf. Um seines Vaters willen zwang er sich beim Eintreten zu einem aufmunternden Lächeln. Dann ließ er sich müde in einen Sessel sinken.

»Das ist alles«, sagte er und reichte seinem Vater die Unterlagen.

Eventine legte die Papiere zu den Landkarten auf dem Tisch und musterte seinen Sohn.

»Du siehst müde aus.«

Andor erhob sich und reckte sich. »Das bin ich auch ...«

Plötzlich flog eine der hohen Fenstertüren auf, und ein Windstoß fuhr fauchend ins Zimmer. Vater und Sohn wirbelten herum, während Landkarten und Listen knisternd zu Boden flatterten und die Öllampen flackerten. Allanon stand in der Tür. Seine schwarzen Gewänder glänzten feucht, und kleine Wasserbäche rannen von ihnen herab auf den Boden des Studierzimmers. Die kantigen Züge waren starr und abgespannt, die schmale Linie des Mundes hart. In den Händen hielt der Druide einen schlanken hölzernen Stab, der wie Silber glänzte.

Für einen Moment begegneten sich die Blicke des Elfenprinzen und des Druiden, und Andor spürte, wie ihm das Blut in den Adern gefror. Etwas Schreckliches lag im Ausdruck des Druiden, grimmige Entschlossenheit und Machtbewußtsein, eine

Vorahnung von Tod und Verderben.

Der Druide wandte sich um und schloß die hohe Tür gegen Wind und Regen. Als er sich dem König und seinem Sohn wieder zuwandte, sah Andor, was es für ein silberner Stab war, den der Druide da in den Händen hielt, und sein Gesicht wurde totenbleich.

»Allanon, was habt Ihr getan!« Die Worte sprangen ihm über die Lippen, noch ehe er überlegen konnte.

Auch sein Vater erkannte es jetzt und stieß einen unterdrückten Entsetzensschrei aus.

»Der Ellcrys! Druide, Ihr habt von dem lebenden Baum einen Ast abgeschnitten!«

»Nein, Eventine«, entgegnete der große Alte leise. »Nicht abgeschnitten. Ich habe dem, der das Leben dieses Landes bedeutet, keine Verletzung zugefügt. Das würde ich nie tun.«

»Aber der Stab –« entgegnete der König und streckte so abwehrend die Hände aus, als verlange man von ihm, glühendes Feuer zu berühren.

»Er ist nicht abgeschnitten«, wiederholte Allanon. »Seht es Euch genau an.«

Er hielt dem König den Stab hin und drehte ihn langsam. Andor und sein Vater neigten sich ganz nahe heran. Beide Enden des Stabes waren glatt und gerundet. Nirgends war ein Riß im Holz zu sehen, nirgends eine Wunde, die von einer Klinge herrührte. Der Stab war völlig frei von Narben und Verletzungen.

Eventine blickte den Druiden voller Verwirrung an.

»Aber wie –?«

»Der Stab wurde mir übergeben, König der Elfen – übergeben vom Ellcrys selbst, als Waffe gegen die Feinde, die sein Volk und sein Land bedrohen.« Die Stimme des Druiden war so kalt, daß die Luft in dem kleinen Zimmer unter ihrem Klang zu gefrieren schien. »Hier ist eine Zauberkraft, um das Elfenheer zu stärken, damit es dem Bösen, das in den Dämonen lebt, widerstehen kann. Dieser Stab soll unser Talisman sein – die rechte Hand des Ellcrys, die uns beschützen wird, wenn die Heere in der Schlacht aufeinanderprallen.«

Den Stab noch immer in den Händen, trat er vor. In den harten Augen im Schatten der hohen Stirn stand ein harter Glanz.

»Heute am frühen Morgen bin ich allein zu dem Ellcrys gegangen, weil ich hoffte, ein Mittel zu finden, das uns befähigen würde, dem Feind zu widerstehen. Der Baum schenkte mir Gehör, und er sprach in den Bildern zu mir, die seine Worte sind. Er fragte mich, warum ich gekommen sei. Ich erklärte ihm, daß den Elfen kein Zauber außer meinem eigenen zur Verfügung steht, mit dem sie der Macht der Dämonen begegnen können; ich erklärte ihm, daß ich fürchtete, dies allein könne nicht ausreichen; daß ich fürchtete, mein Zauber könne versagen. Ich sagte dem Baum, ich suchte eine Waffe gegen die Dämonen, die etwas von dem verkörpert, was er ist, da er ja die Macht besäße, sie in Bann zu halten.

Da tauchte der Baum tief in sein Inneres und brach diesen Stab, den ich jetzt in meinen Händen halte, dieses Glied seines Körpers. Geschwächt wie er ist, dem Tode nahe, konnte er mir dennoch etwas von sich selbst geben, was dem Elfenvolk eine Hilfe sein wird. Ich habe den Ellcrys nicht berührt, ich stand nur wie gebannt vor Ehrfurcht angesichts solcher Willenskraft. Berührt dieses Holz, König der Elfen – berührt es nur!«

Er übergab den Stab in Evetines Hände, und diese schlossen sich darum. Die Augen des Königs weiteten sich voller Bestürzung. Da nahm der Druide den Stab wieder aus seinen Händen und reichte ihn wortlos dem Sohn. Der Elfenprinz fuhr zusammen. Das Holz des Stabes war warm, es pulste das Lebensblut durch seine Adern.

»Er lebt!« hauchte der Druide ehrfürchtig. »Er ist von dem Baum ganz abgetrennt und dennoch mit seinem Leben erfüllt. Das ist die Waffe, die ich gesucht habe. Das ist der Talisman, der die Elfen vor dem schwarzen Zauber der Dämonenhorden schützen wird. Solange sie diesen Stab tragen, werden die Kräfte, die in dem Ellcrys wohnen, sie beschützen und für ihr Wohlergehen Sorge tragen.«

Er nahm Andor den Stab aus den Händen, und wieder trafen ihre Blicke einander. Der Elfenprinz spürte, wie etwas Unausgesprochenes zwischen ihnen stand, etwas, das er nicht verstehen konnte; es war so wie an jenem Abend im Saal des Hohen Rates, als er sich an Amberles Seite gestellt hatte.

Die Augen des Druiden richteten sich jetzt auf den König.

»Hört mich an.« Seine Stimme war leise, und er sprach schnell. »In dieser Nacht wird der Regen versiegen. Ist das Heer bereit?«

Eventine nickte.

»Dann brechen wir bei Morgengrauen auf. Wir müssen schnell handeln.«

»Aber wohin führt unser Marsch?« fragte der König sogleich. »Habt Ihr denn entdeckt, wo der Durchbruch stattfinden wird?«

Die schwarzen Augen des Druiden funkelten.

»Ja. Der Ellcrys hat es mir kundgetan. Er spürt, daß die Dämonen sich an einem einzigen Punkt hinter der Mauer der Verfemung sammeln. Er spürt, wie er selbst dort schwach wird, wo sie sich zusammendrängen. Er weiß, daß dort der Bannfluch zuerst seine Wirkung verlieren wird. Schon einmal ist die Mauer an dieser Stelle durchbrochen worden, nämlich von denen, welche die Erwählten ermordet haben. Die Lücke wurde wieder geschlossen, aber die Wunde ist nicht geheilt. Und an dieser Stelle wird die Mauer der Verfemung schließlich nachgeben. Schon gibt sie ständig nach, kann den Kräften, die gegen sie andrängen, kaum noch standhalten. Von jenem, der ihr Führer ist und dessen zauberische Kräfte den meinen beinahe gleich sind, werden die Dämonen zu diesem Ort gerufen. Dagda Mor heißt der Führer. Mit seiner Hilfe werden die Dämonen eine neue Bresche in die Mauer schlagen, und diesmal wird sie sich nicht wieder schließen.

Doch wir werden auf ihr Kommen vorbereitet sein.« Seine Hand umfaßte den Stab fester. »Wir werden sie erwarten. Wir werden sie überraschen, während sie, gerade erst der Finsternis entronnen, noch verwirrt und uneins sind. Wir werden ihnen den Weg nach Arborlon versperren, solange wir dazu fähig sind. Wir werden Amberle die Zeit geben, die sie braucht, um das Blutfeuer zu finden und hierher zurückzukehren.«

Mit gebieterischer Miene winkte er Andor und dessen Vater.

Dann bückte er sich und hob eine der Landkarten vom Boden auf, breitete sie auf dem Schreibtisch aus.

»Hier wird die Mauer brechen«, flüsterte er leise.

Sein Finger deutete auf das weite Ödland der Rauhen Platte.

An eben diesem Nachmittag, als das Tageslicht fast schon ganz verblaßt war, und der Regen in feinen Dunst übergegangen war, ritt die Legionsfreitruppe in Arborlon ein. Die Leute der Stadt, die sie sahen, hielten mitten in ihrem Tun inne und flüsterten tuschelnd. Von den Höhen der Baumpfade bis hinunter zu den Waldwegen pflanzte sich das Stimmengemurmel fort. Die Soldaten der Freitruppe waren nicht zu verwechseln.

Andor Elessedil befand sich noch mit seinem Vater und Allanon im Studierzimmer des Herrenhauses – merkwürdigerweise von Allanon festgehalten, der darauf bestand, daß er sich mit den Karten des Sarandanon und den vorgeschlagenen Abwehrplänen vertraut machte –, als Gael die Nachricht von dem Eintreffen der Truppen überbrachte.

»Herr, eine Kavallerieeinheit der Grenzlegion aus Callahorn ist eingetroffen«, verkündete der junge Elf. »Unsere Patrouillen sichteten sie vor einer Stunde östlich der Stadt und geleiteten sie dann herein. Sie müßten in wenigen Minuten die Stadt erreichen.«

»Die Grenzlegion!« Ein Lächeln unsagbarer Erleichterung breitete sich auf dem müden Antlitz des alten Königs aus. »Das hatte ich nicht zu hoffen gewagt. Welche Einheit ist es, Gael? Wie viele sind ihrer?«

»Das ist noch nicht bekannt, Herr. Ein Bote, den der Spähtrupp ausgesandt hatte, überbrachte die Neuigkeit, aber Einzelheiten wurden nicht mitgeteilt.«

»Ganz gleich!« Eventine war aufgesprungen und eilte an die Tür. »Jede Hilfe ist willkommen, ganz gleich –«

»Elfenkönig!« Allanons tiefe Stimme hielt Eventine Elessedil auf. »Wir haben hier eine wichtige Arbeit zu verrichten, die nicht unterbrochen werden sollte. Vielleicht kann Euer Sohn an Eurer Stelle gehen – sei es nur, um die Grenzlegionäre zu begrüßen.«

Überrascht starrte Andor den Druiden an, wandte sich dann fragend an seinen Vater. Der König zögerte. Als er den fragenden Blick in den Augen seines Sohnes sah, nickte er.

»Gut, Andor. Heiße den Befehlshaber der Legion in meinem Namen willkommen und sage ihm, daß ich ihn später am Abend persönlich begrüßen werde. Trage Sorge, daß der Truppe angemessenes Quartier zur Verfügung gestellt wird.«

Erfreut darüber, zur Abwechslung einmal mit einer Aufgabe von einiger Bedeutung betraut worden zu sein, eilte Andor in Begleitung einer Schar von Elfen-Jägern aus dem Herrenhaus. Seine Überraschung über den unerwarteten Vorschlag Allanons schlug rasch in neugierige Verwunderung um. Dies, so fiel ihm auf, war nicht das erste Mal, daß der Druide sich bemühte, ihn in den Gang der Ereignisse einzuschließen. Der Druide hatte auf seiner – Andors – Anwesenheit bestanden, als Eventine von Amberle und dem Blutfeuer berichtet hatte. Vor seinem Aufbruch nach Paranor hatte er Andor die Verantwortung für den Schutz des Königs übertragen. Und er hatte es verstanden, in Andor ein Gefühl der Verbundenheit zu wecken, das allein ihn im Hohen Rat veranlaßt hatte, sich für Amberle zu entscheiden, obwohl alle gegen sie zu sein schienen. Dieses gleiche Gefühl hatte Andor an diesem Nachmittag verspürt, als Allanon seinem Vater den Stab des Ellcrys übergeben hatte. Arion, dachte Andor, hätte bei diesen Anlässen zugegen sein müssen, nicht er. Wie kam es, daß Arion stets abwesend war?

Mit diesen Überlegungen beschäftigt, hatte er gerade das Tor zum Park des Herrensitzes hinter sich gelassen, als die ersten Marschformationen der Grenz-Kavallerie auf der Straße auftauchten, die nach Arborlon hineinführte. Andor machte halt und blickte dem sich nähernden Zug stirnrunzelnd entgegen. Diese Reiter kannte er. Lange graue, scharlachrot gesäumte Umhänge bauschten sich im Wind, und breitkrempige Hüte, mit einer scharlachroten Feder geziert, saßen schräg auf den

Köpfen der Reiter. Lange Bogen und breite Schwerter waren an den Sätteln festgemacht, kurze Schwerter schräg über den Rükken der Reiter geschnallt. Jeder hielt eine Lanze, an deren Spitze ein kleiner Wimpel in den Farben Rot und Grau flatterte, und die Pferde trugen leichten Lederharnisch mit Metallspangen. Geleitet von den Elfen-Jägern, die ihrer auf Patrouille östlich der Stadt ansichtig geworden waren, ritten sie in Reih und Glied durch die vom Regen aufgeweichten Straßen Arborlons und blickten weder nach rechts noch nach links in die staunend gaffende Menge.

»Die Freitruppe«, murmelte Andor vor sich hin. »Sie haben uns die Freitruppe geschickt.«

Es gab kaum jemanden, der nicht schon einmal von der Freitruppe gehört hatte, der berühmtesten und umstrittensten Einheit, die der Grenzlegion von Callahorn angehörte. Ihr Name beruhte auf dem Versprechen, das jenen gegeben wurde, die sich dieser Einheit anschlossen – daß sie, ohne Fragen fürchten zu müssen, ohne Erklärungen abgeben zu müssen, alles hinter sich lassen konnten, was bis zu ihrem Eintritt in die Freitruppe Teil ihres Lebens gewesen war. Die meisten hatten viel zurückzulassen. Sie kamen aus verschiedenen Ländern, und jeder hatte eine andere Geschichte, doch die Gründe, weshalb sie kamen, waren einander ähnlich. Es waren Diebe unter ihnen, Mörder und Betrüger, Deserteure, Männer von niederer Geburt und von hoher, Männer von Ehre und Ehrlose, Männer, die auf der Suche waren, Männer, die auf der Flucht waren – alle jedoch hatten sie eines gemeinsam: Sie wollten dem entkommen, was sie waren, sie wollten vergessen, was sie gewesen waren, sie wollten von vorn anfangen. Bei der Freitruppe wurde ihnen diese Chance gegeben. Kein Soldat der Freitruppe wurde je nach seiner Vergangenheit gefragt; sein Leben begann an dem Tag, an dem er zu der Truppe stieß. Was vorher gewesen war, war abgeschlossen; nur die Gegenwart war von Bedeutung und das, was einer aus sich machte, solange er bei der Truppe diente.

Meist war diese Zeitspanne kurz. Die Freitruppe war die Stoßtruppe der Legion; als solche wurde sie als entbehrlich betrachtet. Ihre Soldaten ritten als erste in die Schlacht und starben als erste. Bei jeder Auseinandersetzung seit Gründung der Freitruppe vor etwa dreißig Jahren waren ihre Verlustzahlen stets am höchsten gewesen. Ihre Soldaten konnten zwar die Vergangenheit hinter sich lassen, handelten sich jedoch dafür eine höchst ungewisse Zukunft ein. Doch die meisten fanden, das sei ein fairer Tausch. Im Leben hatte schließlich alles seinen Preis, und dieser Preis war nicht zu hoch. Er war, im Gegenteil, den Soldaten, die ihn bezahlten, eine Quelle des Stolzes; er verlieh ihnen ein Gefühl von Bedeutung, eine Identität, die sie unter allen übrigen Soldaten der Vier Länder heraushob. Es gehörte zur Tradition der Freitruppe, daß ihre Soldaten den Tod in der Schlacht fanden. Die Männer der Freitruppe fürchteten das Sterben nicht; der Tod gehörte zu ihrem täglichen Leben, und sie betrachteten ihn wie einen alten Bekannten, mit dem sie mehr als einmal in Tuchfühlung gekommen waren. Nein, das Sterben war nicht wichtig; wichtig war nur, heldenhaft zu sterben.

Sie hatten ihren Mut und ihre Tapferkeit oft genug unter Beweis gestellt. Jetzt, so schien es, waren sie nach Arborlon gesandt worden, um sie von neuem zu beweisen.

Vor dem schmiedeeisernen Tor machte die Kompanie halt, und ein hochgewachsener Mann, der an der Spitze des Zuges ritt, schwang sich von seinem Pferd. Nachdem er die Zügel einem anderen Reiter übergeben hatte, schritt er dem Elfenprinzen entgegen. Vor ihm blieb er stehen und zog den breitkrempigen Hut.

»Ich bin Stee Jans«, sagte er, sich verneigend, »der Befehlshaber der Legionsfreitruppe.«

Aufs höchste erstaunt über die Erscheinung des Befehlshabers, antwortete Andor nicht gleich. Groß und mächtig wie ein Turm stand Stee Jans vor dem Elfenprinzen. Sein von Wind und Wetter gegerbtes, dennoch jugendliches Gesicht war von zahllosen Narben bedeckt. Rostrotes Haar fiel dem Befehlshaber in festgeflochtenen Zöpfen auf die Schultern. In einem Ohr blinzelte ein großer goldener Ring. Nußbraune Augen, so hart, daß sie wie aus Stein gemeißelt schienen, fixierten den Elfenprinzen.

Andor ertappte sich dabei, daß er diesen Mann entgeistert

anstarrte, und faßte sich hastig.

»Ich bin Andor Elessedil – Eventine ist mein Vater.«

Er streckte dem anderen zum Gruß die Hand entgegen. Der Druck von Stee Jans' schwieliger, knorriger Hand war eisenhart. Andor entzog ihm rasch die seine und blickte die lange Reihen grauer Reiter hindurch. Doch vergebens suchte er nach anderen Einheiten der Legion.

»Der König hat mich gebeten, Euch in seinem Namen willkommen zu heißen und Euch ein angemessenes Quartier zu beschaffen. Wann können wir die anderen Einheiten erwarten?«

Ein dünnes Lächeln glitt über das narbige Gesicht des Befehlshabers.

»Es kommen keine anderen Einheiten, Herr. Nur die Soldaten der Freitruppe.«

»Nur die –« Andor brach verwirrt ab. »Und wie viele sind Euer, Befehlshaber?«

»Sechshundert.«

»Sechshundert!« Es gelang Andor nicht, seine Enttäuschung zu verbergen. »Aber was ist mit der Grenzlegion? Wann wird die geschickt werden?«

Stee Jans schwieg einen Moment.

»Herr, ich denke, ich sollte unverblümt zu Euch reden. Es kann sein, daß die Legion überhaupt nicht geschickt wird. Der Rat der Städte hat noch keine Entscheidung getroffen. Wie den meisten Räten fällt es ihnen leichter, über Entscheidungen zu diskutieren, als welche zu fällen. Euer Gesandter hat überzeugend gesprochen, wie ich hörte, doch im Rat sitzen viele, die zur Vorsicht mahnen, und manche, die sich auf nichts einlassen wollen. Der König unterwirft sich den Beschlüssen des Rates; der Rat schielt immer mit einem Auge nach Süden. Die Föderation ist eine Gefahr, die der Rat real sehen kann; Euere Dämonen sind kaum mehr als ein Mythos.«

»Ein Mythos!« Andor war entsetzt.

»Ihr könnt von Glück sagen, daß man Euch wenigstens die Freitruppe zu Hilfe gesandt hat«, fuhr der hochgewachsene Mann unerschüttert fort. »Und nicht einmal die hätte man ausgeschickt, läge dem Rat nicht daran, sein Gewissen zu beruhigen. Den guten Willen wenigstens müsse man den Elfen zeigen, hieß es. Da war die Freitruppe gerade recht – wie immer, wenn jemand geopfert werden muß.«

Die Worte waren eine schlichte Feststellung, ohne Groll und ohne Bitterkeit vorgebracht. Die Augen des Befehlshabers blieben undurchdringlich und ausdruckslos. Andor errötete.

»Ich hatte nicht gedacht, daß die Männer von Callahorn so einfältig sind!« stieß er ärgerlich hervor.

Stee Jans musterte ihn abschätzend einen Augenblick lang.

»Soweit ich unterrichtet bin, baten die Grenzländer die Elfen um Unterstützung, als Callahorn von den Heeren des Dämonen-Lords angegriffen wurde. Doch Eventine wurde vom Dämonen-Lord gefangengenommen, und in seiner Abwesenheit war der Hohe Rat der Elfen unfähig zu handeln.« Er machte eine kurze Pause. »So ähnlich liegen die Dinge jetzt in Callahorn. Die Grenzgebiete haben Führer; diese haben seit Balinors Tod keinen Führer mehr.«

Andor musterte den anderen mit einem kritischen Blick, und sein Zorn verrauchte langsam.

»Ihr seid ein offener, freimütiger Mann, Befehlshaber.«

»Ich bin ein ehrlicher Mann, Herr. Das erlaubt mir, die Dinge klarer zu sehen.«

»Was Ihr mir da berichtet habt, wird einigen Leuten in Callahorn vielleicht nicht gefallen.«

Der Grenzländer zuckte die Schultern.

»Vielleicht ist das auch der Grund, weshalb ich hier bin.«

Ein Lächeln breitete sich langsam auf Andors Gesicht aus. Stee Jans gefiel ihm – sowenig er im Augenblick über ihn wußte.

»Befehlshaber, ich wollte Euch nicht im Zorn empfangen. Mein Zorn hat nichts mit Euch zu tun. Bitte versteht das. Die Freitruppe ist hier höchst willkommen. Jetzt laßt mich für eine Unterkunft für Euch sorgen.«

Stee Jans schüttelte den Kopf.

»Das ist nicht nötig; ich schlafe dort, wo meine Soldaten schlafen. Herr, wie ich höre, beabsichtigen die Elfen morgen in aller Frühe aufzubrechen.« Andor nickte. »Dann wird auch die Freitruppe aufbrechen. Wir brauchen nur die eine Nacht Rast.

Bitte richtet das dem König aus.«

»Ich werde es ihm sagen«, versprach Andor.

Der Befehlshaber der Freitruppe salutierte, dann machte er kehrt und schritt zu seinem Pferd zurück. Nachdem er sich wieder in den Sattel geschwungen hatte, nickte er den Reitern der Elfenpatrouille, die ihn und seine Leute begleiteten, kurz zu, und der lange graue Zug schwenkte wieder nach links, die schlammige Straße hinunter.

Mit einer Mischung aus Bewunderung und Ungläubigkeit blickte Andor den Soldaten nach. Sechshundert Mann! Und die Dämonen werden zu Tausenden über das Elfenreich herfallen! Er fragte sich, was sechshundert Südländer da noch ausrichten konnten.

Singend zogen die Elfen bei Tagesanbruch unter Pfeifenklang und Trommelschlag aus Arborlon hinaus. Die Banner ihrer Regimenter flatterten bunt vor einem bleigrauen und wolkenverhangenen Himmel. Eventine Elessedil ritt an der Spitze seines Heeres. Das graue Haar fiel auf das Kettenhemd hinunter, das aus blauem Eisen geschmiedet war, und in seiner rechten Hand hielt er fest den silberweißen Stab des Ellcrys. An seiner Seite ritt Allanon, einem geisterhaften Schatten gleich, schwarz und gewaltig auf dem Rücken Artaqs, und es war, als sei der Tod aus den Tiefen der Erde emporgefahren, um über die Elfen zu wachen. In zweiter Reihe folgten die Söhne des Königs – Arion ganz in Weiß, die Kriegsflagge der Elfen tragend, einen herabstoßenden Adler auf scharlachrotem Fell; Andor ganz in Grün mit dem Banner des Hauses Elessedil, einer Krone, die über einer mächtigen Eiche schwebte. Nach dieser Spitzengruppe kamen Dardan, Rhoe und drei Dutzend kampfgestählter Elfen-Jäger, die Leibwache des Hauses Elessedil; danach die grauen Reiter der Legions-Freitruppe, sechshundert Mann stark. Pindanon ritt allein an der Spitze des Heeres, eine hagere, gebeugte

Gestalt auf seinem kampferfahrenen Pferd. So mager war er, wirkte so asketisch, daß man den Eindruck gewann, er müsse die Rüstung tragen, um seinen Körper zusammenzuhalten. Ihm folgte, gewaltig und furchterregend, sechs Kolonnen breit und viele tausend Mann stark, das Heer der Elfen. Es bestand aus drei Reiterkompanien, die Soldaten mit Lanzen bewehrt, die wie ein Eisenwald in den Himmel ragten; aus vier Kompanien von Fußsoldaten, die mit Spießen und Schilden ausgerüstet waren; dazu zwei Kompanien von Bogenschützen, welche die gewaltigen Langbogen der Elfen trugen. Alle schützte die traditionelle Rüstung des Elfen-Kriegers – Kettenhemd und Lederschutz –, die Schnelligkeit und Wendigkeit nicht beeinträchtigte.

Es war ein beeindruckender Zug. Pferdegeschirre und Waffen klirrten in der morgendlichen Stille und blitzten matt im grauen Licht des neuen Tages. Gestiefelte Füße und eisenbeschlagene Hufe stampften über schlammige Erde, während die Kolonnen von Männern und Pferden sich den Carolan hinaufschoben, um auf den Elfitch abzubiegen, die lange gekrümmte Rampe, die von den Höhen Arborlons in die Wälder hinunterführte. Die Bewohner der Stadt waren zusammengeströmt, um den Aufbruch des Heeres mitzuerleben. Auf dem Carolan, auf Mauern und Zäunen, in Feldern und Gärten, überall standen sie und winkten den Soldaten Lebewohl, manche mit Anfeuerungsrufen voll Hoffnung und Zuversicht, andere in stummer Erregung, die keine Stimme hatte. Vor dem Tor zum Garten des Lebens stand die versammelte Schwarze Wache, die Lanzen zum Gruß erhoben. Am Rande der rauhen Felswand hatten sich die Elfen-Jäger der Leibgarde eingefunden, geführt von jenem Mann, der sie in Abwesenheit des Königs befehligen würde – Emer Chios, erster Minister des Hohen Rates, jetzt zum Verteidiger der Stadt Arborlon ernannt.

Abwärts zog das Elfenheer, den Windungen der aus Steinquadern errichteten Rampe folgend, die zwischen bewaldeten Felsen hindurch abwärts führte durch sieben Tore, die terrassenartig aufeinander folgten. Am Ende der langen Rampe schwenkte das Heer nach Süden, dem Engpaß zu. Eine einsame Brücke überspannte hier den Singenden Fluß, von Westen der einzige

Zugang zur Stadt. Wie eine Schlange mit metallischem Rückenpanzer kroch das Heer auf die Brücke, überquerte sie und verschwand in den schweigenden Wäldern am anderen Ufer. Das Funkeln der Waffen und Rüstungen wurde von Dunkelheit verschluckt, die bunten Fahnen verschwanden, singende Stimmen, klingende Pfeifen und wirbelnde Trommeln verstummten. Als die Morgensonne die Wolken des abziehenden Gewitters zerriß und über dem Kamm des Carolan aufging, um die Wälder zu seinen Füßen zu erwärmen, waren auch die letzten Reihen dieses großartigen Zugs außer Sicht.

Fünf Tage lang marschierte das Heer von Arborlon aus in westlicher Richtung, suchte sich seinen Weg durch die tiefen Wälder zum Sarandanon. Die Regenwolken hatten sich verzogen, waren nach Callahorn abgetrieben, und die Sonne schien von einem wolkenlos blauen Himmel herab. In gemessenem Tempo bewegte sich der Zug vorwärts, da die Reiter gezwungen waren, den Schritt ihrer Pferde dem der Fußsoldaten anzugleichen. Während die Armee in westlicher Richtung durch die Arborlon vorgelagerten Provinzen zog, häuften sich beständig die Anzeichen der Gefahr, die dem Elfenreich drohte. Familien, die sich mit all ihrer Habe auf der Flucht nach Osten befanden, Haus und Hof im Stich gelassen hatten, wußten Schreckliches zu berichten. Grauenvolle Geschöpfe trieben in den westlichen Gebieten ihr Unwesen, erzählten sie mit verängstigten Stimmen – finstere und grausame Ungeheuer, die, wie es schien, aus reiner Lust am Töten mordeten und so rasch wieder verschwanden, wie sie aufgetaucht waren. Häuser waren überfallen und ausgeraubt und ihre Bewohner erbarmungslos niedergemetzelt worden. An den verschiedensten Orten hatten sich solche Zwischenfälle zugetragen, und dies überzeugte die fliehenden Dorfbewohner, daß es westlich von Arborlon keinen Ort mehr gab, der sicher war. Sie begrüßten das vorüberziehende Heer mit lauten Anfeuerungsrufen, doch ihre Gesichter blieben ohne Hoffnung und voller Zweifel.

Als sich der fünfte Tag langsam seinem Ende zuneigte, schob sich das Heer aus den Wäldern in das Tal des Sarandanon. Im

Süden und Osten von Wäldern eingeschlossen, wurde es im Norden vom Kensrowe-Gebirge und im Westen von den blauen Fluten des Innisbore-Sees begrenzt. Es war ein flacher, überaus fruchtbarer Landstrich, die Kornkammer des Elfenreichs. Mais, Weizen und andere Feldfrüchte wurden von den Talbewohnern angebaut und nach der Ernte verkauft oder gegen andere Güter eingetauscht. Das Klima mit seinen milden Temperaturen und den gemäßigten Regenfällen begünstigte den Ackerbau, und seit Generationen wurde von diesem Tal aus praktisch das ganze Elfenreich mit Nahrung versorgt.

Das Elfenheer schlug an diesem Abend sein Lager am östlichen Ausgang des Tals auf und brach am folgenden Tag im Morgengrauen zum Weitermarsch auf. Eine breite Erdstraße schlängelte sich durch das Herz des Sarandanon an Zäunen und kleinen Ansiedlungen vorüber, und dieser Straße folgte das Heer nach Westen. Auf den Feldern arbeiteten die Familien fleißig und ruhig. Aus dieser Gegend war noch kaum jemand nach Osten geflohen. Alles, was dem Leben der Leute dieses Tals einen Sinn gab, war mit dem Boden verwurzelt, den sie bebauten, und sie würden sich nicht so leicht vertreiben lassen.

Am späten Nachmittag hatte das Heer den Westrand des Tales erreicht. In der Ferne, jenseits des Innisbore-Sees, ragten die schroffen Felsgipfel des Grimmzacken-Gebirges auf, das sich oberhalb der Kensrowe-Berge nach Norden hinzog bis in die Wildnis des Kershalt-Gebiets. Die Sonne hing schon tief über den Bergen, und ihr goldenes Licht ergoß sich glitzernd über den Fels. In der einbrechenden Dunkelheit des östlichen Himmels schimmerte bleich der Mond.

Das Heer schwenkte nach Norden. Zwischen dem Innisbore-See und dem Kensrowe-Gebirge führte das Tor des Baen Draw aus dem unwirtlichen Hügelland zu Füßen des Grimmzacken-Gebirges in das Sarandanon-Tal hinein. Und dort schlug das Heer der Elfen sein Lager auf. In der Abenddämmerung kam Allanon so still und unerwartet aus dem Kensrowe-Gebirge herab, wie er Stunden zuvor zwischen den Gipfeln verschwunden war. Wie ein Schatten der Nacht tauchte seine hochgewachsene Gestalt im Lager der Elfen auf, schob sich, dunkel und einsam, zwischen den flackernden Feuern hindurch, welche die Soldaten überall angefacht hatten. Den Kopf in der dunklen Vermummung seiner Kapuze, ging er direkt zum Zelt des Königs der Elfen, ohne der Soldaten zu achten, die ihm neugierig nachblickten. Die Elfen-Jäger, die vor Eventines Hauptquartier Wache hielten, traten stumm zur Seite, als er herankam, und ließen ihn eintreten.

Drinnen saß der König an einem kleinen, behelfsmäßigen Tisch, der aus Brettern und Holzpflöcken errichtet war. Vor sich hatte er sein Nachtmahl. Dardan und Rhoe standen schweigend im Hintergrund des Zeltes. Auf einen Blick des Druiden schickte Eventine sie hinaus. Als sie gegangen waren, trat Allanon an den Tisch und nahm Platz.

»Ist alles bereit?« fragte er leise.

Eventine nickte.

»Und die Verteidigungspläne?«

Im düster flackernden Licht der Öllampen konnte der König erkennen, daß das dunkle Gesicht des Druiden naß war von Schweiß. Unsicher betrachtete er den großen Alten, dann schob er sein Essen beiseite und breitete eine Karte des Elfenlandes auf dem Tisch aus.

»Bei Morgengrauen marschieren wir zum Grimmzacken-Gebirge.« Er zeichnete die Route mit dem Finger nach. »Wir blockieren die beiden Pässe, das Halys-Joch und den Spindelpaß, und werden sie so lange, wie es uns möglich ist, gegen den Ansturm der Dämonen halten. Wenn die Pässe genommen werden sollten, weichen wir ins Sarandanon zurück. Bei Baen Draw errichten wir unsere zweite Verteidigungslinie. Wenn die Dämonen das Grimmzacken-Gebirge überwunden haben, stehen ihnen drei Wege offen. Sie können sich nach Süden wenden, dann müssen sie einen weiten Bogen um den Innisbore-See schlagen und wieder nach Norden heraufkommen. Wenn sie gleich die Richtung nach Norden einschlagen, dann müssen sie durch das rauhe Vorgebirgsland oberhalb der Kensrowe-Berge und dann wieder nach Süden schwenken. Gleich, ob sie nun diese oder jene Route einschlagen, ihr Vormarsch nach Arborlon wird sich gleich um mehrere Tage verzögern. Die einzige andere Möglichkeit, die ihnen bleibt, ist die, durch die schmale Pforte des Draw vorzudringen – wo das Elfenheer wartet.«

Allanons dunkle Augen blickten den König ernst an.

»Sie werden den Draw wählen.«

»Es sollte uns eigentlich möglich sein, diesen Engpaß mehrere Tage lang zu halten«, meinte der König. »Vielleicht sogar länger, wenn sie nicht auf den Gedanken kommen, uns von den Flanken anzugreifen.«

»Zwei Tage, nicht mehr.« Der Ton des Druiden war sachlich und entschieden.

Eventine konnte seine Bestürzung kaum verbergen.

»Gut, dann also zwei Tage. Doch wenn der Draw genommen wird, ist das Sarandanon verloren. Arborlon ist dann unsere letzte Bastion.«

»So sei es.« Allanon beugte sich vor, die langgliedrigen Hände ineinander verschränkt. »Es ist jetzt an der Zeit, daß wir über etwas anderes sprechen, was ich dir bisher verschwiegen habe.« Seine Stimme war leise, nur ein Flüstern beinahe. »Die Dämonen sind nicht mehr in unserer Nähe – die, die die Mauer der Verfemung schon durchbrochen haben, der Dagda Mor und jene, die ihm folgen. Sie beobachten uns nicht mehr, und sie verfolgen uns nicht mehr. Wenn sie es täten, würde ich das spüren, und ich habe nichts verspürt – seit dem Tag, an dem wir Arborlon verlassen haben.«

Der Elfenkönig sah ihn in stummer Frage an.

»Ich fand es seltsam, daß ihr Interesse an uns so gering sein sollte.« Der Druide lächelte schwach. »Heute nachmittag habe ich mich in die Berge begeben, um allein zu sein und herauszufinden, wohin die Dämonen sich zurückgezogen haben. Ich besitze die Macht, jene aufzuspüren, die meinen Augen verborgen sind. Doch ich muß vorsichtig mit ihr umgehen, denn wenn ich sie gebrauche, offenbare ich anderen, die über ähnliche Kräfte wie ich verfügen – wie zum Beispiel der Dagda Mor – sowohl meinen eigenen Aufenthaltsort als auch den Aufenthaltsort jener, die ich suche. Ich konnte es nicht wagen, diese Kraft einzusetzen, um Wil Ohmsford und Eurer Enkelin auf ihrem Weg nach Süden zu folgen; hätte ich es getan, so hätte ich womöglich den Dämonen verraten, wo sie zu finden sind. Doch um den Dagda Mor selbst aufzuspüren ... Dies, fand ich, war es wert, die Gefahr auf mich zu nehmen.

Ich suchte ihn also, durchforschte das umliegende Land, um zu entdecken, wo er sich verborgen hielt. Doch er gab sich keine Mühe, sich verborgen zu halten. Ich fand ihn und die, die ihm folgen, jenseits des Grimmzacken-Gebirges, in der Einöde der Rauhen Platte. Doch wenig konnte ich erspüren von dem, was sie im Schilde führen; ihre Gedanken blieben mir verschlossen. Nur ihre Gegenwart konnte ich fühlen. Das Böse, das sie durchdringt, ist so stark, daß mir selbst eine flüchtige Berührung mit ihm großen Schmerz verursacht, deshalb war ich gezwungen, mich sogleich wieder zurückzuziehen.«

Der Druide richtete sich auf.

»Es ist sicher, daß die Dämonen sich auf der Rauhen Platte in Erwartung des völligen Zusammenbruchs der Bannmauer versammelt haben. Es ist sicher, daß sie alles tun, um diesen Einsturz zu beschleunigen. Sie tun es ganz offen und ohne sich über die möglichen Pläne der Elfen Kopfzerbrechen zu machen. Das beweist mir, daß sie diese Pläne bereits kennen müssen.«

Eventine wurde bleich. »Der Spion in meinem Hause – der Spion, der die Dämonen von Eurer Reise in Paranor in Kenntnis setzte.«

»Ja, das wäre eine Erklärung für das offenkundig fehlende Interesse der Dämonen an Eurem Tun und Lassen«, stimmte Allanon zu. »Wenn sie bereits wissen, daß wir die Absicht haben, ihnen im Grimmzacken-Gebirge entgegenzutreten, dann besteht für sie keine Notwendigkeit, uns zu folgen und zu beobachten. Sie brauchen dann nur unser Eintreffen abzuwarten.«

Eventine erkannte, was das bedeuten konnte.

»Dann kann das Grimmzacken-Gebirge zu einer Falle für uns werden.«

Der Druide nickte. »Die Frage ist, was für eine Falle wollen die Dämonen uns stellen. Noch sind ihrer nicht genug, um einem Heer unserer Stärke standzuhalten. Sie brauchen jene, die noch hinter der Mauer der Verfemung gefangen sind. Wenn wir schnell genug sind ...«

Er ließ den Satz unvollendet und stand auf.

»Eines noch, Eventine. Seid vorsichtig. Der Spion ist noch unter uns. Es kann sein, daß er sich in diesem Lager befindet, unter denen, die Euer Vertrauen besitzen. Es kann sein, daß er versuchen wird, Euch zu töten, wenn die Gelegenheit sich bietet.«

Allanon machte kehrt und schritt zum Ausgang. Riesenhaft zuckte sein Schatten im flackernden Licht der Öllampen an der Zeltwand empor. Einen Lidschlag lang blickte der König ihm wortlos nach, dann sprang er hastig auf.

»Allanon!«

Der Druide wandte sich um.

»Wenn die Dämonen wissen, daß wir uns auf dem Marsch zum Grimmzacken-Gebirge befinden – wenn sie das wissen, dann wissen sie vielleicht auch, daß Amberle mit dem Samenkorn des Ellcrys auf dem Weg zum Wildewald ist.«

Den Worten des Königs folgte bedrücktes Schweigen. Die beiden Männer sahen einander an. Ohne etwas zu erwidern, verschwand der Druide durch die Zeltöffnung in der Nacht.

Zu derselben Zeit wanderte Andor Elessedil auf der Suche nach der Legions-Freitruppe und Stee Jans durch das abendliche Treiben im Lager der Elfen. Vordergründig ging es ihm darum, sich zu vergewissern, daß die Legionssoldaten über alles verfügten, was sie zu ihrem Wohlbefinden brauchten; dahinter verbarg sich ein persönliches Interesse an ihrem Befehlshaber. Seit dem Eintreffen der Freitruppe in Arborlon hatte er kein Wort mehr mit Jans gewechselt, und es interessierte ihn, mehr über den rätselhaften Südländer zu erfahren. Da er im Augenblick keinen dringenderen Auftrag zu erfüllen hatte, hatte er beschlossen, die Gelegenheit zu einem Gespräch mit Stee Jans zu suchen.

Er fand das Lager der Freitruppe schließlich am Südrand der Kensrowe-Berge. Die Pferde waren schon angebunden und gefüttert, auch die Wachen schon aufgestellt. Doch keiner der Wachposten rief ihn an, als er ins Lager hineinwanderte. Als er das Quartier des Befehlshabers nicht gleich finden konnte, hielt er mehrere Soldaten an, um sie nach Jans zu fragen, und wurde schließlich an einen Hauptmann der Truppe verwiesen.

»Jans?« Der Hauptmann war ein stämmiger Bursche mit einem dichten Vollbart. Sein Lachen klang tief und dröhnend. »Weiß der Himmel! In seinem Zelt ist er jedenfalls nicht, das kann ich Euch sagen. Wir hatten kaum das Lager aufgeschlagen, da war er schon verschwunden. Rauf in die Berge.«

»Auf Erkundung?« fragte Andor ungläubig.

Der Hauptmann zuckte die Schultern.

»So ist er nun mal. Der will immer schon vorher ganz genau wissen, was das für ein Ort ist, wo er vielleicht ins Gras beißt.« Er lachte. »Nie läßt er einen anderen auf Kundschaft gehen. Das tut er immer selbst.«

Andor nickte mit einigem Unbehagen.

»Ich vermute, das ist der Grund, weshalb er noch am Leben ist.«

»Der! Der hat doch das ewige Leben! Wißt Ihr, wie man ihn nennt? Den Eisenmann. Ja, genau das ist er. Das ist unser Befehlshaber.«

»Ja, hart genug sieht er ja aus«, meinte Andor zustimmend. Seine Neugier wuchs schier unbezähmbar.

Der Hauptmann winkte ihn näher zu sich heran, und einen Moment lang vergaßen beide, mit wem er es da zu tun hatte.

»Habt Ihr die Geschichte von Rybeck gehört?« fragte der Grenzbewohner.

Andor schüttelte den Kopf, und ein Funke von Befriedigung loderte in den harten Augen des anderen auf.

»Dann hört mir zu. Vor zehn Jahren fiel eine Horde von Gnomen immer wieder über die Dörfer am Ostrand der Grenzländer her, plünderte Häuser und Höfe und tötete die Bewohner. Ein niederträchtiges Geschmeiß war das, und die Legion versuchte mit allen Mitteln, die Bande zu stellen, aber ohne Erfolg. Schließlich hetzte ihnen der König die Freitruppe auf die Fersen, und zwar mit dem Befehl, die Gnomen zu stellen und zu vernichten, und wenn es Monate dauern sollte. Ich erinnere mich an diese Jagd; ich war schon damals bei der Truppe.«

Er kauerte sich an einem Feuer nieder, und Andor hockte sich neben ihn. Andere gesellten sich zu ihnen und lauschten dem Bericht.

»Fünf Wochen dauerte die Jagd, und die Truppe verfolgte diese Gnomen bis in den oberen Anar hinein. Eines Tages dann, als wir der Bande schon ziemlich dicht auf den Pelz gerückt waren, geriet ein Spähtrupp von uns – ganze dreiundzwanzig Mann – in eine Nachhuttruppe von mehreren hundert Plünderern. Der Spähtrupp hätte zurückweichen können, aber das tat er nicht. Die Männer entschieden sich für den Kampf. Einer wurde zurückgeschickt, um Verstärkung zu holen, die anderen warfen sich den Plünderern in einem kleinen Dorf namens Rybeck entgegen – ein paar windschiefe alte Häuser, sonst nichts. Drei Stunden lang hielten diese zweiundzwanzig Soldaten den Plünderern stand – warfen jeden Angriff zurück, den die Gnomen eröffneten. Ein Leutnant, drei Unteroffiziere und achtzehn Soldaten. Einer der Unteroffiziere war fast noch ein Knabe. Er war erst seit sieben Monaten bei der Truppe – aber schon Korporal. Niemand wußte viel über ihn. Wie die meisten, erzählte auch er kaum etwas über seine Vergangenheit.«

Der Hauptmann beugte sich ein Stück vor.

»Nach den ersten zwei Stunden war der Junge der einzige Offizier, der noch am Leben war. Er verschanzte sich mit dem halben Dutzend Soldaten, das noch geblieben war, in einem Steinhaus. Weigerte sich zu kapitulieren, wollte von Gnade nichts wissen. Als die Verstärkungstruppen schließlich eintrafen, war das ganze Gelände von toten Gnomen übersät.« Die Hand des Mannes ballte sich zur Faust. »Mehr als hundert tote Gnomen! Unsere Männer waren alle gefallen bis auf zwei, und einer von ihnen starb noch im Laufe desselben Tages. Nur einer überlebte das Gemetzel. Der junge Korporal.«

Er machte eine kleine Pause und lachte leise.

»Der Junge war Stee Jans. Deshalb nennen sie ihn den Eisenmann. Und Rybeck?« Er schüttelte feierlich den Kopf. »Rybeck zeigt, wie ein Soldat der Freitruppe kämpfen, und wenn es sein muß, sterben sollte.«

Die Soldaten, die sich um ihn gedrängt hatten, bekundeten murmelnd ihre Zustimmung. Andor blieb noch einen Augenblick, dann stand er auf. Der Hauptmann tat es ihm nach, nahm Haltung an, als ihm plötzlich einzufallen schien, mit wem er da gesprochen hatte.

»Jedenfalls ist der Befehlshaber im Augenblick nicht hier, Herr.« Er sah den Elfenprinzen fragend an. »Kann ich etwas für Euch tun?«

Andor schüttelte den Kopf.

»Ich wollte Euch fragen, ob Ihr irgend etwas braucht.«

»Einen guten Tropfen«, rief jemand, doch der Hauptmann brachte ihn mit einem Fluch zum Schweigen.

»Uns fehlt es an nichts, Herr«, erwiderte er. »Wir haben alles, was wir brauchen.«

Andor nickte. Harte Männer, diese Soldaten der Freitruppe.

»Dann wünsch' ich Euch eine gute Nacht, Hauptmann«, sagte er.

Damit machte er kehrt und wanderte zum Lager der Elfen zurück, während er über die Geschichte nachdachte, die der Hauptmann ihm erzählt hatte, und über den Befehlshaber, den alle den Eisenmann nannten.

Am folgenden Morgen marschierten die Elfen und ihre Verbündeten aus dem Sarandanon hinaus in Richtung Norden. Der neue Tag hatte noch nicht mehr als ein schwaches silbernes Leuchten über den östlichen Wäldern erkämpft, als der lange Zug sich durch den Engpaß des Baen Draw drängte und sich in das Hügelland hineinschob, das jenseits davon lag. Rüstungen und Harnische klirrten und knarrten, Stiefel und Hufe schlugen in dröhnendem Rhythmus auf die Erde, Männer wie Pferde pafften weiße Dampfwölkchen in die frostigklare Morgenluft. Niemand sprach, pfiff oder sang gar. Gespannte Erwartung hielt alle in Atem. Elfen-Jäger und Grenzländer wußten, daß die Schlacht bevorstand.

In Windungen schlängelte sich der Zug kahle, schroffe Hügel

hinauf, die von Wind und Regen zerfressen und ausgehöhlt waren. Weit entfernt noch hob sich die massige dunkle Silhouette des Grimmzacken-Gebirges vom langsam heller werdenden Nachthimmel ab, während die Sonne allmählich den Himmel heraufzog, ein gewaltiges Massiv aus nadelspitzen Gipfeln und messerscharfen Graten, steilen Wänden und gähnenden Schluchten. Der Tag erwärmte sich langsam. Die Morgenstunden zerrannen, und das Heer schwenkte nach Westen, marschierte in langen Kolonnen durch das unfreundliche, hügelige Land. Im Süden funkelten blau die Wogen des Innisbore-Sees, und über dem bewegten Wasserspiegel kreisten weiße Möwen, deren Schreie schrill und gespenstisch durch die Stille hallten.

Am Mittag erreichte das Heer die Grimmzacken-Berge, und Eventine gab das Zeichen zum Anhalten. Als eine dunkle, abweisende Mauer aus grauem Fels erhob sich die Bergkette vor dem Horizont. Tausende von Fuß ragten die nackten Felsspitzen in den Himmel hinein, stumm, schroff und kalt. Nichts wartete dort als Leere, Finsternis und Tod.

Zwei Pässe führten über das Grimmzacken-Gebirge, schmale Durchlässe, die das Land der Elfen mit der Rauhen Platte verbanden. Im Süden lag das Halys-Joch, im Norden der Spindelpaß. Wenn die Dämonen, wie Allanon vorhergesagt hatte, innerhalb der Rauhen Platte die Mauer der Verfemung durchbrechen würden, dann mußten sie, wollten sie Arborlon erreichen, über einen dieser Pässe nach Osten ziehen. Und dort wollten die Elfen sie erwarten und aufhalten.

»Hier trennen wir uns«, verkündete Eventine, nachdem er seine Offiziere um sich versammelt hatte.

Andor ritt näher an den kleinen Kreis der Männer heran, um genau zu hören, was besprochen wurde.

»Das Heer teilt sich hier. Die eine Hälfte marschiert mit Prinz Arion und Oberbefehlshaber Pindanon nach Norden, um den Spindelpaß zu sichern. Die andere zieht mit mir nach Süden zum Halys-Joch. Befehlshaber Jans?« Das von Wind und Wetter gegerbte Gesicht des Führers der Freitruppe tauchte im Kreis der Offiziere auf. »Ich möchte, daß die Freitruppe mit mir nach Süden marschiert. Pindanon, gebt den Befehl.«

Der Ring der Reiter löste sich auf. Andor blickte zu Arion hinüber, der ihn mit kalten Augen fixierte und sich dann abwandte.

»Andor, ich möchte, daß du mit mir reitest«, rief sein Vater ihm zu.

Kael Pindanon kam zum König zurückgaloppiert. Es war alles bereit. Mit festem Händedruck sagten die beiden alten Kameraden einander Lebewohl. Noch einmal hielt Andor nach seinem Bruder Ausschau, doch Arion war schon auf dem Weg zur Spitze seiner Kolonne.

Allanon tauchte an Andors Seite auf. Sein dunkles Gesicht war unbewegt.

»Sein Zorn ist unbegründet und fehl am Platz«, sagte der Druide leise und ritt weiter.

Laut dröhnten Pindanons Befehle über das Heer hinweg. Banner und Lanzen wurden grüßend geschwenkt, als das Heer der Elfen sich teilte. Laute Rufe der Zuversicht und des Übermuts zerrissen die morgendliche Stille und hallten von den Hängen der Berge wider. Eine Zeitlang war der Tag erfüllt von sorglosen Stimmen und unbekümmertem Gelächter. Dann setzte sich Pindanons Zug in nördlicher Richtung in Bewegung, wälzte sich unter einer gewaltigen Staubwolke in das Hügelland hinein und verschwand aus dem Blickfeld.

Die Soldaten des Königs wandten sich nach Süden. Viele Stunden marschierten sie am Fuß der Grimmzacken-Berge entlang, folgten dem stetigen Auf und Ab des vorgelagerten Hügellandes. Die Sonne schwand langsam über die Bergrücken nach Westen, und die Schatten wurden länger, dunkle Muster bildend. Die unbewegte, schwüle Luft des Mittags kühlte sich in einem leichten Südwind ab, der aus den fernen Wäldern herüberwehte. Allmählich weiteten sich die Hügel zu einer grasbewachsenen Ebene. An ihrem Rand öffnete sich im Schatten schroffer Felsspitzen das dunkel gähnende Maul des Halys-Joch-Passes.

Eventine ließ sein Heer halten, um kurz mit seinen Offizieren zu beratschlagen. Unterhalb des Ostzugangs zum Paß dehnten sich mehrere Meilen offenen Landes, das sich südlich am Waldrand hinzog. Wenn es den Dämonen gelingen sollte, einen Weg zu finden, um das Grimmzacken-Gebirge unterhalb des Halys-Jochs zu überqueren, konnten sie durch die Waldgebiete nordwärts ziehen und das Elfenheer im Paß einschließen. Eine Nachhut mußte ein solches Manöver verhindern. Am besten konnte eine Kavallerie-Einheit diese Aufgabe übernehmen; die Kavallerie würde innerhalb des engen Passes ohnehin nicht von großem Nutzen sein.

Andor sah, wie der Blick seines Vaters flüchtig zu Stee Jans wanderte, sich dann wieder entfernte. Kavallerie-Einheiten des Elfenheers würden die Nachhut bilden, verkündete der König.

Nachdem der Befehl dazu erteilt war, löste sich die Kavallerie vom Gros des Heeres und verteilte sich über die Ebene. Auf ein Signal von Eventine hin nahm das übrige Heer den Marsch zum Halys-Joch in Angriff.

Schroffe Felswände blickten düster auf die Elfen herab, während diese durch den breiten, schattigen Einschnitt zwischen den Bergen marschierten. Beinahe augenblicklich begann das Gelände anzusteigen, und der Weg führte die Soldaten im kahlen Fels immer höher hinauf. Rasch kühlte die Luft ab, und der Klang von Hufeisen und Stiefeln, die auf nackten Stein schlugen, brach sich in gespenstischem Echo. Das Gelände stieg weiter an, und der Weg wurde immer beschwerlicher. Der Boden war von Geröll übersät, und Spalten und Risse klafften auf Schritt und Tritt. Männer und Pferde stolperten und rutschten immer wieder, und das Tempo verlangsamte sich.

Dann kam der Zug jäh zum Halten. Vor dem Heer gähnte plötzlich eine schier bodenlose Kluft, ein gewaltiger Spalt, der sich, den Paß auf Hunderten von Schritten der Länge nach sprengend, in schwarzem Nichts verlor. Zur Linken schwang sich der Weg breit und eben an der Bergflanke entlang abwärts, um am Ende der Kluft in einen Hohlweg zu münden. Auf der rechten Seite zog sich ein schmaler Sims am Rand des Abgrunds entlang, ein unsicherer, bröckeliger Pfad, der mit Müh und Not einem einzelnen Reiter Platz bot. Blickte man aufwärts, so hatte man den Eindruck, daß die kahlen Felswände sich emporstrebend nach innen neigten, so daß vom Himmel nur ein dünnes, ausgefranstes blaues Band zu sehen war. Das Heer schwenkte nach links, um den breiteren Weg hinunter zu marschieren. Durch den Hohlweg gelangte es in eine Schlucht, die erhellt war vom Sonnenlicht des Nachmittags. Grün leuchteten niedrige Büsche und kurzes grobes Gras, und zwischen den Felsbrocken, die auf dem Boden der Schlucht verstreut lagen, schlängelte sich ein dünnes Bächlein hindurch, um dann in einer kleinen, von Büschen beschatteten Mulde einen Teich zu bilden. Kaninchen sprangen auf und jagten davon, als das Heer in die Schlucht eindrang, und eine Schar Vögel, die am Bachrand getrunken hatte, ergriff flügelschlagend die Flucht.

Die Elfen marschierten bis an das andere Ende der Schlucht. Von dort führte der Paß in Windungen durch eine breite Klamm in die weite Einsamkeit der Rauhen Platte hinunter. Mit scharfer Geste hob Eventine die Hand zum Zeichen, daß das Heer halt machen sollte. Aufmerksam schweifte sein Blick durch die Klamm, über Felsnischen und steile Hänge, dann nickte er. Hier würde das Heer sich dem Ansturm der Dämonen entgegenstellen.

Der Abend stahl sich ins Grimmzacken-Gebirge, graues Zwielicht verdunkelte die Sonne, die im Untergehen den Himmel über der Rauhen Platte in funkelndes rotgoldenes Feuer tauchte. Hinter der Bergkette stieg die silberne Scheibe des Mondes über den Wäldern auf, und schon blitzten die ersten Sterne am Himmel. Das Halys-Joch lag in tiefe Stille getaucht.

Andor Elessedil stand allein auf einer kleinen Anhöhe etwa in der Mitte der Klamm, die zur Rauhen Platte hinunterführte. In den Armen hielt er den silberweißen Stab des Ellcrys. Während sein Blick über die Reihen der Elfen-Jäger und der Freitruppen-Soldaten schweifte, überdachte er zum wiederholten Male während der letzten halben Stunde die Taktik, die sein Vater zur Verteidigung des Passes ersonnen hatte. Ein breiter Hügelrükken zog sich mehrere hundert Schritte von der Öffnung des Passes entfernt quer durch die Klamm, ein Felsplateau, das auf einen von Krüppelbüschen überwucherten und mit Geröll übersäten Hang hinunterblickte. Hier wollte das Heer der Elfen die Dämonen erwarten. Vorn würde das Plateau mit Bogenschützen bemannt werden, die ihre Pfeile auf die Dämonen abschießen würden, sobald diese von der Rauhen Platte her durch die Öffnung des Halys-Joch-Passes drangen, um den Hang hinaufzuklettern. Wenn die Dämonen dann so nahe herankamen, daß die Schützen mit ihren langen Bogen nichts mehr ausrichten konnten, würde eine Phalanx von Lanzern und Pikenieren sie ablösen, um sich der Wucht des Angriffs entgegenzustemmen. Eine zweite Schlachtenreihe würde in Reserve gehalten werden, um der ersten Verstärkung zu geben. Die Verteidiger würden das Plateau so lange wie möglich halten, dann mehrere hundert Schritte zurückweichen und neuerlich Stellung beziehen. Wenn die Klamm verloren war, würden sie bis zum Eingang in die Schlucht zurückweichen. Wenn auch der verlorenging, würde die Schlucht selbst verteidigt werden – und so weiter, bis schließlich das Heer ganz aus dem Paß hinausgedrängt wurde. Es war ein trefflicher Plan. Leicht, sagte sich Andor, würde der Paß von den Dämonen nicht zu nehmen sein. Die Verteidigungspositionen waren gut gewählt; und wenn der Angriff erfolgte, würde er die Elfen nicht unvorbereitet treffen.

Er hob den Blick und spähte zur Rauhen Platte hinaus. Nichts rührte sich. Verlassen und still lag das Land. Von den Dämonen war nirgends eine Spur zu entdecken.

Doch sie würden kommen, dessen war Andor sicher. Seine Hände glitten langsam über das glatte Holz des Ellcrys-Stabs, und seine Finger zeichneten die Maserung der Rinde nach. Eventine hatte den Stab in seine Obhut übergeben, während er selbst den Hang hinuntergestiegen war, um die Abwehrstellungen der Elfen zu inspizieren. Tief sog Andor die Nachtluft ein. Würde der Stab die Elfen wirklich beschützen? Würde er seine Zauberkraft jenen verleihen, die nurmehr Sterbliche waren, und nicht mehr Geschöpfe der Geisterwelt, wie es ihre Vorväter einst gewesen waren? Er betrachtete den silbernen Stab, während er ihn mit beiden Händen fest umfaßte und versuchte, Kraft und Mut aus ihm zu ziehen. Allanon hatte gesagt, daß die Macht des Ellcrys über die Dämonen in diesem Stab geborgen war und daß sie die Bösen schwächen und sie verletzlich machen würde für die Waffen der Elfen. Doch Zweifel trübten Andors

Zuversicht. Die Dämonen stellten eine unbegreifliche Macht des Bösen dar, aus einer Welt geboren, die längst vergangen war, die keiner außer ihnen je gesehen hatte, die kein anderer sich auch nur vorstellen konnte.

Er hielt inne in seinem Gedankenfluß. Keiner außer Allanon, verbesserte er sich, und Allanon selbst war vielleicht ein Teil dieser dunklen, vergessenen Welt.

Sein Vater, der König, tauchte plötzlich aus der Finsternis auf und trat an seine Seite. Stumm reichte Andor ihm den Ellcrys-Stab zurück. Müdigkeit und Besorgnis zeichneten das Antlitz des alten Mannes, spiegelten sich in seinen Augen wider. Andor zwang sich, den Blick abzuwenden.

»Ist alles in Ordnung?« fragte er nach einem kurzen Schweigen.

Der König nickte verschlossen.

»Alle Verteidigungsstellungen sind planmäßig bezogen.«

Sie schwiegen wieder. Andor hatte das Bedürfnis, mehr mit seinem Vater zu sprechen. In ihm machte ein Unbehagen sich breit, das sich nicht beruhigen ließ und den Wunsch in ihm weckte, seinem Vater nahe zu sein. Dann hätte er ihm das begreiflich gemacht. Doch aus irgendeinem Grund fiel es ihm schwer, mit seinem Vater über solche Dinge zu sprechen. Sie hatten sich beide noch nie sehr gut darauf verstanden, einander ihre Gefühle auszudrücken.

Seine Stimmung verdüsterte sich. Auch mit Arion war es so – ganz besonders mit Arion. Zwischen ihnen stand eine Wand der Entfremdung, die er nie richtig verstanden hatte; sie hätte vielleicht zum Einstürzen gebracht werden können, wäre einer von ihnen fähig gewesen, darüber zu sprechen. Doch keiner von beiden hatte es je versucht. Und jetzt war es natürlich noch schlimmer geworden. Arion war zornig über das, was sich auf der Sitzung des Hohen Rates zugetragen hatte; war zornig über Andors Bereitwilligkeit, Amberle als rechtmäßige Überbringerin des Ellcrys-Samens anzuerkennen, und über seine Weigerung, von ihr, wie Arion das für richtig hielt, Rechenschaft für ihr Tun zu verlangen; und so lehnte er es nun ab, auch nur ein Wort mit seinem Bruder zu wechseln. So viel Bitterkeit gärte in

Arion! Doch es war eine Bitterkeit, die Andor verstand. Als Amberle damals Arborlon verlassen hatte, ohne Erklärung ihre Pflichten als eine der Erwählten im Stich gelassen hatte, da hatten beide Brüder diese Bitterkeit erfahren – er so sehr wie Arion, denn auch er hatte das Kind geliebt. Allzulange aber hatte er sich von dieser Bitterkeit blenden lassen. Erst als er sie wiedergesehen hatte, war es ihm vergönnt gewesen, einen Teil der früheren Gefühle, die er ihr entgegengebracht hatte, wiederzuentdecken. Gern hätte er das alles Arion erklärt; er hatte das Bedürfnis, es ihm zu erklären. Doch es schien keinen Weg zu geben.

Er fuhr zusammen, als er sich plötzlich bewußt wurde, daß Allanon neben ihm stand. Der Druide war geräuschlos aus dem Nichts aufgetaucht, nicht einmal ein Rascheln der schwarzen Gewänder, die seine Gestalt einhüllten, hatte ihn verraten. Das von der Kapuze beschattete Gesicht blickte Andor einen Moment lang an, dann wandte Allanon sich an den König.

»Ihr schlaft nicht?«

Eventine wirkte zerstreut. »Nein. Noch nicht.«

»Ihr müßt aber ruhen, Elfenkönig.«

»Bald. Allanon, glaubt Ihr, daß Amberle noch am Leben ist?«

Andor stockte der Atem, und er warf einen scheuen Blick auf den Druiden. Allanon besann sich einen Augenblick, bevor er antwortete.

»Sie ist am Leben.«

Als er darauf wiederum schwieg, sah Eventine ihn von der Seite an.

»Wie könnt Ihr das so bestimmt wissen?«

»Ich kann es nicht wissen; aber ich glaube es.«

»Weshalb glaubt Ihr dann, daß sie noch am Leben ist?«

Der Druide hob den Kopf, und die tief eingesunkenen Augen blickten gen Himmel.

»Weil Wil Ohmsford die Elfensteine noch nicht eingesetzt hat. Wäre Amberles Leben in Gefahr, so würde er sich der Kraft der Steine bedienen, um sie zu schützen.«

Andor runzelte die Stirn. Die Elfensteine? Wil Ohmsford? Was hatte das alles zu bedeuten? Dann fiel ihm die zweite vermummte Gestalt im Ratssaal ein, die mit Allanon und Amberle eingetreten war und sich nicht geoffenbart hatte. Das mußte Wil Ohmsford gewesen sein. Hastig wandte er sich nach Allanon um. Fragen formten sich auf seinen Lippen. Doch er sprach sie nicht aus. Statt dessen wandte er sich wieder ab. Vielleicht war es bessser, dachte er, diese Fragen nicht zu stellen. Wenn Allanon ihn mehr hätte wissen lassen wollen, dann hätte er von selbst gesprochen. Warum aber hatte der Druide überhaupt etwas erwähnt?

Verwirrt starrte er in die wilde Einöde der Rauhen Platte hinaus. Die Sonne verschwand hinter dem Horizont, und ihre leuchtenden Farben verschmolzen langsam mit den Schatten der Nacht.

»Am Eingang zum Paß sind Wachfeuer aufgeschichtet worden«, murmelte Eventine. »Ich muß den Befehl geben, sie zu entzünden.«

Wieder schritt er in die Klamm hinunter, und Andor blieb mit Allanon allein zurück. Schweigend standen sie beide da, reglose Gestalten in der heranbrechenden Dunkelheit, und blickten dem alten König nach, der über Fels und Geröll abwärts wanderte. Die Minuten verrannen. Andor glaubte schon, Allanon hätte ihn vergessen, da schwebte plötzlich die Stimme des Druiden durch die Stille.

»Möchtet Ihr mehr über Wil Ohmsford wissen, Elfenprinz?«

Andor starrte den großen Alten verwundert an und nickte dann erstaunt.

»Gut.« Allanon sah ihn nicht an. »So hört.«

Leise erzählte er Andor von Wil Ohmsford – von seinem Erbe und seinem Auftrag. Erinnerungen kamen dem Elfenprinzen an Berichte seines Vaters von den beiden Talbewohnern Shea und Flick Ohmsford und von ihrer Suche nach dem legendären Schwert von Shannara. Und nun war Sheas Enkel, zauberischer Kräfte teilhaftig, die keinem Elf seit der Vernichtung der Alten Welt zugänglich gewesen waren, zu Amberles Beschützer berufen worden.

Als der Druide zum Ende kam, schwieg Andor lange Zeit. Schweigsam blickte er in die Schatten, in die sein Vater eingetaucht war, und dachte über das Gehörte nach. Dann hob er den Kopf und blickte den Druiden wieder an.

»Warum habt Ihr mir das erzählt, Allanon?«

»Das ist etwas, was Ihr wissen solltet.«

Andor schüttelte langsam den Kopf.

»Nein – ich meine, warum gerade mir?«

Da endlich wandte der Druide sich um und sah ihn an. Das Raubvogelgesicht war kaum zu erkennen im Schutz der Kapuze.

»Aus vielen Gründen, Andor«, sagte er leise. »Vielleicht, weil Ihr Euch für Amberle entschiedet an jenem Abend, als kein anderer im Hohen Rat für sie Partei ergreifen wollte. Vielleicht deshalb.«

Seine schwarzen Augen ruhten lange unverwandt auf Andor, dann wandte er sich wieder ab.

»Ihr solltet jetzt ruhen. Auch Ihr solltet schlafen.«

Andor nickte, in Gedanken weit fort. Hatte der Druide wirklich seine Frage beantwortet? Er streifte Allanon mit einem kurzen Blick. Das dunkle Gesicht verriet keine Regung. Und als Andor wenig später noch einmal den Kopf erhob, um den Druiden forschend zu betrachten, war dieser verschwunden.

Der Tag brach an, und dichte graue Nebelschwaden überzogen das Gebiet der Rauhen Platte. Unbewegt und undurchdringlich hingen sie wie Totenschleier über der Erde. Die Nacht schlich davon, als das bleiche, silberne Licht des Sonnenaufgangs über dem Grimmzacken-Gebirge zu schimmern begann; und als die Nacht endgültig gewichen war, erwachten die Nebel. In trägen, schweren Wellen brandeten sie kreiselnd gegen die Bergkette. Schneller und schneller drehten sie sich, während sie an Hängen und Wänden emporstiegen, bis es schien, als müsse der Fels in ihren weißen Wogen untergehen.

Hoch oben, in der von Berggipfeln überschatteten Abgeschlossenheit des Halys-Jochs, stand Andor Elessedil mit seinem Vater und Allanon, von den Soldaten der Leibwache umringt, und blickte in die Tiefe hinab. Dort richtete das Heer der Elfen sich darauf ein, den Paß gegen den Ansturm der Dämonen-Horden zu verteidigen. Reihen von Bogenschützen, Lanzern und Pikenieren versperrten die Klamm, die sich zur Rauhen Platte hinaus öffnete. Ihre Waffen kampfbereit in den Händen, spähten die Soldaten angespannt in den Nebel hinaus, der in dichten Schwaden vor der Öffnung des Passes brodelte. Aus diesem kochenden Nebel mußten die Dämonen auftauchen, aber noch war nichts von ihnen zu sehen. Die Zeit verstrich, und noch immer ließ der Angriff auf sich warten; die Soldaten begannen unruhig zu werden. Andor spürte, wie ihr Unbehagen sich wie das seine langsam in Furcht wandelte.

»Seid unverzagt; habt keine Furcht!« erscholl plötzlich Allanons Stimme, und alle Augen wandten sich dem schwarzgekleideten Druiden zu. »Es sind nur Nebelschwaden, wenn auch von Dämonen gesandt. Habt Mut! Die Mauer der Verfemung wankt schon; die Dämonen werden jeden Augenblick hinter ihr hervorbrechen!«

Noch immer drehten sich die Nebel vor dem Eingang des Passes, als hielte eine unsichtbare Sperre sie auf. Tiefe Stille hing über dem Land. Andors Hände zitterten, als er die Stange ergriff, von der schlaff das Banner des Hauses Elessedil herabhing, und er mühte sich stumm, das Beben zu unterdrücken.

Dann wurden plötzlich Schreie laut, fern und gespenstisch, als stiegen sie aus den Tiefen der Erde auf. Im weißen Nebel sprangen Zungen roten Feuers aufwärts zu dem noch immer dunklen Morgenhimmel, und der brodelnde Dunst schien sich in gewaltigen Wogen zu heben und zu senken. Die Schreie wurden lauter, gingen in ein schrilles, wütendes Kreischen über, das von Wahnsinn erfüllt war. Stetig schwollen sie an, bis sie sich zu einem einzigen gellenden Schrei ohne Ende vereinten, der sich aus dem wüsten Ödland der Rauhen Platte in den schmalen Hohlweg am Halys-Joch ergoß.

»Jetzt kommt es«, flüsterte Allanon heiser.

Die Soldaten des Elfenheeres ließen sich auf die Knie nieder, als die Wogen der schrillen Schreie über ihnen zusammenschlugen. Hastig wurden die Bogen gespannt, Lanzen und Piken gegen die Erde gestemmt. Vor dem Paß barsten die Nebelschwaden in einem Schwall roten Feuers, dessen Widerschein Himmel und Erde scharlachrot färbte. Das Schreien und Kreischen schwoll zu ohrenbetäubender Lautstärke an, und plötzlich war es, als explodiere die Luft selbst in einem krachenden Donnerschlag, der aus der Wildnis hervorbrach und den Fels des Grimmzacken-Gebirges bis in seine Grundfesten erschütterte. Andor schrie auf vor Entsetzen, und der gewaltige Druck des Donnerschlags schleuderte sie alle zu Boden. Eilig rappelten sie sich wieder auf, sahen sich suchenden Auges um. Totenstill war es geworden. Grau und reglos hingen plötzlich die Nebelschwaden.

»Allanon?« fragte Andor leise.

»Es ist soweit – die Mauer der Verfemung ist gefallen«, hauchte der Druide.

Im nächsten Augenblick stiegen aus der Wildnis der Rauhen Platte von neuem die gellenden Schreie auf, ein irres Freudengeheul, und die Dämonen-Horden, endlich aus ihrem Gefängnis befreit, strömten durch die Öffnung des Halys-Joch-Passes. In einer mächtigen Woge zuckender, dunkler Leiber wälzten sie sich durch die Schlucht, Dämonen jeglicher Größe und Gestalt, krumm und mißgestaltet von der Schwärze, die sie eingeschlossen hatte. Mit reißenden Zähnen und scharfen Krallen und tödlichen Stacheln bewehrt; zottiges Haar, glänzende Schuppen und wütend gesträubtes Fell; sie krochen und robbten, sie schlängelten sich wie Würmer und flogen wie Insekten, sie sprangen und hüpften und glitten wie Schlangen über den rauhen Fels; alle waren sie Wesen aus Legende und Alptraum. Jedes Geschöpf aus den ältesten Schauermärchen war vertreten: Werwölfe, halb Mensch, halb Tier, flüchtige graue Schatten, denen das Auge kaum folgen konnte; massige, schwerfällig dahinschlürfende Monster mit gräßlich verzerrten Fratzen; Kobolde, die dahinflitzten wie vom Wind getragen; Irrwische, die schwarz waren von Schmutz und Schlamm; Nachtmahre mit ledrigen Flughäuten; schlangenhafte Wesen, die zischend ihr Gift verspritzten, während ihre Leiber in wütenden Windungen zuckten; Furien und Dämonen-Wölfe; Ghuls und andere Unholde, die Menschenfleisch fraßen und menschliches Blut tranken; Vampire, die den Himmel verdunkelten, als sie sich mit schwerfälligen Körpern aus der Masse ihrer Brüder in die Lüfte erhoben. Und während diese wilden Horden durch den Nebel drängten, schnappten sie in ihrer Begierde, endlich freizukommen, mit reißenden Zähnen nach ihren Brüdern, schlugen mit klauenbewehrten Händen nach ihnen.

Die langen Bogen der Elfen surrten, und ein Hagel schwarzer Pfeile ging auf die Dämonen der vordersten Reihe nieder. Die übrigen kannten kein Zögern, kletterten und stolperten vielmehr eilig über die Leichen jener, die gefallen waren. Wieder und wieder feuerten die Bogenschützen der Elfen ihre Pfeile auf die Dämonen ab, doch die wütenden Horden wichen nicht zurück, stürmten schreiend und brüllend immer näher. Keine hundertfünfzig Schritte trennten die beiden Heere mehr, und nun wichen die Bogenschützen zurück, scherten nach beiden Flanken aus, während die erste Schlachtreihe von Lanzern und Pikenieren mit stoßbereiten Waffen zur Höhe des Plateaus stürmte. Wie ein Meer wildzuckender Leiber brandete die Masse der Dämonen vorwärts, wälzte sich wogend den Hang hinauf zu der Stelle, wo die Elfen warteten.

Knirschend brach sich die Flutwelle an der Mauer der Phalanx. Die vorderen Linien der Abwehrmauer gerieten leicht ins Schwanken, doch sie hielten. Dämonen wurden von Speeren aufgespießt, und ihr gellendes Heulen erfüllte die Klamm. Mit gewaltigem Schwung schleuderten die Elfen-Jäger sie zu ihren Brüdern zurück und sahen mit Entsetzen, wie die toten Leiber von der Flut verschlungen wurden, die sich nach ihnen den Hang hinaufwälzte. Wieder prallten die Dämonen-Horden gegen die Schlachtreihen der Elfen, und diesmal gelang mehreren Knäueln der Durchbruch, doch sie wurden augenblicklich von der hinteren Phalanx vernichtet, die rasch in die Bresche sprang, um die Lücken in den vorderen Linien zu schließen. Jetzt aber begann das Sterben auch unter den Elfen. Von der schwarzen Masse der Angreifer wurden sie gewaltsam zu Boden gerissen und zerfetzt. Und immer noch strömten die Dämonen in Scharen aus dem Nebel, Tausende an der Zahl, überfluteten die Klamm und kletterten an ihren Wänden empor. Pfeile regneten auf sie herab, doch wo einer fiel, tauchten drei neue auf. Die Flügel des Elfenheeres begannen unter dem Ansturm zu wanken, und die ganze Linie war in Gefahr, überrannt zu werden.

Eventine gab Befehl zum Zurückweichen. Da wandten sich die Elfen vom Feind ab, zogen sich zu ihrer zweiten Verteidigungsstellung zurück, einem Felssims, der unmittelbar unterhalb des Durchgangs lag, der in die Schlucht hineinführte. Wieder sangen die langen Bogen, und die Pfeile flogen in dichten Schauern auf die Masse wogender Leiber weiter unterhalb. Lanzer und Pikeniere formierten sich neu und machten sich bereit, dem nächsten Ansturm zu trotzen. Er brandete beinahe augenblicklich heran. In ungeheurer Zahl suchten die Dämonen den Hang zu erklimmen, um den Damm von Elfenspeeren einzureißen. Hunderte starben bei dem Vorstoß, von Pfeilen und Speeren durchbohrt, unter den Füßen ihrer Brüder zertrampelt. Und doch versiegte die Flut nicht, wälzte sich in einer immer erneuerten gewaltigen Woge aus dem Nebel in den tiefen Schlund der Klamm, um gegen die Linien der Verteidiger zu branden. Die Elfen warfen die Angreifer zurück – einmal, zweimal, ein drittes Mal. Der Paß am Halys-Joch füllte sich mit dunklen Leibern, die blutend und zerschmettert auf dem Boden lagen und mit gellenden Schreien ihren Schmerz und ihren Haß herausbrüllten.

An der Öffnung der Schlucht stehend, beobachtete Andor Elessedil stumm das Auf und Nieder des Kampfgetümmels. Die Elfen verloren an Boden. Wie Allanon versprochen hatte, schwächte der Ellcrys-Stab die Kräfte der Dämonen, so daß sie, von den Waffen der Elfen getroffen, in großer Zahl starben. Doch dies würde die Horden, die sich aus der Wildnis der Rauhen Platte ergossen, nicht aufhalten können – auch wenn die Soldaten noch so tapfer kämpften, auch wenn die Verteidigungsstellungen noch so umsichtig gewählt waren. Der Dämonen waren einfach zu viele, der Elfen zu wenige.

Andor blickte zu seinem Vater hinüber, doch der König sah ihn nicht. Eventines Hände umfaßten den knorrigen Silberstab des Ellcrys, und seine gebannte Konzentration richtete sich auf den Kampf, der zu seinen Füßen tobte. Die Stellung der Elfen wankte gefährlich unter dem Ansturm des Feindes. Mit den Waffen, die sie den getöteten Elfen aus den Händen gerissen hatten, mit Felsbrocken und Holzknüppeln, mit Zähnen und Krallen und erbarmungsloser Urgewalt kämpften die Dämonen, um die sich lichtenden Reihen von Lanzern und Pikenieren, die ihnen noch heldenhaft den Durchgang versperrten, restlos zu vernichten. Die Freitruppe der Grenzlegion, die bis jetzt in Reserve gehalten worden war, stürzte sich mit wildem Kampfschrei in die Schlacht. Doch noch immer drangen die Dämonen schier unaufhaltsam vor.

»Wir können die Stellung nicht halten«, murmelte Eventine und schickte sich an, den Befehl zum Rückzug zu geben.

»Bleibt in der Nähe«, flüsterte Allanon Andor plötzlich zu.

Genau in diesem Augenblick durchbrachen die Dämonen an der linken Flanke die Schlachtenreihe und strömten in wilden ungeordneten Scharen die Klamm herauf zu der kleinen Gruppe von Männern, die vor dem Eingang zur Schlucht Wache hielt. Die Leibgarde stellte sich schützend vor den König und Andor, und das Metall ihrer kurzen Schwerter blitzte im frühen Morgenlicht. Hastig rammte Andor die Fahne der Elessedils in die steinige Erde und zog seine eigene Waffe. Schweiß rann ihm unter seinem Kettenhemd den Körper hinunter, und sein Mund war wie ausgedörrt vor Furcht.

Jetzt trat Allanon vor. Seine schwarzen Gewänder flatterten im Wind, als er die Arme erhob. Blaues Feuer, das aus den Fingern des Druiden zügelte, durchzuckte das graue Licht des neuen Tages, und der Boden unter den Angreifern barst. Rauch stieg in dichten Wolken aus dem Fels auf, verteilte sich dann über einem Feld lebloser dunkler Körper. Aber nicht alle waren gefallen. Nur einen Bruchteil zauderten die, die überlebt hatten. Hinter ihnen hatte sich die Bresche wieder geschlossen; es gab keine Umkehr. Kreischend vor Wut stürmten sie von neuem voran und stürzten sich auf die Leibgarde. Es war ein verzweifelter Kampf. Dämonen fielen unter den Schwertern der Elfen-Jäger, doch eine Handvoll durchbrach die Abwehr und griff den

König an. Ein geschmeidiger schwarzer Kobold fiel Andor an, und seine scharfen Klauen suchten die Kehle des Elfenprinzen. Wie ein Rasender riß Andor sein kurzes Schwert hoch und wehrte den Angriff ab. Nochmals versuchte das scheußliche Wesen ihn zu packen, doch ein Elfen-Jäger sprang dazwischen und durchbohrte den Dämon mit einem einzigen Hieb seines Schwertes.

Voller Entsetzen taumelte Andor zurück. Wieder war es den Dämonen gelungen, den linken Flügel zu durchbrechen, und wieder sprang Allanon ein, um den Ansturm aufzuhalten. Blaue Flammen trafen wie blitzende Messer die Angreifer, und ihre Schreie erfüllten die Luft. Einem anderen Trupp von Dämonen war es gelungen, an der rechten Flanke durchzustoßen, und in einem todesmutigen Versuch, jenen ihrer Brüder zu helfen, die hinter den Abwehrstellungen der Elfen eingeschlossen waren, jagten sie nun den Hang hinunter. Andor erstarrte. Der Elfen-Jäger waren nicht genug, sie alle aufzuhalten.

Da geschah plötzlich das Unglaubliche – Eventine stürzte zu Boden, gefällt von einem Knüppel, den einer aus der Masse der Angreifer geschleudert hatte. Der Schlag traf den alten König an der Schläfe, und er sank taumelnd zu Boden. Der Ellcrys-Stab entfiel seiner Hand. Tierisches Triumphgeheul brach aus den Kehlen der Dämonen hervor, und sie drängten mit neuer Macht vorwärts. Ein halbes Dutzend aus der Rotte, die den Hang heruntergeschossen war, umzingelte den gefallenen König, um ihm den Todesstoß zu versetzen.

Doch Andor sprang schon für seinen Vater in die Bresche. Seine eigene Angst war verflogen, sein Gesicht verzerrt vor Zorn. Mit einem Wutschrei drang er auf die nächsten Angreifer ein, schwarze Kobolde wie jene, die ihm kurz zuvor selbst ans Leben gewollt hatten. Zwei krümmten sich sterbend auf der Erde, bevor den anderen überhaupt bewußt wurde, was geschah. Wie von blinder Raserei gepackt, stürzte sich Andor auf die anderen, um sie von dem wankenden König zurückzutreiben.

Unerbittlich tobte das Chaos. Auf dem Plateau waren die Elfenlinien beinahe bis zum Eingang in die Schlucht zurückgedrängt worden. Kreischend vor Freude beim Anblick des gefallenen Königs, stürmten die Dämonen in Scharen vor und schlugen wie tollwütig auf die Elfen ein, die versuchten, sich ihnen in den Weg zu stellen. Andor kämpfte verzweifelt, um die Dämonen von seinem Vater fernzuhalten. In seinem blinden Kampfesmut stolperte er über einen, den er niedergestochen hatte, und stürzte zu Boden. Augenblicklich warfen sie sich auf ihn. Krallen schlugen sich in sein Fleisch und rissen an seiner Rüstung, und einen schrecklichen Augenblick lang glaubte er sich verloren. Doch Dardan und Rhoe schlugen sich zu ihm durch, trieben seine Angreifer auseinander und brachten ihn in Sicherheit. Benommen torkelte er zurück zu der Stelle, wo sein Vater lag, und kniete neben dem alten Mann nieder. Ungläubigkeit und tiefe Bestürzung lähmten ihn. Seine Hände suchten den Puls. Er ging langsam und schwach. Eventine war noch am Leben, doch den Elfen war er verloren – der König, der einzige, der sie vor dem retten konnte, was da geschehen sollte...

Dann stand Allanon neben ihm. Mit einer schnellen Bewegung hob er den herabgefallenen Ellcrys-Stab vom Boden auf, riß Andor auf die Füße und drückte ihm den Zauberstab in die Hand.

»Trauert später, Elfenprinz!« Sein dunkles Gesicht neigte sich dem Andors sehr nahe zu. »Denn jetzt müßt Ihr die Führung übernehmen. Schnell – zieht die Elfen in die Schlucht zurück.«

Andor wollte Einwände erheben, hielt aber sogleich inne. Das, was ihm aus den Augen des Druiden entgegenfunkelte, überzeugte ihn, daß dies weder die Zeit noch der Ort für Widerreden war. Stumm gehorchte er. Er ließ seinen Vater wegtragen, dann sammelte er die Leibgarde um sich, schickte Kuriere zur Mitte und zu beiden Flügeln der Verteidigungslinien und gab seinen Elfen Befehl zum Rückzug. Mit Allanon an seiner Seite stellte er sich am Zugang zur Schlucht auf, wo Elfen und Grenzländer ihn sehen konnten, und beobachtete, wie das Schlachtgetümmel ihm entgegenwogte.

Lanzer und Pikeniere und die grauen Soldaten der Freitruppe zogen sich zurück. Der Zugang zur Schlucht war schnell verstopft. Stee Jans tauchte auf, ritt mit fliegendem roten Haar, ein mächtiges Schwert in den Händen schwingend, mitten durch den Hexenkessel. Da hob Allanon seine Arme hoch über sein Haupt, und in züngelnden Flammen schoß das blaue Feuer aus seinen Fingern.

»Jetzt!« rief er Andor zu. »Zurück in die Schlucht!«

Andor hob den Ellcrys-Stab und rief laut. Die letzten Elfen und Freitruppen-Kämpfer lösten sich vom Feind und rannten durch den Paß zurück, der Klamm und Schlucht verband. Wutschnaubend jagten die Dämonen ihnen nach.

Allanon stand allein am Zugang zur Schlucht. In wildem Sturmlauf stürzten die Dämonen ihm entgegen, wälzten sich in einer gewaltigen Woge schwarzer Leiber durch die Klamm. Der Druide schien sich zu sammeln, und seine hagere Gestalt richtete sich vor dem Schatten der Felswand kerzengerade auf. Wieder hob er die Hände, und wiederum schoß funkelnd blaues Feuer durch die Luft. Wie eine blitzende blaue Mauer züngelte es vor den wutschnaubenden Dämonen in die Höhe und versperrte ihnen den Zugang zur Schlucht. Heulend und kreischend wichen sie zurück.

Drinnen in der Schlucht wandte sich Allanon Andor zu.

»Das Feuer wird nur kurze Zeit brennen.« Das Antlitz des Druiden war fahl und eingefallen, von Schweiß und Schmutz gezeichnet. »Dann werden sie uns wieder auf den Fersen sein.«

»Allanon, wie sollen wir einer solchen Überzahl standhalten ...?« begann Andor hoffnungslos.

»Wir können es nicht – jedenfalls nicht hier und nicht jetzt.« Der Druide faßte seinen Arm. »Die Pässe durch das Grimmzakken-Gebirge sind verloren. Wir müssen auf dem schnellsten Wege fliehen.«

Andor brüllte schon Befehle. Das Heer der Elfen flutete durch die Schlucht zurück. Voran ritten die Kavalleriereserven mit Verwundeten, die noch in der Lage waren, auf einem Pferd zu sitzen; Pikeniere, Lanzer und Bogenschützen folgten, trugen die, die zu schwer verwundet waren, um zu reiten. Die Leibgarde bemühte sich um den bewußtlosen König. Allanon und Andor bildeten den Schluß. Sie hatten gerade den von Buschwerk umrahmten Teich passiert, der in der Mitte der Schlucht lag, als die Flammen, die den Zugang versperrten, noch einmal züngelnd aufloderten und dann erloschen.

In ihrer wilden Flucht blickten die Elfen zurück. Einen Moment lang zeigte sich ihnen der Zugang zur Schlucht offen und frei, dann aber drängten die Dämonen in Scharen hindurch und blockierten den Engpaß in ihrem wilden Bestreben, in die Schlucht zu gelangen. Heulend fegten sie den fliehenden Elfen hinterher. Doch sie kamen zu spät. Das Gros des Heeres hatte schon den Hohlweg gewonnen, der in die Felsspalte hineinführte, und hatte die Kluft durcheilt. Eine Nachhut aus Kämpfern der Freitruppe unter dem Befehl von Stee Jans bezog Posten, während Allanon, Andor und die restlichen Soldaten der Leibgarde das letzte Stück des Weges durch die Schlucht hetzten. An der Mündung zum Hohlweg drehten sie sich kurz nach ihren Verfolgern um.

Es war ein schrecklicher, beängstigender Anblick, der sich ihnen bot. Wie eine finstere Wolke verdunkelte das Heer der Dämonen die Schlucht, während es sich von Wand zu Wand ausbreitete. Die zuckenden schwarzen Leiber eng zusammengepfercht, stürzten sie kreischend vorwärts wie eine riesige Meute von Ratten, die vor den Wassern einer gewaltigen Flut auf der Flucht ist. Schwarz war der Boden von springenden, kriechenden, sich schlängelnden Leibern, und die Luft darüber war dunkel gesprenkelt von jenen, die durch die Luft flogen. Druide und Elfen wollten ihren Augen nicht trauen. Es war, als seien der Dämonen unendlich viele.

Plötzlich teilte sich die finstere Wolke, und ein gewaltiges, gepanzertes Ungeheuer drang durch die Öffnung der Schlucht. Wie Zwerge wirkten die anderen Dämonen neben dem scheußlichen grünen Untier, das sich hoch aufbäumte und jene, die ihm im Weg waren, zur Seite schleuderte wie nichts. Die Elfen schrien auf vor Entsetzen. Es war ein Drache, dessen schlangenähnlicher Leib über und über mit Stacheln bedeckt und glitschig war von seinen eigenen schleimigen Absonderungen. Sechs schwerfällige, stämmige Beine, mit Krallen bewehrt und mit Büscheln dunklen Haares bewachsen, trugen den massigen Körper. Der gehörnte, krustige Kopf, den das Ungeheuer suchend in die Höhe reckte, war nicht mehr als ein mißgestalteter Klumpen, in dem ein einziges, lidloses grünes Auge prangte. Als der Geruch von Elfenblut dem Drachen in die Nüstern wehte, riß er weit den gierigen Rachen auf und zeigte zwei Reihen spitzer Zähne. In wütender Raserei schlug der lange, schuppige Schwanz auf und nieder, schleuderte zerschmetterte Leiber durch die Luft wie tote Fliegen. Eilig machten die Dämonen Platz, und das Ungeheuer wälzte sich schnaubend vorwärts. Der Fels erzitterte unter dem Gewicht seines Körpers und der Wucht seines Schrittes.

Am anderen Ende der Schlucht beobachtete Allanon noch einen Augenblick lang das Nahen des Drachens, bis er sich Andor zuwandte.

»Zieht Euch auf die andere Seite der Felsspalte zurück. Schnell!«

Andor war schrechensbleich. »Aber der Drache –«

»– ist zuviel für Euch.« Die Stimme des Druiden klang schneidend und kalt. »Tut, was ich Euch gesagt habe. Überlaßt den Drachen mir.«

Andor gab den Befehl des Druiden weiter, und das Elfenheer zog sich auf die andere Seite der Felsspalte zurück. Stee Jans neben sich, beobachtete Andor die weiteren Vorgänge. Allanon stand ganz allein, den Blick unverwandt in die Schlucht gerichtet. Der Drache hatte den Teich in der Mitte schon passiert und stieß sich jetzt mit zuckenden Bewegungen den Hang hinauf zum Hohlweg. Schon hatte er den Druiden gesichtet, diese einsame schwarze Gestalt, die nicht floh wie die anderen, und er gierte danach, diesen verwegenen Gegner zu fassen und zu zerschmettern. Die kräftigen Beine wirbelten in schnellem Lauf, zertrampelten Erde und Fels. Heulend und kreischend vor Erwartungsfreude folgten die Dämonen in sicherem Abstand ihrem gewaltigen Bruder.

Die schwarzen Gewänder eng um sich gezogen, wich Allanon nicht einen Schritt zurück, bis der Drache nur noch ein paar hundert Schritte vom Hohlweg entfernt war. Da aber flatterten die schwarzen Gewänder weit auseinander, die sehnigen Arme hoben sich, die Hände schienen nach dem Drachen greifen zu wollen. Blaue Flammen schossen aus den gespreizten Fingern, trafen den Kopf und die Kehle des Ungeheuers, und der Geruch nach versengtem Fleisch erfüllte die Luft. Doch der Drache wich nicht zurück, wurde nicht einmal langsamer; er schüttelte den Angriff ab, als wäre er ihm nur lästig, und sein gewaltiger Leib schob sich ungehindert vorwärts. Wieder packten ihn züngelnde Flammen, brannten auf Beinen und Brust, ließen schwarze Rauchfäden zurück, die vom Leib des Drachens aufstiegen. Mit einem scharfen Zischen der Wut registrierte das Ungeheuer den Angriff, doch es stapfte weiter vorwärts.

Allanon glitt in den Hohlweg hinein, eilte auf flinken Füßen bis zum anderen Ende. Dort wandte er sich um. Hoch aufgerichtet kam der Drache in Sicht, zwängte sich durch den engen Durchgang. Allanon ließ erneut die blauen Flammen blitzen. Das Zischen des Drachen war giftig und haßerfüllt, als er schnappend seinen Rachen aufriß, voll ohnmächtiger Wut darüber, daß er das Geschöpf nicht erreichen konnte, das ihn auf solche Weise reizte. Die engen Wände des Hohlwegs behinderten ihn in der Bewegung, als er schwerfällig weiter vorwärtsstieß. Hinter ihm feuerten die Dämonen-Brüder ihn mit wildem Geschrei an.

Langsam wich Allanon von der Öffnung des Hohlwegs in die Felsspalte zurück. Der Durchgang war von Rauch- und Staubwolken verhüllt, und der scheußliche grüne Leib des Drachen war durch den Dunst nur undeutlich zu sehen. Plötzlich aber kam das Ungeheuer wieder deutlich in Sicht, und wieder riß es gierig den Rachen auf. Beide Hände vor sich verschränkt, schoß Allanon einen feurigen Blitz auf das Auge des Drachen ab. Als der Feuerstrahl traf, hüllten blaue Flammen den Kopf des Untiers ein. Diesmal brüllte der Drache laut auf; es war ein gräßliches Heulen des Schmerzes und der Wut. Hoch bäumte sich der schuppige grüne Leib im Hohlweg auf und schlug in wilden Zuckungen gegen die Felswände, bis der massige Berg unter der Wucht der Schläge erzitterte. Felsbrocken brachen los und holperten auf das vor Schmerz zuckende und wild um sich schlagende Ungeheuer hinunter.

Gleich darauf barst mit ohrenbetäubendem Krachen die Südwand, und der ganze Felshang geriet langsam ins Rutschen, bewegte sich abwärts zum Hohlweg hin. Der Drache witterte die Gefahr, in der er sich befand, und stürzte vorwärts, um der Falle zu entkommen. Halb blind vor Schmerz brach er aus dem Hohlweg hervor, als hinter ihm ungeheuere Felsmassen herabstürzten und die Dämonen unter sich begruben, die dem Drachen folgen wollten. Wieder blitzten blaue Flammen auf, doch blieben sie ohne Wirkung. Diesmal war der Drache auf den Angriff gefaßt und schwenkte den unförmigen Kopf hin und her, um dem Feuer auszuweichen. Vor sich erblickte er jetzt die dunkle Gestalt des Druiden. Wutschnaubend, den riesigen Schlund weit aufgerissen, raste das Ungeheuer auf seinen Feind zu. Allanon wirbelte herum und lief zurück zur Felsspalte, aber nicht zum breiteren Weg, der rechts durch die Kluft führte, sondern zu dem schmalen Sims, der sich hoch über dem Abgrund links an der Felswand entlangzog. Blind vor Raserei, der Gefahr nicht achtend, die ihm drohte, jagte der Drache ihm nach. Seine stämmigen Beine trugen ihn mit rasender Geschwindigkeit vorwärts, als er auf den Sims donnerte und gierig nach dem Menschen schnappte, der vor ihm floh.

Aber plötzlich gab der Sims nach. Brüchiger Fels bröckelte unter dem Gewicht des massigen Ungeheuers ab. Mit einer verzweifelten Anstrengung sprang der Drache vorwärts, um den Druiden noch zu erhaschen. Allanon entkam den spitzen Zähnen nur um Haaresbreite. Mit einem letzten schrecklichen Schnauben der Wut rutschte der Drache von dem herabstürzenden Sims in den schwarzen Abgrund der Kluft und verschwand in einer Lawine von Erde und Gestein. Nur das Echo seiner haßerfüllten Schreie hallte noch eine Weile in den Bergen mit vielfachem Echo wider.

Andor Elessedil wartete ungeduldig am Ausgang der Kluft, während Allanon sich vorsichtig seinen Weg über Geröll und brüchiges Gestein bahnte, das vom Sims geblieben war.

Ein niedergeschlagenes Heer marschierte vom Halys-Joch in die Ebene hinunter – beschämt über die Niederlage, die ihm beigebracht worden war, bestürzt über die Zahl seiner Toten und Verwundeten. Die Toten, die man auf der Flucht durch den Paß hatte zurücklassen müssen, konnten nun nicht, wie es der Brauch wollte, der Erde wiedergegeben werden, die ihnen das Leben geschenkt hatte. Für die Verwundeten gab es keine Linderung der unmenschlichen Schmerzen, welche ihnen die von Dämonengift verseuchten Verletzungen verursachten; ihr Stöhnen und Schreien bebte, den Kameraden kaum erträglich, in der mittäglichen Stille. Die anderen, die an den Felshängen des Grimmzacken-Gebirges entlang nach Süden marschierten, konnten keinen Trost in den Ereignissen des Tages finden. Die sengende Hitze der Mittagssonne dörrte ihnen die Kehlen aus, und ihre Gedanken waren düster und schwarz vor Bitterkeit.

Andor Elessedil führte sie; er war kein Mann, dem es gegeben war zu führen, sondern ein Opfer der Umstände, und tiefe Bedrücktheit lastete auf ihm. Er wünschte, dies alles wäre vorüber, sein Vater wieder bei Bewußtsein, sein Bruder zurück. Er hielt den knorrigen Stab des Ellcrys in seinen Händen und kam sich vor wie ein Narr. Und doch wußte er, daß er die Rolle, die ihm aufgezwungen worden war, noch eine Weile ausfüllen mußte, wenigstens so lange, bis das Heer den Baen Draw erreichte. Dann aber würde es hoffentlich vorbei sein.

Sein Blick schweifte zu Allanon hinüber. Der Druide ritt schweigend an seiner Seite, dunkel und unergründlich das Gesicht. Sorgsam hielt er seine Gedanken vor Andor verborgen, und nur einmal auf dem Rückmarsch hatte er sein Schweigen gebrochen.

»Mir ist jetzt klar, warum sie uns so weit herankommen ließen«, hatte er gesagt. »Sie wollten uns in diese Berge locken.«

»Sie wollten?« hatte Andor gefragt.

»Ja, Elfenprinz«, hatte Allanon erwidert. »Da ihrer so viele sind, wußten sie, daß wir keine Möglichkeit hatten, sie aufzuhalten. Sie ließen uns in eine Falle tappen.«

Ein Reiter tauchte am Horizont auf, jagte einsam über das

grüne Land dem Zug der Elfen entgegen. Andor hob den Ellcrys-Stab und gab das Zeichen zum Halten. Mit Allanon an seiner Seite ritt er voran, dem einsamen Reiter entgegen. So ruckartig hielt dieser sein Pferd an, daß das Tier sich hoch aufbäumte. Andor kannte den Mann, einen Kurier im Dienst seines Bruders.

»Flyn«, rief er, den Elf mit seinem Namen begrüßend.

Der Kurier, staubbedeckt und schweißnaß im Gesicht, zögerte. Sein Blick ging an Andor vorbei und streifte über den Zug der Soldaten.

»Ich soll dem König selbst Meldung machen –«, begann er.

»Laßt den Prinzen Eure Botschaft hören«, fuhr Allanon ihn ungeduldig an.

»Herr!« Flyn salutierte. Sein Gesicht war weiß. Tränen standen plötzlich in seinen Augen. »Herr –« begann er wieder, doch seine Stimme brach, und er konnte nicht weitersprechen.

Andor sprang vom Pferd und bedeutete Flyn, ein gleiches zu tun. Stumm legte er dem verwirrten Boten einen Arm um die Schultern und führte ihn einige Schritte von den anderen weg, so daß er allein mit ihm sprechen konnte. Dann blickte er dem Elf eindringlich ins Gesicht.

»Jetzt laßt mich hören, was Ihr zu melden habt.«

Flyn nickte. »Herr, mir ist befohlen, dem König zu melden, daß Prinz Arion gefallen ist. Herr – er ist tot.«

Andor schüttelte fassungslos den Kopf. »Tot?« Ihm war, als spräche ein anderer. »Wie kann er tot sein? Er kann nicht tot sein.«

»Wir wurden bei Morgengrauen angegriffen, Herr.« Flyn weinte jetzt hemmungslos. »Die Dämonen – es waren so unglaublich viele. Sie drängten uns aus dem Paß. Wir wurden überrannt. Die Fahne fiel – und als Prinz Arion sie aufheben wollte, holten die Dämonen ihn ein ...«

Hastig hob Andor die Hand, um den Worten des Elf Einhalt zu gebieten. Er wollte den Rest nicht hören. Es mußte ein Alptraum sein, es konnte nicht Wirklichkeit sein. Sein Blick flog zu Allanon, und er sah, daß das verschlossene Gesicht des Druiden ihm zugewandt war. Allanon wußte ...

»Habt ihr die Leiche meines Bruders geborgen?« zwang Andor sich, den Boten zu fragen.

»Ja, Herr.«

»Ich möchte, daß sie zu mir überführt wird.«

Flyn nickte wortlos. »Herr, das ist noch nicht alles.« Andor, der sich schon abgewandt hatte, drehte sich wieder um. »Herr, der Spindelpaß ist verloren, aber Befehlshaber Pindanon meint, er könne zurückgewonnen werden. Er bittet um Unterstützung durch Kavallerieeinheiten, um –«

»Nein!« fiel Andor ihm sogleich ins Wort. Seine Stimme klang scharf. Es kostete ihn Mühe, ruhig zu bleiben. »Nein, Flyn. Richtet Befehlshaber Pindanon aus, daß er unverzüglich den Rückzug antreten soll. Er soll ins Sarandanon zurückkehren.«

Der Bote schluckte kurz, warf einen unsicheren Blick auf Andor.

»Verzeiht, Herr, aber ich hatte Auftrag, dies dem König mitzuteilen. Der Befehlshaber wird wissen wollen –«

Andor verstand. »Sagt dem Befehlshaber, daß mein Vater verwundet ist.« Flyn wurde noch bleicher, und Andor holte tief Atem. »Sagt Kael Pindanon, daß ich das Heer der Elfen befehlige und von ihm erwarte, daß er unverzüglich den Rückzug antritt. Nehmt ein frisches Pferd, Flyn, und eilt Euch. Glück mit Euch.«

Flyn grüßte und eilte davon. Allein blieb Andor stehen und starrte in die Weite der sonnenüberfluteten Ebene. Eine seltsame Gefühllosigkeit breitete sich in ihm aus, als ihm klarwurde, daß er die Kluft, die ihn und Arion getrennt hatte, nun niemals würde schließen können. Allanon den Rücken zugewandt, weinte er haltlos.

Still senkte sich der Abend über das Tal des Sarandanon, sandte seine Schatten bis zum Baen Draw und dem Heer der Elfen. In seinem Zelt lag Eventine Elessedil und schlief. Noch immer war er ohne Bewußtsein, und sein Atem ging flach und unregelmäßig. Andor saß allein wachend an seinem Lager und blickte unverwandt auf ihn nieder, beseelt von dem inständigen Wunsch, daß er wieder erwachen möge. Erst wenn der König erwachte, würde man beurteilen können, wie schwer seine Verletzungen wirklich waren. Er war ein vom Alter geschwächter Mann, und Andor hatte Angst um ihn.

Impulsiv ergriff er die Hand seines Vaters und nahm sie behutsam in die seine. Die Hand war schlaff. Der alte Mann regte sich nicht. Andor hielt die Hand eine Weile fest, dann ließ er sie wieder los und lehnte sich müde zurück.

»Vater«, flüsterte er beinahe wie zu sich selbst.

Voller Qual stand er auf und entfernte sich vom Lager des Königs. Wie hatte dies geschehen können – sein Vater schwer verwundet; sein Bruder gefallen; er selbst Führer der Elfen – wie hatte dies alles nur geschehen können? Es war ein grenzenloses Unheil, das er nicht akzeptieren wollte. Sicherlich, die Möglichkeit hatte immer bestanden, daß sein Vater und sein Bruder sterben und er als letzter Elessedil zurückbleiben würde, um die Herrschaft zu übernehmen; aber es war eine absurde Möglichkeit gewesen. Keiner hatte ernsthaft geglaubt, daß sie je wahr werden könnte, am wenigsten er selbst. Er war schlecht vorbereitet auf dieses Amt, dachte er sorgenvoll. Was war er seinem Vater und seinem Bruder je anderes gewesen als ein Paar Hände, das in ihrem Auftrag handeln konnte? Ihre Bestimmung war es gewesen, über das Elfenvolk zu herrschen, ihr Wunsch, ihre Erwartung – doch niemals die seine. Doch jetzt...

Müde schüttelte er den Kopf. Nun sollte er die Herrschaft ausüben, zumindest für eine gewisse Zeit. Und er mußte dieses Heer führen, das vor ihm dem Befehl seines Vaters gehorcht hatte. Er mußte das Sarandanon verteidigen und einen Weg finden, den Vormarsch der Dämonen-Horden zu bremsen. Die Schlacht am Halys-Joch hatte bewiesen, wie schier unmöglich das war. Die Elfen wußten, daß die Dämonen sie wahrscheinlich eingeholt und bis auf den letzten Mann niedergemetzelt hätten, wäre nicht durch den Kampf Allanons mit dem Drachen der gewaltige Erdrutsch ausgelöst worden, der den Paß zugeschüttet hatte. Er sah darum seine erste Aufgabe darin, das Vertrauen und Selbstgefühl der Elfen wieder so aufzurichten, daß sie daran glauben konnten, daß sich solches Schicksal hier, am Baen Draw, nicht wiederholen würde, auch wenn der König sie nicht selbst führen konnte. Kurz, er mußte ihnen Hoffnung geben.

Er setzte sich wieder an das Lager seines Vaters. Keal Pindanon konnte ihm helfen, er hatte in vielen Schlachten gekämpft, war ein kriegserfahrener Soldat. Aber würde er ihm helfen? Er wußte, daß Pindanon wegen seines Befehls zum Rückzug aus dem Grimmzacken-Gebirge erzürnt über ihn sein mußte. Pindanon war noch nicht zurück, da er mit einer Nachhut von Kavalleriesoldaten das Vorrücken der Dämonen zum Sarandanon aufhalten wollte. Einen Vorgeschmack auf seinen Unmut jedoch hatte Andor schon bekommen: Er hatte sehr wohl die Kommentare einer Handvoll von Offizieren vernommen, die zur Kompanie des Befehlshabers gehörten. Sobald Pindanon zurückkehrte, würde er die direkte Konfrontation mit Andor suchen. Und dann würde es zur Krise kommen. Andor wußte schon jetzt, daß der alte Kämpe ihn auffordern würde, ihm das oberste Kommando über das Heer zu geben. Andor schüttelte wieder den Kopf. Leicht wäre es, das zu tun, Pindanon den Oberbefehl und damit die gesamte Verantwortung für die Verteidigung des Elfenreiches zu übertragen. Vielleicht sollte er es tatsächlich tun. Aber irgend etwas in ihm wehrte sich gegen eine so einfache Lösung.

»Was würdest du tun?« fragte er leise seinen Vater, obwohl er wußte, daß er ihm keine Antwort und keinen Rat würde geben können.

Die Zeit rann zäh dahin, und die Dunkelheit brach herein.

Endlich erschien Dardan an der Zeltöffnung.

»Befehlshaber Pindanon ist zurückgekehrt, Herr«, meldete er, »und bittet um eine Unterredung mit Euch.«

Andor nickte und überlegte flüchtig, wohin Allanon wohl verschwunden sein konnte. Seit ihrer Rückkehr hatte er den Druiden nicht mehr gesehen. Aber diese Begegnung mit Pindanon war ohnehin allein seine Sache.

Er erhob sich schwerfällig. Dann erinnerte er sich des Ellcrys-Stabs, der neben dem Lager seines Vaters auf dem Boden lag. Er bückte sich und hob ihn auf. Den Stab in beiden Händen haltend, verharrte er einen Moment lang und blickte auf den alten Mann hinunter.

»Ruh dich gut aus«, flüsterte er schließlich.

Dann drehte er sich um und trat aus dem kleinen Zelt des Königs.

Ein schneller Blick zum Hohlweg zeigte ihm, daß dieser durch Geröll- und Gesteinsmassen völlig blockiert war. Ein bitteres Lächeln flog über sein blutverschmiertes Gesicht. Die Dämonen würden ihnen nicht weiter durch den Halys-Joch Paß folgen können. Die Elfen hatten eine Gnadenfrist gewonnen, eine Chance, sich neu zu ordnen, um an anderer Stelle dem Feind mit frischen Kräften entgegenzutreten.

Er drehte sich um. Hinter ihm drängte sich das Elfenheer. Stumm spähten die Soldaten aus den Schatten, die Gesichter von Erschöpfung und Unsicherheit gezeichnet. Der Elfenprinz wußte, was sie dachten. So viele Dämonen waren aus dem finsteren Verlies hinter der Mauer der Verfemung emporgestiegen – so viele, mehr als sie je für möglich gehalten hatten! Es war ihnen nicht gelungen, ihren Vormarsch hier aufzuhalten. Wie sollten sie sie im Sarandanon halten?

Stumm wandte er sich wieder ab. Er hatte auch keine Antwort darauf.

Im Nachbarraum wartete Kael Pindanon. Staub und Blut bedeckten die Rüstung des Befehlshabers, und das weißbärtige Gesicht war hochrot vor Zorn, als er raschen Schrittes auf den Elfenprinzen zuging.

»Warum habt Ihr mir den Rückzug befohlen, Andor?« fragte er aufgebracht.

Andor ließ sich nicht verunsichern.

»Sprecht leiser, Befehlshaber. Nebenan liegt der verwundete König.«

Einen Augenblick schwiegen beide. Pindanons Augen funkelten zornig. Dann fragte er mit gesenkter Stimme: »Wie geht es ihm?«

»Er schläft«, antwortete Andor kühl. »Also – wie lautet Euer Anliegen?«

Pindanons Gestalt straffte sich.

»Warum habt Ihr mir den Befehl zum Rückzug gegeben? Ich hätte den Spindelpaß zurückerobern können. Wir hätten die Stellung nie halten können, wie Euer Vater es wünschte.«

»Mein Vater wünschte, daß die Stellungen hier so lange gehalten werden würden, wie das möglich war«, entgegnete Andor, ohne sich von Pindanons zornigem Blick einschüchtern zu lassen. »Jetzt, da mein Vater verwundet ist und mein Bruder tot, wo das Halys-Joch verloren ist, ist das nicht mehr möglich. Die Dämonen haben uns in die Flucht geschlagen, so wie sie Euch in die Flucht geschlagen haben.« Pindanon fuhr auf, doch Andor beachtete ihn nicht. »Um den Spindelpaß zurückzugewinnen, hätte ich mit einem Heer, das gerade vernichtend geschlagen worden war, einen Gewaltmarsch nach Norden machen müssen. Wenn dann unsere vereinten Streitkräfte besiegt worden wären, hätten die Soldaten einen überaus anstrengenden Rückmarsch zum Sarandanon vor sich gehabt, und es wäre ihnen kaum Zeit geblieben, sich zu erholen, weil sie sogleich das Sarandanon gegen die nachrückenden Dämonen hätten verteidigen müssen. Hinzu kommt, daß jede Schlacht in den Grimmzacken-Bergen ohne den Einsatz der Kavallerie geschlagen werden müßte. Wenn wir aber dem Vormarsch der Dämonen standhalten wollen, dann brauchen wir unsere vereinten Kräfte. Das, Befehlshaber, ist der Grund, weshalb ich Euch den Befehl zum Rückzug gab.«

Pindanon schüttelte langsam den Kopf.

»Ihr seid kein ausgebildeter Soldat, mein Prinz. Ihr hattet kein Recht, eine so lebenswichtige Entscheidung zu treffen, ohne Euch zuerst mit dem Befehlshaber des Heeres zu beraten. Fühlte ich mich nicht Eurem Vater verpflichtet –«

»Sprecht diesen Satz besser nicht zu Ende, Befehlshaber«, fiel Andor ihm scharf ins Wort.

In demselben Augenblick öffneten sich die äußeren Klappen des Zelts, und Allanon und Stee Jans traten ein. Allanons Erscheinen war nicht unerwartet, doch Andor war etwas überrascht, auch den Befehlshaber der Freitruppe zu sehen. Der Grenzländer nickte höflich, sagte aber nichts.

Andor wandte sich wieder Pindanon zu.

»Wie dem auch sei, die Sache ist erledigt. Wir sollten uns jetzt dringend mit dem befassen, was vor uns liegt. Wieviel Zeit bleibt uns, bis die Dämonen uns erreichen?«

»Ein Tag, vielleicht auch zwei«, gab Pindanon brüsk zurück. »Sie müssen rasten, sich neu formieren.«

Allanon hob die schwarzen Augen.

»Morgen bei Tagesanbruch.«

Es wurde totenstill.

»Seid Ihr sicher?« fragte Andor leise.

»Ihr Haß treibt sie mit solcher Heftigkeit an, daß sie an Schlaf nicht denken. Morgen bei Tagesanbruch.«

Pindanon spie auf den hartgestampften Boden des Zeltes.

»Dann müssen wir jetzt beschließen, wie wir sie aufhalten wollen, wenn sie hier eintreffen«, erklärte Andor, dessen Hände leicht über den Ellcrys-Stab glitten.

»Sehr einfach«, fuhr Pindanon ungeduldig dazwischen. »Wir verteidigen Baen Draw. Wir riegeln es ab. Halten sie am Engpaß auf, bevor sie das Tal erreichen.«

Andor holte tief Atem.

»Genau das haben wir bereits am Halys-Joch versucht. Doch ohne Erfolg. Die Dämonen haben die Phalanx der Elfen allein aufgrund ihrer zahlenmäßigen Überlegenheit gesprengt. Es besteht kein Grund zu der Vermutung, daß es diesmal anders sein wird.«

»Es besteht aller Grund dazu«, beharrte Pindanon. »Unsere Kräfte sind hier nicht gespalten, wie das im Grimmzacken-Gebirge der Fall war. Die Dämonen werden auch nicht frisch und ausgeruht sein, wenn sie von der Rauhen Platte direkt hierher durchmarschieren. Wir können unsere Kavallerie einsetzen, was am Paß nicht möglich war. Die Lage ist doch eine völlig andere! Entsprechend wird auch das Resultat ein anderes sein.«

Andor warf einen kurzen Blick auf Allanon, doch der Druide schwieg beharrlich. Pindanon trat einen Schritt vor.

»Andor, gebt mir an Eures Vaters Stelle das Kommando. Laßt mich die Stellungen errichten, so wie ich weiß, daß er sie errichten würde. Die Elfen können den Engpaß halten, ganz gleich, wie stark die Dämonen sind. Euer Vater und ich, wir wissen –«

»Befehlshaber!« Der Elfenprinz sprach leise, aber entschieden. »Ich habe auf dem Halys-Joch gesehen, wessen die Dämonen fähig sind. Ich habe gesehen, wie sie die Verteidigungsstellungen gesprengt haben, die mein Vater für unerschütterlich hielt. Dies ist ein Feind von besonderer Art, gegen den wir kämpfen. Die Dämonen hassen die Elfen, sie werden von diesem Haß getrieben – dieser Haß brennt so heiß, daß selbst der Tod ihnen nichts bedeutet. Können wir, denen das Leben so kostbar ist, das gleiche von uns sagen? Ich glaube es nicht. Wir bedürfen etwas ganz anderes als der üblichen Strategien, wenn wir diesen Zusammenstoß überleben wollen.«

Aus den Augenwinkeln fing er Allanons flüchtiges Nicken auf.

Pindanon wurde ärgerlich. »Euch fehlt das Vertrauen, mein Prinz. Euer Vater würde nicht so schnell –«

»Mein Vater ist nicht anwesend«, unterbrach Andor ihn. »Aber wenn er unter uns wäre, dann würde er so mit Euch sprechen, wie ich gesprochen habe. Ich erwarte Vorschläge, Befehlshaber – und suche keinen Streit.«

Pindanon lief vor Empörung rot an, dann wandte er sich unvermittelt gegen Allanon.

»Und was hat dieser hier zu sagen? Hat er keine Vorschläge zu unterbreiten, wie diese Dämonen aufgehalten werden können?«

Allanons dunkles Gesicht blieb ausdruckslos.

»Wir können sie nicht aufhalten, Befehlshaber. Ihr könnt nur ihren Vormarsch verzögern.«

»Verzögern?«

»Ja, verzögern, nicht mehr, um der Botin des Ellcrys den Vorsprung zu verschaffen, um das Blutfeuer zu finden und nach Arborlon zurückzukehren.«

»Hört mir damit auf!« rief Pindanon verächtlich schnaubend. »Soll unser Schicksal in den Händen dieses Mädchens liegen? Druide, ich glaube nicht an die Legenden der alten Welt. Wenn das Westland gerettet werden soll, dann kann es nur durch den Mut seiner waffentragenden Männer gerettet werden – durch das Geschick und die Erfahrung seiner Soldaten. Dämonen sterben genau wie andere Wesen aus Fleisch und Blut.«

»Ja, ebenso wie Elfen«, versetzte der Druide vielsagend.

Darauf lastete eine bedrückende Stille im Raum. Pindanon wandte den anderen zornig den Rücken zu. Nach einer Weile wirbelte er herum.

»Treten wir ihnen nun am Baen Draw entgegen oder nicht, Prinz Andor? Bisher habe ich nur meine eigenen Vorschläge vernommen.«

Andor zögerte, wünschte, Allanon würde dem etwas entgegnen. Doch es war Stee Jans, der vortrat, und dessen tiefe Stimme das Schweigen brach.

»Herr, gestattet Ihr, daß ich spreche?«

Andor hatte beinahe vergessen, daß auch der Befehlshaber der Freitruppe anwesend war. Er sah den kräftigen, hochgewachsenen Mann an und nickte.

»Herr, während ihres Einsatzes in den Grenzländern hat sich die Freitruppe mehr als einmal ähnlichen Situationen gegenübergesehen. Wir sind stolz darauf, daß wir stets den Sieg davongetragen haben, obwohl unsere Feinde uns häufig an Zahl überlegen waren. Wir sind durch eine harte Schule gegangen, aber wir haben einiges gelernt. Beispielsweise dies: Niemals sollte man feste Verteidigungsstellungen errichten, wenn die Gefahr besteht, daß ein zahlenmäßig überlegenes Heer einen überrennen wird. Wir haben gelernt, unsere Abwehrfront in eine Anzahl beweglicher Linien aufzuteilen, die immer wieder den Standort wechseln. Diese Linien greifen nacheinander an und weichen dann wieder zurück, wobei sie den Feind bald in der einen, bald in der anderen Richtung mit sich ziehen. Immer greifen sie an den Flügeln an, so daß der Feind gezwungen wird, sich dorthin zu konzentrieren, und entziehen sich dann mit schneller Flucht dem Gegenangriff des Feindes.«

Pindanon lachte verächtlich. »Auf diese Weise macht ihr keinen Boden gut, ja, ihr könnt die Stellungen nicht einmal halten, Befehlshaber.«

Stee Jans wandte sich ihm zu.

»Wenn man mit diesen Flügelangriffen die feindlichen Linien weit genug auseinandergezogen hat, dann schließt man an beiden Flügeln die Reihen und nimmt ihn in die Zange. Etwa so!«

Er legte die Hände V-förmig gegeneinander und schlug sie klatschend zusammen. Verblüfftes Schweigen folgte der Demonstration.

»Ich weiß nicht«, murmelte Pindanon zweifelnd.

»Wie würdet Ihr Baen Draw verteidigen?« fragte Andor gespannt.

»Ich würde eine Variation dessen, was ich Euch eben geschildert habe, anwenden«, antwortete Stee Jans. »Bogenschützen an den Hängen des Kensrowe unmittelbar über der Einmündung in den Engpaß, um den Vormarsch zu stören. Fußsoldaten am Ende des Passes, so als wolltet Ihr den Baen Draw auf die gleiche Art und Weise zu halten versuchen wie das Halys-Joch. Wenn die Dämonen angreifen, halten die Linien eine Zeitlang stand, dann aber weichen sie zurück. Sollen die Dämonen ruhig die Stellung durchbrechen. Ihr müßt ihnen nur ein Kaninchen geben, dem sie hinterherjagen können, das heißt, Ihr müßt eine Kavallerieeinheit abstellen, um den Feind immer weiter zu locken. Wenn die Linien weit auseinandergezogen sind und die Flügel ungedeckt, dann gilt es, von beiden Seiten auf sie einzudringen, und zwar schnell, damit sie nicht zurückweichen können oder Verstärkung bekommen. Am besten halten sich die Soldaten die Dämonen mit Lanzen vom Leibe. Die Dämonen haben keine Waffen wie die unseren. Wenn man außerhalb ihrer Reichweite bleibt, können sie einem nichts anhaben. Sobald die vorderen Reihen ihres Heeres vernichtet sind, laßt Ihr das Kaninchen ein zweites Mal springen. Diesmal lockt es die Dämonen in eine andere Richtung. Es kommt darauf an, sie nicht zur Ruhe kommen zu lassen und sich auf ihre Flügel zu konzentrieren.«

Die Elfen starrten den Grenzländer an. Pindanon runzelte noch immer zweifelnd die Stirn.

»Und wer wäre das Karnickel bei diesem Spiel?«

Stee Jans lächelte verschmitzt.

»Wer wohl, Befehlshaber?«

Pindanon zuckte die Schultern. Andor blickte fragend zu ihm hinüber.

»Es könnte gelingen«, gab der alte Krieger wiederstrebend zu. »Vorausgesetzt natürlich, das Karnickel versteht sein Handwerk.«

»Oh, das Karnickel hat einige Tricks auf Lager«, versetzte Stee Jans. »Nur deshalb ist es ja noch am Leben.«

Andor blickte rasch zu Allanon hinüber. Der Druide nickte ihm zu.

»Dann haben wir unseren Plan zur Verteidigung des Sarandanon«, verkündete der Elfenprinz. Seine Hand umschloß die Pindanons, dann jene des Eisenmannes. »Wir wollen alles dafür tun, daß ihm Erfolg beschieden ist.«

Arion Elessedil wurde beim ersten Licht des neuen Tages der Erde zurückgegeben. Sein Bruder, Pindanon und vier Dutzend Soldaten der Leibgarde bestatteten ihn gemäß der Elfentradition zum Zeitpunkt der Geburt des neuen Tages, zum Zeitpunkt seines Anfangs. Schweigend trugen sie den Leichnam zu einer von Eichen beschatteten Anhöhe unterhalb vom Baen Draw, die nach Westen hin die blauen Weiten des Innisbore-Sees überblickte und nach Osten das grüne Tal des Sarandanon. Dort legten sie den erstgeborenen Sohn Eventine Elessedils zur letzten Ruhe, gaben seine sterbliche Hülle der Erde zurück, die ihm das Leben geschenkt hatte.

Sie setzten dem Kronprinzen kein Zeichen. Allanon hatte gewarnt, daß es unter den Dämonen welche gab, die nach solchen Zeugnissen suchen und die Ruhe der Toten stören würden. Nicht mit Liedern, nicht mit Worten, nicht mit Blumen gedachte man Arion Elessedils. Nichts blieb von ihm als Erinnerungen.

Andor bemerkte die Tränen in den Augen all jener, die sich mit ihm eingefunden hatten, und sagte sich, daß Erinnerungen genügen mußten.

Kaum eine knappe Stunde später griffen die Dämonen die Elfen am Baen Draw an. Ihr Kreischen und Heulen zerfetzte die Stille der Morgendämmerung, als sie in wilden Scharen aus den nördlichen Hügeln herabstömten. Wie am Halys-Joch wälzten sie sich in einer gewaltigen Woge zuckender dunkler Leiber heran, den entfesselten Wassern einer Springflut gleichend.

Am unteren Ende des Baen Draw warteten die Schlachtreihen der Elfen, Lanzer und Pikeniere, die mit kampfbereiten Waffen Schulter an Schulter standen. Als die vordersten Dämonen-Horden sich ihnen entgegenstürzten, hob plötzlich auf den Hängen des Kensrowe ein mächtiges Summen an, und ein Schauer gefiederter Pfeile regnete auf die kreischenden Horden herab. Unzählige Dämonen fielen und wälzten sich zuckend am Boden, wurden von jenen überrannt, die nach ihnen kamen. Schauer um Schauer dunkel gefiederter Pfeile brach über sie herein, und Hunderte starben in dem ersten Ansturm.

Schließlich aber war die Phalanx doch erreicht, und die Dämonen rannten blind und haßerfüllt gegen sie an. Ihre Schmerzensschreie gellten durch den Morgen, als die eisernen Spitzen von Lanzen und Piken ihre Körper durchbohrten. Der Angriff geriet ins Stocken und wurde schließlich vollends zurückgeschlagen. Und auch der nächste, eine plötzliche Flutwelle mißgestalteter Leiber mit klauenbewehrten Gliedern und gierigen Zähnen, wurde zurückgeworfen. Auf der Erde vor der Abwehrmauer der Elfen häuften sich Sterbende und Tote. Aber immer noch stürmten die Dämonen-Horden an, unerschöpflich an Zahl, und endlich gerieten die Linien der Elfen ins Wanken und zerbrachen. Triumphierend quoll die zuckende Masse der Dämonen durch die Bresche, die sie geschlagen hatte.

Augenblicklich wurden sie von einer Schar grauer Reiter bedrängt, die von einem hochgewachsenen, narbengesichtigen Mann auf einem mächtigen Rotschimmel angeführt wurden. Die Reiter jagten mit durch die Luft sirrenden Lanzen an der Spitze des Dämonensturms vorüber. Und schon waren sie wieder entschwunden, galoppierten mit fliegenden grauen Umhängen, tief über die Hälse ihrer Pferde geneigt, ins Tal zurück. In blinder Raserei setzten die Dämonen ihnen nach. Nur Augenblicke später wirbelten die Reiter herum und fielen mit gesenkten Lanzen erneut über die Verfolger her. Verwundete brüllten im Todeskampf, und Tote blieben reglos liegen, während die Geisterreiter schon wieder abschwenkten. Die Dämonen stürzten ihnen heulend vor ohnmächtiger Wut nach.

Da plötzlich machten die graugekleideten Reiter in einer geschlossenen Linie kehrt, die den Dämonen den Vormarsch sperrte. Der narbengesichtige Mann erhob den Arm. Die Dämonen, welche die Verteidigungslinien der Elfen durchbrochen hatten, erkannten jetzt, wozu man sie verleitet hatte, und blickten in wilder Panik hilflos um sich. Nicht mehr dicht geballt wie zuvor waren ihre Scharen, sondern weit, weit auseinandergezogen, schutzlos und leicht verletzlich. Zu beiden Seiten tauchten jetzt Kavallerie-Einheiten der Elfen auf, die sie zusammentrieben wie Schafe. Die Bresche hinter ihnen war durch einen hochgewachsenen, schwarz gekleideten Mann geschlossen worden, aus dessen gespreizten Fingern blaues Feuer loderte, um die Dämonen zu vernichten, die durch den Engpaß nachdrängten. Verzweifelt versuchten jene, die blindlings in die Falle gelaufen waren, die Umzingelung zu durchbrechen. Doch die Elfen trieben sie immer enger zusammen, während sie mit Schwert und Lanze die finsteren Gestalten bekämpften, die nach ihnen fassen wollten. Innerhalb von Sekunden war die Vortruppe der Dämonen vollständig vernichtet. Und durch den Engpaß des Baen Draw hallte das Siegesgeheul der Elfen hundertfach verstärkt wider.

Doch das war längst nicht das Ende. Noch während des ganzen Morgens und bis in den frühen Nachmittag hinein tobte die Schlacht hin und her. Immer wieder formierten sich die Dämonen zum Ansturm auf die Phalanx der Elfen, die den Engpaß des Baen Draw versperrte. Immer wieder gelang es ihnen, diese Phalanx zu durchbrechen, den Pfeilen der Bogenschützen und dem Feuer des Druiden, den Lanzen und Piken auszuweichen, nur um sich dann den grauen Reitern der Freitruppe der Grenzlegion gegenüberzusehen. Wütend und gereizt nahmen sie die Verfolgung auf. Ohne Rücksicht auf das, was sie möglicherweise erwartete, ließen sie sich von den Geisterreitern fortlocken, manchmal an die Ufer des Innisbore-Sees, dann wieder bis zu den Hängen des Kensrowe hinüber oder in das Tal des Sarandanon. Und gerade wenn es dann schien, als wäre es ihnen gelungen, die flüchtigen Reiter zu stellen, sahen sie sich von Kavallerie-Einheiten umzingelt, mußten erkennen, daß ihre eigenen Linien dünn und licht waren, da sie sich zu weit von ihren Brüdern entfernt hatten, die noch im Baen Draw kämpften. In tolldreister Raserei stürzten sie sich dann auf ihren Feind, doch es gab kein Entkommen. Die Elfen jagten zurück, und ihre Linien schlossen sich wieder, um den Baen Draw erneut zu versperren.

Eine Zeitlang versuchten die Dämonen, die Hänge des Kensrowe einzunehmen, um den verhaßten Bogenschützen den Garaus zu machen. Doch die Elfen-Krieger, deren Reihen tief gestaffelt im Schutz der Felsen aufgestellt waren, vernichteten die Angreifer bis auf den letzten Mann. Und in ihrer Mitte stand der schwarzgewandete Riese, aus dessen Fingern das blaue Zauberfeuer loderte. Alle Arten von Dämonen mühten sich, ihn zu erreichen – Dämonen, die auf der Erde krochen, solche, die flogen, solche, die an Felswänden emporklettern konnten wie Fliegen. Und alle starben sie.

Bei einem Angriff sprengten die Dämonen die Schlachtreihen der Elfen an einer Stelle, wo sie ans Ufer des Innisbore-Sees grenzte, und zwangen die Soldaten zurückzuweichen. Einen Augenblick lang, während Hunderte von Dämonen über die sandigen Hügel zum jenseits liegenden Tal ausschwärmten, schien es, als sei nun die Phalanx der Elfen endgültig zerbrochen. Doch in einer heldenhaften Anstrengung sammelten sich die Reiter der Kavallerie östlich von diesem neuen Stoßtrupp und ritten eine Attacke, die die Dämonen bis in die Fluten des Innisbore-Sees zurücktrieb. Wieder gelang es den Mächten des Bösen nicht, eine geschlossene Formation zu bilden, wieder waren sie weit auseinandergezogen an den Gestaden verstreut. Der Angriff wurde vereitelt, zerbrach an den Lanzen der Elfen. Und wieder schloß sich die Bresche in den Schlachtreihen.

Tausende von Dämonen fielen an diesem Nachmittag im sinnlosen, hirnlosen Anstürmen auf das Elfenheer. Unaufhörlich griffen sie an, wälzten sich mit der blinden Entschlossenheit von Lemmingen vorwärts, ohne der Vernichtung zu achten, die sie erwartete. Elfen und Grenzländer starben mit ihnen, Opfer ihres rasenden Bestrebens, das Sarandanon zu erreichen. Doch die vernichtende Niederlage, die den Elfen am Halys-Joch beigebracht worden war, wiederholte sich in diesem Tal nicht; immer wieder wurden ihre Sturmtrupps vernichtet, bevor ihnen aus den nachdrängenden Massen Verstärkung kommen konnte.

In der Mitte des Nachmittags schließlich eröffneten die Dämonen ihren entscheidenden Angriff. Nachdem sie sich im Engpaß des Baen Draw gesammelt hatten, rannten sie in einem gewaltigen Ansturm gegen die Phalanx der Elfen an und trieben sie lediglich aufgrund ihrer zahlenmäßigen Überlegenheit zurück. Die Schlachtenreihen fielen auseinander. Und in die Lükken und Breschen fielen nun die Dämonen ein, und plötzlich blieb keine Zeit mehr für sorgsam ausgeklügelte Strategien, für Geschicklichkeit und Finesse. Die Elfen und die Freikämpfer schlugen wütend zurück; ihre Reiter stürmten tief in das Wogen der Schlacht hinein. Schwerter und Speere stachen wie giftige Stacheln in das Knäuel zuckender dunkler Leiber. Pferde und Reiter schrien gellend auf und stürzten. Hin und her wogte der Kampf, doch endlich mußten die Dämonen weichen. Fauchend und schnaubend vor Wut flohen sie in den Draw zurück, und gellendes, haßerfülltes Kreischen stieg aus ihrer Mitte auf. Diesmal kehrten sie nicht um. Sie flohen über ihre eigenen Toten und Sterbenden hinweg, zogen sich hinkend und kriechend ins Hügelland zurück. Der Baen Draw war leer.

Zu Tode erschöpft und ungläubig starrten die Elfen den zurückweichenden Feinden nach und beobachteten, wie die letzten in den Hügeln verschwanden. Geschrei und Kreischen verloren sich allmählich. Erst als wieder Stille eingekehrt war, blickten die Elfen sich um und gewahrten mit schrecklicher Klarheit, welch entsetzlicher Kampf hier am Baen Draw getobt hatte. Tausende verkrümmter dunkler Leiber lagen über das Grasland verstreut. Vom Kensrowe bis zum Innisbore dehnte sich ein einziges Feld von Toten und Verwundeten. Und der Engpaß selbst war mit den Leibern der Toten übersät. Die Elfen wurden von Grauen geschüttelt. Es war, als habe das Leben den Dämonen nichts bedeutet, als zögen sie ihm den Tod vor. Die Männer suchten ihre Freunde und Kameraden. Hände trafen sich, umspannten einander fest, und eine tiefe Erleichterung übermannte die Elfen, Dankbarkeit, daß sie dieses grauenvolle Chaos überlebt hatten.

An der Mündung des Baen Draw stieß Andor Elessedil auf Kael Pindanon und umarmte impulsiv den alten Kämpen. Freudenschreie entrangen sich den Kehlen der Elfen, als sie erkannten, daß dies ihr Tag war. Stee Jans ritt an der Spitze seiner Freikämpfer heran, und er und seine Leute stimmten in die Triumphrufe der Elfen ein. Durch das Sarandanon-Tal pflanzten sich die freudigen Stimmen des Sieges fort.

Nur Allanon stand abseits. Allein stand er am Fuß des Kensrowe-Gebirges, die dunklen Züge den Hügeln im Norden zugewandt, wohin die Dämonen entschwunden waren. Er fragte sich, was der Grund dafür gewesen war, daß sie bereit gewesen waren, ihr Leben so bereitwillig zu opfern, und – das war vielleicht noch wichtiger – wie kam es, daß während der schrecklichen Schlacht keine Spur jenes Gewaltigen zu sehen gewesen war, den sie den Dagda Mor nannten.

Der Nachmittag verblich, und dem Abend folgte leise die Nacht. An der Mündung des Baen Draw erwartete das Heer von Westland einen neuerlichen Angriff der Dämonen. Doch die Dämonen griffen nicht an. Und sie kamen auch bei Morgengrauen nicht, dennoch verstärkten Elfen und Grenzländer ihre Alarmbereitschaft. Die Morgenstunden krochen dahin, und wachsendes Unbehagen breitete sich unter den Verteidigern aus.

Als der Mittag nahte, machte Andor sich auf die Suche nach Allanon. Er hoffte, der Druide könnte ihm eine Erklärung für das merkwürdige Verhalten der Dämonen geben. Allein erklomm er die Hänge des Kensrowe und wanderte zu dem Felsüberhang, wo Allanon einsam Wache hielt, halb verborgen im Schatten, während er den Blick über das Sarandanon schweifen ließ. Der Elfenprinz hatte seit dem vergangenen Tag, seit der Druide in diese Berge hinaufgestiegen war, nicht mehr mit

Allanon gesprochen; niemand hatte ein Wort mit ihm gewechselt. Und in seiner Freude über den Sieg der Elfen hatte Andor kaum einen Gedanken an den Druiden verschwendet. Schließlich kam und ging Allanon stets, wie es ihm gefiel, und selten gab er eine Erklärung für sein Handeln. Jetzt aber, als Andor sich dem Druiden näherte, fragte er sich dennoch, warum Allanon gerade diesen Zeitpunkt gewählt hatte, um allein zu sein. Die Antwort auf diese Frage erhielt er, als der Druide sich nach ihm umwandte. Allanons Gesicht war aschfahl. Tief eingegrabene Linien durchzogen sein Gesicht, das schlaff und welk wirkte, und in den durchdringenden schwarzen Augen stand ein grüblerischer Ausdruck. Andor blieb wie angewurzelt stehen und starrte den Druiden entsetzt an.

Seine Bestürzung brachte ein schwaches Lächeln auf Allanons Lippen.

»Ist etwas mit Euch, Elfenprinz?«

Andor fuhr zusammen. »Nein, ich – es ist nur – Allanon, Ihr seht ...«

Der Druide zuckte die Schultern.

»Für die Art und Weise, wie wir unsere Kräfte einsetzen, müssen wir einen Preis zahlen. Das ist eines der Naturgesetze, wenn wir es auch häufig außer acht lassen. Selbst ein Druide ist dem Willen der Natur unterworfen.« Er hielt einen Moment inne. »Versteht Ihr, was ich meine?«

Andor blickte ihn unsicher an.

»Diese Wirkung hat die Zauberkraft auf Euch?«

Allanon nickte. »Wer Zauberkraft einsetzt, dem wird Leben entzogen – ihm wird etwas von seiner Kraft und seinem Wesen genommen. Zum Teil kann es wiedergewonnen werden, aber die Erholung schreitet nur langsam voran. Und der Schmerz ...«

Seine Stimme verklang, der Satz blieb unvollendet. Andor fröstelte plötzlich.

»Allanon, habt Ihr Eure Zauberkräfte verloren?«

Der Kopf unter der Kapuze hob sich.

»Die Zauberkraft geht nicht verloren, solange derjenige noch lebt, der sich ihrer bedient. Aber es gibt Grenzen, die nicht überschritten werden können, und die Grenzen werden mit dem Lauf der Jahre immer enger. Wir alle werden alt, Elfenprinz.«

»Auch Ihr?« fragte Andor leise.

Die schwarzen Augen waren verschleiert. Unvermittelt wechselte Allanon das Thema.

»Was führt Euch zu mir?«

Andor brauchte eine Zeitlang, um seine Gedanken wieder zu sammeln.

»Ich wollte Euch fragen, ob Ihr den Grund kennt, warum die Dämonen nicht angreifen.«

Der Druide wandte den Blick ab.

»Weil sie dazu noch nicht bereit sind.« Er schwieg einen Moment, dann richtete sich sein Blick wieder auf Andor. »Laßt Euch nicht in die Irre führen; sie werden kommen. Sie zögern den Angriff nur hinaus, doch hinter dieser Verzögerung steckt ein Sinn. Jener, der sie führt, jener, den sie den Dagda Mor nennen, tut nichts ohne Grund.« Er neigte sich leicht vornüber. »Laßt Euch dies durch den Kopf gehen: Der Dagda Mor befand sich nicht unter jenen, die uns gestern angriffen.«

Andor runzelte besorgt die Stirn.

»Wo war er dann?«

Allanon schüttelte den Kopf.

»Wir sollten eine andere Frage stellen: Wo ist er jetzt?« Einen Lidschlag lang blickte er Andor schweigend an, dann zog er seine schwarzen Gewänder fest um sich. »Ich habe mir überlegt, daß es klug wäre, Kundschafter nach Norden und nach Süden auszuschicken, um sicherzugehen, daß die Dämonen nicht die Absicht haben, uns von den Flügeln her in die Zange zu nehmen.«

Nach einer bedrückenden Zeit des Schweigens fragte Andor: »Ist die Zahl der Dämonen denn groß genug, um das zu tun?«

Allanons Lachen war spröde.

»Groß genug.« Der Druide wandte sich wieder ab. »Laßt mich jetzt allein, Elfenprinz.«

Von Zweifeln geplagt stieg Andor wieder aus dem Kensrowe-Gebirge herab. Nach seiner Rückkehr wurden Kundschafter ausgesandt, und das Heer wartete weiter. Der Morgen neigte sich zum Nachmittag, der Nachmittag zum Abend. Schwere Wolkenmassen wälzten sich über den dunkler werdenden Himmel, und die Nacht brach rasch herein.

Und noch immer kamen die Dämonen nicht.

Es ging auf Mitternacht zu, als der Angriff endlich losbrach. So plötzlich, daß die Wachtposten kaum Zeit hatten, Alarm zu schlagen, als die ersten Dämonen schon über sie herfielen. In gewaltigem Ansturm drängten sie durch den Engpaß des Baen Draw, Wogen schwarzer, mißgestalteter Körper, die aus den dunklen Hügeln im Norden herabströmten in das flackernde Licht der Feuer. Eines nach dem anderen erloschen die Feuer, erstickt von den Dämonen-Horden, die sich durch den Engpaß und über die Hänge des Kensrowe-Gebirges wälzten. Nun, da die Feuer erstorben und der Nachthimmel von den finsteren Wolken verdunkelt war, die von Osten her aufgezogen waren, lag das Gebiet um den Baen Draw in tiefe Finsternis gehüllt. Den Dämonen war diese Schwärze vertraut, sie hatten sich während der Zeit ihrer Einkerkerung hinter der Mauer der Verfemung an sie gewöhnt. Sie konnte ihnen nur dienlich sein. Elfen und Südländer waren beinahe wie blind in dieser Finsternis, die Dämonen jedoch sahen so scharf, als wäre es heller Tag. Mit schrillem Geheul der Siegesgewißheit griffen sie an.

Am oberen Ende des Engpasses, um Andor Elessedil und den leuchtend silberglänzenden Stab des Ellcrys geschart, begegnete eine Phalanx von Elfen dem Ansturm. Die Wucht des Angriffs schleuderte die Soldaten zurück, doch sie hielten die Linien. Hunderte dunkler Leiber rannten mit reißenden Klauen und Zähnen gegen sie an. Die Elfen kämpften mit wilder Entschlossenheit. Lanzen und Piken stachen blind in das Gewimmel vorwärtsdringender Dämonen, und Schmerzensschreie schallten gellend durch die Nacht. Doch die Dämonen ließen nicht locker, sammelten sich zu immer neuen Attacken, stürmten wie rasend auf die Elfen ein, um ihre Abwehrkette zu sprengen. Einige verzweifelte Minuten lang widerstanden die Elfen den wütenden Überfällen und hielten die Feinde zurück, die gegen sie anrannten. Doch die Dunkelheit verwirrte und behinderte sie. Und schließlich wurden sie überwältigt. Die Schlachtenreihen gerieten ins Wanken, wichen schrittweise zurück, fielen gänzlich auseinander. Sekunden später schafften die Dämonen den Durchbruch.

Das wäre das Ende gewesen, wäre nicht Allanon gewesen. Der Druide eilte zu den unteren Hängen des Kensrowe hinunter, wo die Bogenschützen in der Dunkelheit einen aussichtslosen Kampf gegen die anstürmenden Dämonen führten, und nahm dort eine Handvoll glitzernden Staubes aus einem kleinen Beutel, den er am Gürtel trug. Hoch schleuderte er den Staub in die Luft. Augenblicklich breitete er sich am Nachthimmel über den kämpfenden Elfen aus und erfüllte die Finsternis mit einem leuchtend weißen Licht, welches das Land heller als der Schein des Mondes beleuchtete.

Die Finsternis war vertrieben, die Dämonen konnten sich nicht mehr unter ihrem Mantel verstecken. Hinter der gesprengten Phalanx der Elfen erhob sich lautes Anfeuerungsgeschrei in die Luft. In die größte Lücke, dort, wo die dichteste Zusammenballung von Dämonen vorwärtsdrängte, ritten Stee Jans und die Männer der Freitruppe. Einem Eisenkeil gleich trieben sie die vorderste Front der Angreifer auseinander. Weniger als vierhundert waren ihrer jetzt, doch furchtlos preschten sie mitten unter die Dämonenhorde und drängten sie zurück zur Mündung des Baen Draw. Ihnen Beistand zu leisten, galoppierte die Elfen-Kavallerie heran, geführt von Kael Pindanon, der mit wehendem weißen Haar sein Pferd antrieb. Erbarmungslos stachen die Reiter mit ihren Lanzen auf die vorwärtsstürmenden Dämonen ein und warfen sie zurück.

An den Hängen des Kensrowe-Gebirges war es den Dämonen gelungen, die Reihe der Bogenschützen aufzubrechen, und nun strömten sie ins Sarandanon hinunter. Praktisch allein stellte sich Allanon ihnen in den Weg. Blaues Feuer züngelte aus seinen Händen. Von allen Seiten drangen sie auf ihn ein, und ihr rasendes Geheul widerhallte in der Nacht, als das Feuer sie zu Asche verbrannte. Der Druide hielt stand. Als der Dämonen allzu viele wurden, verwandelte er das ganze Land rundum in ein Flammenmeer. Er errichtete eine hohe Mauer blauen Feuers, die die tollwütigen Dämonen umschloß und deren Flammen alle vernichtete, die versuchten, dem Flammenmeer zu entkommen.

Einige hundert Schritt von der Mündung des Baen Draw entfernt kämpften die Elfen und die Grenzländer mit dem Mut der Verzweiflung, um die Übermacht der Dämonen am Einbruch in das Sarandanon zu hindern. Es war eine schreckliche, grausame Schlacht, und der Geruch des Todes breitete sich in der Sommernacht aus. Kael Pindanon stürzte, als sein Pferd unter ihm in die Knie ging. Der alte Kämpe kam nur schwankend wieder auf die Füße, und noch während seine Hand zum Schwert griff, stürzten sich die Dämonen heulend auf ihn. Elfen-Jäger versuchten, ihren bedrängten Befehlshaber zu erreichen, bahnten sich mit Schwertern und Lanzen einen Weg durch die Dämonenmassen, die sich ihnen entgegenstemmten. Doch sie kamen zu spät, krallenbewehrte Hände packten Pindanon und rissen den alten Mann in den Tod.

In demselben Augenblick löste sich eine Handvoll Dämonen aus dem Gros der Angreifenden und drang auf Andor Elessedil ein. Durch den Ring der Elfen-Jäger, die sich rund um ihn mit dem Feind schlugen, brachen die Dämonen und sprangen wie Raubkatzen den Elfenprinz an. Wie einen Schild riß er den Ellcrys-Stab in die Höhe, und seine Angreifer wichen kreischend vor Wut zurück. Doch Andor war jetzt ganz allein, umzingelt von mißgestalteten schwarzen Wesen, die nach ihm schnappten und an ihm rissen und nur auf eine Gelegenheit warteten, die Abwehr seines Talismans einzureißen. Elfen-Jäger mühten sich verzweifelt, dem Prinzen zu Hilfe zu kommen, doch die Dämonen versperrten ihnen den Weg, zerfetzten alle, die sich zu nahe heranwagten, wehrten fauchend und schnaubend die Hiebe und Stiche von Lanzen und Schwertern ab. Ihre Brüder eilten herbei, um ihnen Beistand zu leisten, als sie sahen, daß der Träger des verhaßten Talismans umzingelt war.

Da warf sich ein hünenhafter, narbengesichtiger Grenzländer in das Kampfgetümmel. Der graue Umhang, mit Schmutz und Blut besudelt, flatterte im Wind, als der Riese mit kraftvollen Schlägen seines großen Schwertes die finsteren Dämonen-Horden auseinandertrieb, bis er schließlich direkt an Andors Seite stand. Wutgebrüll erhob sich von den Dämonen, und sie stürzten sich auf ihn. Doch Stee Jans stand unerschütterlich wie ein Fels und wehrte Andors Angreifer ab, während er seine Leute herbeirief. Augenblicklich preschten sie auf ihren Pferden heran und schlossen sich in einem eisenbewehrten Kreis um ihn. Da schwang er sich wieder auf seinen Rotschimmel und hob sein Schwert. Die grauen Reiter griffen an, und ihr Schlachtruf gellte laut durch die Nacht.

Eine ganze Weile gewahrte Andor gar nicht, was um ihn geschah. Dann erblickte er im dunstigen Schein des trügerischen Mondlichts die Männer der Freitruppe unter der Führung von Stee Jans. In der einen Hand sein gewaltiges Schwert, in der anderen die Kriegsfahne der Freitruppe, ritt er mit fliegendem roten Haar gegen die Dämonen an. Die Freitruppe griff an, ein kleiner Trupp Todesmutiger gegen Hunderte von Dämonen! Sogleich ergriff der Elfenprinz die Zügel eines reiterlosen Pferdes, schwang sich in den Sattel und trieb das Tier an, während er seine Leute zusammenrief. Aus allen Richtungen strömten die Elfen herbei, um sich um ihn zu scharen, und er stürmte furchtlos mitten in die Reihen der Dämonen hinein, um an der Seite der Grenzländer zu kämpfen. In kraftvollem Ansturm jagten Elfen und Grenzländer in den Baen Draw hinein und trieben die Dämonen vor sich her. Wie Berserker schlugen sich Reiter und Fußsoldaten mit Lanzen, Piken und Schwertern den Weg frei, während sie sich, wie aus einem Munde, mit den Schlachtrufen ihrer Heimatländer Mut machten.

Nur kurze Zeit widerstanden die Dämonen dem Angriff. Kreischend vor Wut und Haß versuchten sie, die Wahnsinnigen, die sich so beherzt in ihre Mitte geworfen hatten, zu Boden zu reißen. Doch der Hüne mit dem gewaltigen Schwert und der Kriegsfahne der Freitruppe hatte den Elfen neuen Mut verliehen, der sie anspornte, dem Tod ohne Furcht ins Auge zu sehen, alles hintansetzend außer ihrer Entschlossenheit, diese schleimigen, zuckenden, grauenvollen Gestalten zu vernichten, die sich ihnen in den Weg stellten. Die Reihen der Dämonen gerieten ins Wanken und wichen zurück, schrittweise zunächst, dann in wilder Flucht, denn der Zorn und die Wut, die jetzt von dem Heer der Elfen Besitz ergriffen hatten, waren verheerender als ihre eigene. So ergriffen sie die Flucht in das nördliche Hügelland, in die bergenden Schatten der Nacht.

Innerhalb von Augenblicken war der Baen Draw zurückerobert worden, und das Sarandanon lag wieder in den Händen der Elfen.

Mit nacktem Oberkörper saß Andor Elessedil in seinem Zelt, während Elfen-Jäger die Verletzungen behandelten, welche die Dämonen ihm in der Schlacht beigebracht hatten. Schweigend saß er da auf seinem Lager. Die Verwundungen schmerzten höllisch, und alle Glieder taten ihm weh, vor Mattigkeit und Erschöpfung. Boten kamen und gingen, um ihm von den Aktivitäten des Heeres zu berichten, das sich anschickte, neuerlich die Einmündung zum Baen Draw zu blockieren. Soldaten der Leibgarde bewachten das Zelt. Das Eisen ihrer Waffen glitzerte im Licht der Feuer.

Der Elfenprinz war gerade dabei, sich die Rüstung anzulegen, als sich plötzlich die Klappe des Zelts öffnete und Stee Jans aus dem Dunkel der Nacht auftauchte. Seine hochgewachsene Gestalt war von Schmutz, Asche und Blut bedeckt. Im Zelt wurde es augenblicklich still. Mit einem kurzen Wort gebot Andor allen zu gehen, und Andor trat zu dem Grenzländer hin. Wortlos drückte er ihm die Hand.

»Ihr habt uns heute abend alle gerettet, Befehlshaber«, sagte er leise. »Wir stehen tief in Eurer Schuld.«

Stee Jans schüttelte langsam den Kopf.

»Herr, Ihr schuldet mir nichts. Ich bin Soldat. Was ich heute nacht getan habe, war nicht mehr als meine Pflicht.«

Andor lächelte müde. »Davon werdet Ihr mich nie überzeugen. Aber ich achte und bewundere Euch zu sehr, um mich darüber mit Euch zu streiten. Ich will Euch einfach danken.« Er gab die Hand des Hünen frei und trat zurück. »Kael Pindanon ist tot. Ich brauche einen neuen Befehlshaber für mein Heer. Ich wünsche, daß Ihr dieses Amt übernehmt.«

Der Grenzländer schwieg einen Augenblick.

»Herr, ich bin kein Elf, ich stamme nicht einmal aus diesem Land.«

»Ich weiß keinen Elfen oder Landsmann, der besser als Ihr geeignet wäre, dieses Heer zu befehligen«, entgegnete Andor sogleich. »Euer Plan war es, der es uns ermöglichte, den Baen Draw zu halten.«

Stee Jans senkte den Blick nicht.

»Es gibt gewiß Leute, die die Klugheit Eurer Entscheidung bezweifeln würden.«

»Es gibt Leute, die die Klugheit jeder Entscheidung bezweifeln würden.« Andor schüttelte den Kopf. »Ich bin nicht mein Vater und auch nicht mein Bruder, und ich bin auch nicht der Führer, den sie sich ausgesucht hätten. Doch wie dem auch sei, ich bin es jetzt, der die Entscheidungen zu treffen hat, und ich habe meine Entscheidung gefällt. Ich wünsche Euch als Befehlshaber des Heeres. Nehmt Ihr an?«

Der Grenzländer überlegte lange, bevor er antwortete.

»Ja«, sagte er dann.

Andor spürte, wie ein Teil der Mattigkeit von ihm abfiel.

»Dann wollen wir anfangen ...«

Sie fuhren beide herum, als sich in den Schatten nahe des Eingangs plötzlich etwas bewegte. Dort stand Allanon. Sein Gesicht war eine starre Maske der Bitterkeit.

»Die Kundschafter, die Ihr nach Süden und Norden geschickt habt, sind zurück.« Der Druide sprach leise. Die Worte entflohen beinahe wie ein Zischen seinem Mund. »Jene, die nach Süden ritten, am Innisbore-See entlang, erkundeten nichts. Die aber, die im Norden waren, stießen auf ein Heer von Dämonen, so gewaltig, daß die Horden, mit denen wir uns hier am Baen Draw geschlagen haben, sich daneben wie ein armseliges Häuflein ausnehmen. Das Heer marschiert an der Ostwand des Kensrowe-Gebirges entlang nach Süden. Es wird schon jetzt ins Sarandanon eingedrungen sein.«

Stumm starrte Andor Elessedil ihn mit großen Augen an, während die Hoffnung in seinen Augen langsam erlosch.

»Dies war von Anbeginn an ihr Plan, Elfenprinz – Euch hier am Baen Draw mit der kleineren Streitmacht zu binden, während das größere Heer im Norden die Kensrowe-Berge umrundete, um von hinten in das Sarandanon einzufallen und auf diese Weise das Elfenheer einzuschließen. Hättet Ihr die Kundschafter nicht ausgeschickt ...«

Er ließ den Satz unvollendet in der Luft hängen. Andor wollte etwas erwidern, aber er konnte kein Wort hervorbringen. Plötzlich standen Tränen in seinen Augen, Tränen des Zorns und der Entmutigung.

»All die Männer, die hier gefallen sind – hier und am Halys-Joch ... Mein Bruder, Pindanon – alle fielen sie, um das Sarandanon zu halten ... Können wir denn gar nichts tun?«

»Mit dem Heer, das aus Norden herunterkommt, nahen Dämonen, deren Kräfte alles, was Ihr bisher erlebt habt, bei weitem in den Schatten stellen.« Allanon schüttelte bedächtig den Kopf. »Ihre Kräfte, fürchte ich, sind zu übermächtig, als daß Ihr ihnen widerstehen könntet – ihre Zahl ist unübersehbar. Wenn Ihr noch länger versucht, das Sarandanon zu halten, wenn Ihr darauf beharrt, ihnen hier am Baen Draw entgegenzutreten, dann werdet Ihr bis auf den letzten Mann vernichtet werden.«

Andors jugendliches Gesicht war grau und trostlos.

»Dann ist das Sarandanon verloren.«

Allanon nickte langsam. Der Elfenprinz warf unwillkürlich einen Blick zum Nebenraum des Zelts, wo der König noch immer bewußtlos lag, in traumlosem Schlaf eingefangen, weit entfernt vom Schmerz und der Realität, die seinen Sohn quälten. Verloren! Das Grimmzacken-Gebirge, das Sarandonan, seine Familie, sein Heer – alles! Er hatte das Gefühl, in ihm bräche etwas. Allanons Hand umfaßte hart seine Schulter. Ohne den Kopf zu erheben, nickte er.

»Wir brechen sofort auf.«

Mit gesenktem Kopf schritt er aus dem Zelt, um den Befehl zu geben.

Wil Ohmsford fand den Wildewald so abschreckend und bedrohlich, wie man ihn ihm geschildert hatte. Obwohl die Sonne hell und leuchtend vom Himmel gestrahlt hatte, als er und Amberle vom Steinkamm aufgebrochen waren, lag der Wildewald in tiefen Schatten und dämmriger Finsternis, von der Welt abgeschlossen durch Bäume und Buschwerk, so verwildert und verwachsen, daß es in dem Wirrwarr keinen Anfang und kein Ende zu geben schien. Knorrig und gebeugt ragten die massigen Stämme in die Höhe, auf denen Moos und Flechten wuchsen, und ihre Zweige krümmten sich wie Spinnenbeine. Sie waren von schmarotzenden Kletterpflanzen überwuchert, und ihre dornigen Blätter schimmerten wie weißglühendes Silber. Dürres Holz und welkes Laub bedeckten den Talboden und verrotteten langsam auf der dunklen Erde, die unangenehm weich und schwammig unter den Füßen gluckste. Der Wildewald, feucht von Moder und Fäulnis, hatte etwas Mißratenes, Entstelltes, Unnatürliches an sich. Es war, als hätte die Natur das Land und das Leben, das auf ihm wuchs, verkrüppelt und gesunden Wachstums unfähig gemacht, so daß es auf immer den modrigen Todesgeruch atmen mußte, der aus seinem eigenen langsamen Sterben aufstieg.

Aus vorsichtigen, ängstlichen Augen spähten Wil Ohmsford und Amberle Elessedil in die Finsternis rundum, während sie dem gewundenen Waldpfad folgten. Aus der Ferne hörten sie die nächtlichen Geräusche der Wesen, die im Dickicht des Waldes lauerten und jagten. Der Pfad war wie ein Tunnel, nur hier und dort von schwachen Lichtstrahlen erhellt, die irgendwie durch das Geschlinge der Äste eindrangen. Es gab keine Vögel in diesem Wald; das war Wil sogleich aufgefallen. Vögel würden niemals in solcher Finsternis leben, hatte Wil bei sich gedacht – jedenfalls nicht, solange sie die Möglichkeit hatten, im Sonnenlicht zu fliegen. Auch die anderen kleinen Tiere, die man sonst im Wald anzutreffen pflegte, fehlten; nicht einmal Schmetterlinge gab es. Die Wesen, die hier lebten, beließ man am besten in Finsternis, Nacht und Schatten: Fledermäuse mit ledrigen Flughäuten, Schlangen und gepanzerte Jäger, die sich von Ungeziefer nährten, das in stinkenden Tümpeln und schlammigen Sümpfen hauste; Katzenwesen, die flink und wendig auf lautlosen Pfoten durch das Gewirr der Bäume huschten. Ein- oder zweimal kreuzten ihre Schatten den Pfad, und Wil und Amberle verhielten ängstlich ihren Schritt. Doch so rasch wie sie aufgetaucht waren, verschwanden die Schatten wieder, verloren sich in der Schwärze des Dickichts, während die beiden Menschenkinder noch eine Weile mißtrauisch auf dem Pfad stehenblieben und dann weitereilten.

Einmal, als sie tief in den Dämmerschatten des Waldes eingedrungen waren, hörten sie das Rumoren irgendeines großen, massigen Wesens, das sich einen Weg zwischen den Bäumen bahnte und sogar die Äste so leicht knickte, als wären es dünne Zweiglein. Laut stieß sein schnaubender Atem durch die Stille. Es schien Wil und Amberle nicht zu sehen, während es da unsichtbar durch die Finsternis stampfte, vielleicht aber waren ihm die beiden kleinen Geschöpfe, die da zitternd auf dem Pfad standen, auch einfach nicht der Beachtung wert. Bedächtig schlurfte es davon. In der nachfolgenden Stille flohen Wil und Amberle wie von Furien gehetzt.

Nur wenigen Reisenden begegneten sie auf dem Weg durch den Wald. Alle außer einem waren sie zu Fuß unterwegs, und dieser eine hockte auf einer Schindermähre, die so mager und ausgezehrt war, daß sie eher wie eine Vision als wie ein Wesen aus Fleisch und Blut wirkte. In Umhänge und Kapuzen vermummt, schlichen die Reisenden einzeln oder in Paaren an ihnen vorüber, ohne ihnen einen Gruß zu bieten. Doch im Schutz ihrer Kapuzen wandten sie die Köpfe und blickten den beiden Eindringlingen mit dem kalten Interesse raubgieriger Katzen nach, als wollten sie den Zweck ihres Hierseins ergründen. Ein eiskaltes Gefühl der Angst beschlich die beiden unter diesen Blicken, und mehrmals sahen sie den vermummten Gestalten lange und furchtsam nach.

Die Sonne wollte schon untergehen, als sie endlich aus der Dunkelheit der Wildnis traten und vor sich den Ort Grimpen Ward erblickten, ein unfreundliches Dorf aus heruntergekommenen alten Holzhäusern, die so eng aneinandergepfercht lagen, daß man kaum das eine vom anderen unterscheiden konnte. Schäbig waren sie, diese Läden und Buden, diese Gasthäuser und Spelunken. Der grelle Anstrich ihrer Wände war verblichen und blätterte an vielen Stellen ab. Viele der ungepflegten Häuser waren vergittert und verriegelt, ihre Fenster durch Läden gesichert. Schlecht beschriftete Schilder mit Warenangeboten hingen an windschiefen Pfosten und über dunklen Türen. Durch Fenster und Türritzen fiel der flackernde Schein von Öllampen in die sich vertiefenden Schatten des Abends.

Die Bürger von Grimpen Ward saßen in den Gasthäusern und Schenken an rohgezimmerten Tischen und Theken vor Wein und Bier. Ihre Stimmen gröhlten laut und grob, ihr Gelächter schrill. Männer und Frauen aller Rassen mit harten Augen und kaltem Blick wanderten durch die Gassen, manche grell und bunt gekleidet, andere in Lumpen, manche frech und dreist im blendenden Schein des Lampenlichts, andere verstohlen im Schatten der Häuser. Viele bewegten sich schwankend und torkelnd, von Alkoholdünsten umgeben. Münzen klingelten und wechselten rasch den Besitzer, oft verstohlen oder unter Gewaltanwendung. Hier kauerte zusammengekrümmt eine schlaffe Gestalt in einer Türnische und schlief ihren Rausch aus, ohne schon zu ahnen, daß man Geld und Kleider gestohlen hatte. Dort lag einer verkrümmt in einem dunklen Durchgang, und das Lebensblut sickerte ihm aus einer Wunde am Hals. Überall strichen räudige, ausgehungerte Hunde umher, huschten gespenstisch durch die Schatten wie Geister.

Diebe und Halsabschneider, Huren und Schwindler, Händler, die Leben und Tod und falsches Vergnügen verkauften, der Abschaum des Gesindels. Wil Ohmsford spürte, wie sich ihm die Haare im Nacken sträubten. Perks Großvater hatte recht gehabt mit seiner Warnung vor Grimpen Ward.

Amberles Hand fest in der seinen, folgte er den ausgefahrenen Furchen der Straße, die sich zwischen den häßlichen Häusern hindurchzog. Was sollten sie jetzt tun? In den Wald zurück konnten sie nicht – nicht jetzt, da bald die Nacht hereinbrach. Er fürchtete sich davor, in Grimpen Ward zu bleiben, doch hatten sie überhaupt eine Wahl? Sie waren beide müde und hungrig, es war Tage her, seit sie das letzte Mal in einem Bett geschlafen oder eine heiße Mahlzeit zu sich genommen hatten. Die Chancen allerdings, daß sie eines dieser beiden Dinge ausgerechnet hier bekommen würden, schienen gering. Sie hatten beide kein Geld, um etwas zu kaufen, sie hatten nichts, was sie gegen Unterkunft und Verpflegung eintauschen konnten. Sie hatten alles auf ihrer Flucht aus dem Pykon verloren. Wil hatte geglaubt, daß sich im Ort jemand finden würde, bei dem sie sich mit Arbeit eine Mahlzeit und ein Bett verdienen könnten; aber was er hier rundum sah, ließ ihn vermuten, daß es so jemanden in diesem Ort gar nicht gab.

Ein betrunkener Gnom torkelte gegen ihn und hielt sich an seinem Umhang fest. Wil gab ihm einen hastigen Stoß. Der Gnom solperte und fiel auf die Straße, wo er mit dümmlichem Lachen liegenblieb. Wil starrte einen Moment auf ihn hinunter, dann faßte er Amberle am Arm und eilte weiter.

Es stellten sich auch noch andere Probleme. Wenn sie Grimpen Ward wieder verließen, wie sollten sie sich dann weiter zurechtfinden? Wie sollte es ihnen gelingen, sich in der Wildnis da draußen nicht zu verirren? Sie brauchten unbedingt jemanden, der sie führen konnte, gab es aber in Grimpen Ward jemanden, dem sie vertrauen konnten? Wenn sie gezwungen sein sollten, weiterzumarschieren, ohne eine Ahnung zu haben, wohin ihr Weg führte, dann würde Wil die Elfensteine gebrauchen müssen – oder zumindest versuchen müssen sie zu gebrauchen –, noch bevor sie die unterirdischen Gänge von Sichermal und das Blutfeuer gefunden hatten, lange bevor sie nach Arborlon zurückkehren konnten. Und wenn er das tat, würde er den Dämonen verraten, wo sie sich befanden. Doch wenn sie keinen Führer hatten, und er die Steine nicht gebrauchte, dann hatten sie überhaupt keine Chance, Sichermahl zu finden – und wenn sie ein ganzes Jahr Zeit gehabt hätten.

Ratlos blieb Wil stehen und starrte unsicher auf die erleuchteten Fenster der Häuser. Es war eine beinahe aussichtslose Situation, und er wußte nicht, wie er sie meistern sollte.

»Wil.« Amberle zupfte ihn ängstlich am Ärmel. »Komm weg hier von dieser Straße.«

Wil warf ihr einen flüchtigen Blick zu und nickte. Immer alles schön der Reihe nach, dachte er. Zunächst mußten sie eine Unterkunft für die Nacht finden; und sie brauchten etwas zu essen. Alles übrige konnten sie später bedenken.

Hand in Hand mit Amberle lief er weiter und musterte die Gasthäuser zu beiden Seiten der Straße. Nach etwa fünfzig Schritten gewahrte er eine kleine zweistöckige Herberge, die, etwas zurückgesetzt von anderen Gebäuden, im Schatten einiger Fichten stand. In den Fenstern des Erdgeschosses flackerte Licht, während das obere Geschoß im Dunkeln lag. Hier waren die Stimmen nicht so trunken laut, das Gelächter nicht so schrill, die Zahl der Gäste war klein.

Wil eilte durch den Hof vor dem Gasthaus und spähte durch das verschmierte Glas eines der Fenster in den Gastraum. Alles schien ruhig. Er blickte auf. Auf dem Schild am Torpfosten stand, daß dies das Gasthaus zum Mond war. Er zögerte noch einen Augenblick, dann faßte er seinen Entschluß. Aufmunternd nickte er Amberle zu, deren Miene tiefe Zweifel verriet, und führte sie durch das Tor. Die Tür des Gasthauses stand offen, um die milde Luft der Sommernacht in den Schankraum einzulassen.

»Zieh dir die Kapuze tief ins Gesicht«, flüsterte Wil plötzlich, und als sie ihn verständnislos anstarrte, tat er es für sie. Mit einem Lächeln, das von seiner eigenen Unsicherheit nichts verriet, nahm er dann ihre Hand und trat in das Gasthaus.

Der Gastraum war nicht sonderlich groß, und die Luft war schwer vom Rauch der Öllampen und Tabakspfeifen. Vorn war eine kurze Theke, an der sich eine Gruppe grober Männer und Frauen drängte. Im Hintergrund des Raums standen mehrere Tische, nicht alle besetzt. Türen führten aus diesem Raum zu anderen Teilen des Hauses, und eine Treppe schwang sich auf der linken Seite nach oben und mündete in Finsternis. Die Bodendielen waren rissig und abgetreten, und in den Ecken hingen Spinnweben von der Decke. Neben der Haupttür nagte ein alter Jagdhund zufrieden an einem Knochen.

Wil führte Amberle zu einem kleinen Tisch, auf dem eine dicke Kerze stand, und sie setzten sich. Ein paar Köpfe drehten sich, als sie vorübergingen, doch die Neugierigen verloren rasch das Interesse.

»Was tun wir hier?« fragte Amberle bang.

Wil schüttelte den Kopf. »Nur Geduld.«

Wenig später näherte sich eine wenig freundlich aussehende Frau ungewissen Alters schlürfend ihrem Tisch. Über einem Arm trug sie ein schmuddeliges Geschirrtuch. Als sie näher kam, bemerkte Wil, daß sie stark hinkte. Er glaubte die Ursache dieses Hinkens zu erkennen, und der Keim einer Idee regte sich in seinem Hirn.

»Etwas zu trinken?« fragte die Frau.

Wil lächelte freundlich. »Zwei Gläser Bier.«

Die Frau humpelte ohne Kommentar davon. Wil blickte ihr nach.

»Ich mag gar kein Bier«, protestierte Amberle. »Was soll das alles?«

»Ich gebe mich umgänglich. Ist dir aufgefallen, daß diese Frau hinkt?«

Amberle starrte ihn entgeistert an.

»Was soll das denn nun wieder heißen?«

Wil lächelte. »Du wirst schon sehen.«

Eine Weile saßen sie schweigend am Tisch, dann brachte die Frau die Krüge mit dem Bier. Sie stellte sie auf den Tisch und trat einen Schritt zurück, wobei sie sich mit ihrer fleischigen Hand über das zerzauste, von Grau gesträhnte Haar fuhr.

»Ist das alles?«

»Habt Ihr vielleicht etwas zu essen übrig?« erkundigte sich Wil und trank einen Schluck von seinem Bier.

Amberle rührte ihr Glas gar nicht an.

»Eintopf, Brot, Käse, vielleicht auch Kuchen – er ist ganz frisch aus dem Ofen.«

»Hm. Ein heißer Tag zum Backen.«

»Das kann man sagen. Und vergebene Liebesmüh ist es dazu. Keiner will was davon.«

Wil schüttelte teilnahmsvoll den Kopf.

»Das ist aber schade.«

»Die meisten trinken lieber«, meinte die beleibte Frau mit

einem spöttischen Lachen. »Würd' ich wahrscheinlich auch lieber tun, wenn ich die Zeit hätte.«

Wil grinste. »Ja, kann schon sein. Führt Ihr das Gasthaus ganz allein?«

»Mit meinen Söhnen zusammen.« Sie wurde etwas freundlicher und verschränkte die Arme auf ihrer Brust. »Der Mann ist mir auf und davon. Die Jungs helfen mir, wenn sie nicht grade trinken oder spielen – was selten ist. Ich würd's allein leicht schaffen, wenn das verflixte Bein nicht wär. Die Schmerzen, die hören überhaupt nicht auf.«

»Habt Ihr es schon einmal mit Wärme versucht?«

»Gewiß. Ein bißchen hilft das schon.«

»Kräutersalben?«

Sie spie aus. »Taugen nichts.«

»Ja, das ist ein schwieriges Problem. Wie lange geht das denn schon?«

»Ach, Jahre. Ich zähl' schon gar nicht mehr. Vom Grübeln wird's auch nicht besser.«

»Hm.« Wil machte ein nachdenkliches Gesicht. »Das Essen klingt verlockend. Ich denke, wir werden den Eintopf mal versuchen.«

Die Wirtin des Gasthauses zum Mond nickte und humpelte wieder davon. Hastig beugte Amberle sich vor.

»Wie willst du das alles bezahlen? Wir haben doch gar kein Geld.«

»Das weiß ich«, entgegnete Wil. »Aber ich glaube, wir werden gar keins brauchen.«

Amberle machte ein Gesicht, als wolle sie ihm eine Ohrfeige geben.

»Du hast mir versprochen, daß du das nicht wieder tust. Du hast versprochen, daß du erst mit mir redest, wenn du was vor hast – weißt du noch? Das letzte Mal, als du so geheimnisvoll getan hast, bei den Fahrensleuten, hätte es uns beinahe das Leben gekostet. Und diese Leute hier sehen nicht ungefährlicher aus als die Fahrensleute.«

»Ich weiß, ich weiß, aber es ist mir eben erst eingefallen. Wir müssen was zu essen haben, und ein Bett brauchen wir auch, und das hier scheint mir unsere beste Chance zu sein.«

Amberles Gesicht im Schatten der Kapuze verzog sich ängstlich.

»Mir ist dieses Gasthaus nicht geheuer, Wil Ohmsford – das Gasthaus nicht, das Dorf nicht, die Leute nicht. Wir könnten doch auch ohne Nachtlager und ohne Essen auskommen.«

Er schüttelte den Kopf.

»Ja, das könnten wir, aber werden's nicht tun. Pscht – sie kommt wieder.«

Die Frau war mit ihrem Nachtmahl zurückgekommen. Sie stellte die dampfenden Teller vor ihnen auf den Tisch und wollte gerade wieder gehen, als Wil sie ansprach.

»Bleibt einen Augenblick«, bat er. Die Wirtin wandte sich um. »Ich hab' mir das mit Eurem Bein durch den Kopf gehen lassen. Vielleicht kann ich Euch helfen.«

Argwöhnisch sah sie ihn an.

»Was meint Ihr damit?«

Er zuckte die Schultern.

»Nun, ich glaube, ich kann den Schmerz lindern.«

Der Ausdruck des Argwohns vertiefte sich.

»Und warum wollt Ihr das für mich tun?«

Wil lächelte. »Geschäft. Geld.«

»Ich hab' nicht viel Geld.«

»Wie wär's dann mit einem Tausch? Gegen das Nachtmahl, das Bier und ein Nachtlager nehme ich Euch den Schmerz. Einverstanden?«

»Einverstanden.« Schwerfällig ließ sie sich auf den Stuhl neben ihm fallen. »Aber wie schafft Ihr das überhaupt?«

»Bringt mir eine Tasse heißen Tee heraus und ein sauberes Tuch, dann werden wir schon sehen.«

Augenblicklich sprang die Frau auf und schlürfte humpelnd in die Küche. Mit einem schwachen Lächeln sah Wil ihr nach. Amberle schüttelte den Kopf.

»Ich hoffe nur, du weißt, was du tust.«

»Ja, das hoffe ich auch. Jetzt iß schon, für den Fall, daß ich es doch nicht weiß.«

Als die Frau mit dem Tee und dem Tuch zurückkam, hatten

sie ihr Nachtmahl fast verzehrt. Wil blickte an ihr vorbei zu den Gästen an der Theke. Schon drehten sich einige Köpfe nach ihnen um. Keinesfalls, dachte er, wollte er noch mehr Aufmerksamkeit auf sich ziehen. Er blickte zu der Frau auf und lächelte.

»Das sollten wir aber nicht hier in aller Öffentlichkeit bewerkstelligen. Können wir uns irgendwo zurückziehen?«

Mit einem gleichgültigen Achselzucken führte die Frau Wil und Amberle durch eine der Türen in einen kleinen Raum, in dem nur ein Tisch mit sechs Stühlen stand. Sie entzündete die Kerze auf dem Tisch und schloß die Tür. Die drei setzten sich.

»Was geschieht jetzt?« fragte die Frau.

Wil nahm aus einem Beutel, der an seinem Gürtel hing, ein dürres Blatt und zerkrümelte es zu Staub, den er in den Tee fallen ließ. Nachdem er gründlich umgerührt hatte, reichte er die Tasse der Frau.

»Trinkt das. Es wird Euch ein wenig schläfrig machen, aber nicht mehr.«

Die Frau blickte einen Moment lang in das dunkle Gebräu, dann trank sie es. Als die Tasse leer war, nahm Wil sie ihr ab und ließ ein anderes Blatt hineinfallen und goß etwas Bier aus seinem Glas darüber. Dieses Gemisch rührte er gemächlich um, bis das Blatt sich völlig aufgelöst hatte. Amberle, die ihm am Tisch gegenübersaß, schüttelte den Kopf.

»Legt Euer Bein da auf den Hocker«, befahl Wil, und die Frau gehorchte. »Jetzt zieht den Rock hoch.«

Die Wirtin warf ihm einen fragenden Blick zu, als hätte sie Zweifel an seinen Absichten, dann lupfte sie ihren Rock bis zum Oberschenkel. Das Bein war voller Knoten und mit dunklen Flecken bedeckt. Wil tauchte das Tuch in die Flüssigkeit in der Tasse und rieb das Bein damit ab.

»Das prickelt ein bißchen.« Die Frau kicherte.

Wil lächelte ermutigend. Als die Tasse wiederum leer war, griff er nochmals in den Beutel und zog eine lange silberne Nadel mit abgerundetem Kopf hervor. Erschreckt beugte die Frau sich vor.

»Ihr werdet mir das Ding doch nicht ins Fleisch stechen?«

Wil nickte ungerührt.

»Doch, Ihr werdet gar nichts spüren, es tut nicht weh.« Langsam schob er die Nadel durch die Flamme der Kerze, die in der Mitte ihres Tisches brannte. »Haltet Euch jetzt ganz still«, befahl er.

Sehr behutsam senkte er die Nadel oberhalb des Kniegelenkes in das Bein der Frau, bis nur noch der abgerundete Kopf sichtbar war. Er ließ sie eine Zeitlang stecken, dann zog er sie wieder heraus. Die Frau verzog das Gesicht, schloß die Augen und öffnete sie dann wieder. Sie lehnte sich zurück.

»Fertig«, verkündete er und hoffte, daß die Behandlung gewirkt hatte. »Steht auf und geht ein bißchen herum.«

Die Frau starrte ihn verdutzt an, dann schob sie entrüstet ihren Rock runter und stand auf. Vorsichtig trat sie ein paar Schritte vom Tisch weg und verlagerte probeweise ihr Gewicht auf das kranke Bein. Dann wirbelte sie plötzlich mit einem Ruck herum, und ein breites Grinsen ging über ihr grobes Gesicht.

»Er ist weg! Der Schmerz ist weg! Das erste Mal seit Monaten!« Sie lachte aufgeregt. »Ich kann es nicht glauben. Wie habt Ihr das nur gemacht?«

»Zauberei.« Wil grinste zufrieden und wünschte gleich darauf, er hätte das nicht gesagt. Amberle schoß einen ärgerlichen Blick auf ihn ab.

»Zauberei, wie?« Die Frau machte noch ein paar Schritte und schüttelte den Kopf. »Nun, wenn Ihr es sagt. Es fühlt sich wahrlich so an. Überhaupt keine Schmerzen.«

»Nun, Zauberei war es natürlich nicht...« begann Wil, doch die Frau war schon auf dem Weg zur Tür. »Ich fühle mich so glänzend, daß ich jetzt alle Gäste auf ein Glas einlade.« Sie öffnete die Tür und ging hinaus. »Die Gesichter möcht' ich sehen, wenn ich ihnen das erzähle.«

»Nein, wartet –!« rief Wil ihr nach, doch sie hatte die Tür schon hinter sich zugezogen. »Verdammt«, murmelte er und wünschte allzu spät, er hätte ihr das Versprechen abgenommen, nichts über die Behandlung zu erzählen.

Amberle faltete die Hände und sah ihn fragend an.

»Wie hast du es wirklich gemacht?«

Er zuckte die Schultern.

»Ich bin ein Heilkundiger, das weißt du doch. Die Stors haben mich einiges gelehrt.« Mit Verschwörermiene neigte er sich zu ihr hinüber. »Der Haken ist nur, daß die Behandlung nicht von Dauer ist.«

»Nicht von Dauer!« Amberle war entsetzt.

Wil drückte einen Finger auf die Lippen.

»Sie wirkt nur vorübergehend. Morgen früh sind die Schmerzen wieder da. Dann müssen wir also weg sein.«

»Wil, du hast diese Frau betrogen«, rief Amberle empört. »Du hast behauptet, du würdest sie heilen.«

»Nein, so habe ich mich nicht ausgedrückt. Ich habe gesagt, ich könne ihr den Schmerz nehmen. Ich habe nichts darüber gesagt, wie lange. Eine schmerzfreie Nacht für sie und ein Bett und ein Nachtmahl für uns. Ein reelles Geschäft.«

Amberle sah ihn vorwurfsvoll an und erwiderte nichts.

Wil seufzte. »Wenn es dir ein Trost ist, der Schmerz wird nicht mehr so schlimm werden, wie er vorher war. Aber das, woran sie leidet, kann kein Heilkundiger kurieren; es hat mit dem Leben zu tun, das sie führt in ihrem Alter, mit ihrem Gewicht – mit einer Menge anderer Dinge, auf die ich keinen Einfluß habe. Ich habe für sie getan, was ich konnte. Würdest du also bitte vernünftig sein!«

»Kannst du ihr etwas geben, was sie einnehmen kann, wenn der Schmerz wiederkommt?«

Wil beugte sich über den Tisch und nahm ihre Hände.

»Du bist wirklich eine liebevolle kleine Person, weißt du das? Gegen den Schmerz kann ich ihr etwas geben. Aber das lassen wir einfach zurück, wenn wir morgen früh verschwinden.«

Plötzliches Getöse im anderen Raum veranlaßte ihn aufzuspringen. Er eilte zur Tür und zog sie einen Spalt auf. Vorher war das Gasthaus beinahe leer gewesen. Jetzt drängten sich die Leute von der Straße herein, angelockt von dem Versprechen auf Freibier und den marktschreierischen Reden der Wirtin, die triumphierend ihre neugefundene Kur pries.

»Zeit, daß wir verschwinden«, murmelte Wil und führte Amberle eilig aus dem Zimmer.

Sie waren erst ein paar Schritte gegangen, als die Frau schrill hinter ihnen herrief und ihnen nacheilte, um sie aufzuhalten. Die Köpfe flogen herum, einige der Leute wiesen mit den Fingern auf Wil. Dem war das gar nicht angenehm.

»Ein Glas Bier für euch beide?« fragte die Frau.

Sie schlug Wil mit der Hand auf die Schulter, daß er beinahe in die Knie gegangen wäre. Er brachte ein schwaches Lächeln zustande.

»Ich glaube, wir schlafen jetzt besser. Wir haben eine lange Reise hinter uns und sind wirklich müde.«

Die Frau lachte geringschätzig.

»Bleibt auf und feiert mit mir. Ihr braucht nicht zu bezahlen. Ihr könnt trinken, soviel Ihr wollt.«

Wil schüttelte den Kopf. »Ich glaube, es ist besser, wenn wir uns schlafen legen.«

»Schlafen? Bei dem Krach?« Die Frau zuckte die Schultern. »Nehmt das Zimmer gleich oben an der Treppe rechts. Liegt nach hinten raus. Vielleicht ist's da ein bißchen ruhiger für Euch.« Sie hielt einen Moment inne. »Jetzt sind wir quitt, oder? Ich schulde Euch nichts mehr?«

»Nein, nichts mehr«, versicherte ihr Wil, der es eilig hatte, wegzukommen.

Die Wirtin grinste breit.

»Na, Ihr habt Euch billig verkauft! Für das, was Ihr getan habt, hätte ich Euch zehnmal soviel gegeben, wie Ihr verlangt habt. Ha, schon zwei Stunden ohne Schmerz sind das Bier und das Nachtmahl und das Bett wert! Wenn man's hier im Land zu was bringen will, muß man schon schlau sein. Nehmt Euch den Rat zu Herzen, kleiner Elf. Er kostet nichts.«

Sie lachte dröhnend und kehrte an die Theke zurück. Schluß jetzt mit dem Freibier, bei so viel Gästen ließ sich eine Menge Geld machen.

Wil nahm Amberle beim Arm und führte sie die Treppe hinauf. Die Blicke der Gäste folgten ihnen.

»Und du dachtest, sie könnte sich von uns übers Ohr gehauen fühlen«, murmelte Wil, als sie den oberen Flur erreichten.

Amberle lächelte und sagte nichts.

Sie hatten mehrere Stunden geschlafen, als sie die Geräusche an der Tür des Zimmers hörten. Wil erwachte zuerst. Mit einem Ruck setzte er sich im Bett auf und blinzelte durch die tiefe Schwärze der Nacht. Von draußen konnte er Rumoren hören – das Scharren von Füßen, das Flüstern gesenkter Stimmen, erregte Atemzüge. Das sind keine Dämonen, sagte er sich rasch, doch die Angst, die sich seiner bemächtigt hatte, wollte sich nicht legen. Die Türklinke klirrte unter den Händen, die versuchten, die Zimmertür zu öffnen.

Jetzt erwachte auch Amberle. Ihr Gesicht im Schatten des langen kastanienbraunen Haares war bleich. Wil legte warnend einen Finger auf die Lippen.

»Warte hier.«

Lautlos glitt er aus dem Bett und schlich zur Tür. Die Klinke klapperte noch immer, doch Wil hatte den Riegel darüber vorgeschoben, so daß die Tür gesichert war. Er drückte sein Ohr an das Holz der Türfüllung und lauschte. Die Stimmen draußen waren leise und gedämpft.

»... vorsichtig, du Narr ... nur anzuheben ...«

»Ich heb's ja an! Geh aus dem Licht!«

»... Zeitverschwendung; Einbrechen geht schneller ... Wir sind genug Leute.«

»... nicht, wenn er mit Zauberei arbeitet.«

»Für das Gold lohnt sich das Risiko ... brich sie auf!«

Die Stimmen stritten weiter, schleppend und undeutlich vom Bier, unterbrochen von Ächzlauten und keuchendem Atem. Da draußen, sagte sich Wil, war mindestens ein halbes Dutzend Männer – Diebe und Räuber wahrscheinlich, zweifellos angelockt von der Geschichte der wunderbaren Heilung der Wirtin, die vermutlich von den Klatschmäulern gewaltig ausgeschmückt worden war. Eilig wich er zurück und tastete im Dunkeln nach dem Bett. Amberles Hand faßte seinen Arm.

»Wir müssen hier verschwinden«, flüsterte er.

Stumm schwang sie sich aus dem Bett. Sie hatten in ihren Kleidern geschlafen und brauchten nur ihre Umhänge überzuziehen und in ihre Stiefel zu schlüpfen. Wil eilte zum Fenster und stieß es auf. Unmittelbar darunter war das schräge Dach einer Veranda. Von seinem Rand bis zum Boden war es sicher ein Dutzend Fuß. Wil lief zurück und holte Amberle zum Fenster.

»Hinaus mit dir«, flüsterte er und nahm ihren Arm.

In demselben Augenblick fluchte jemand laut auf dem Gang, dann prallte ein schwerer Körper krachend gegen die Tür. Holz splitterte, Metall klirrte. Die Diebe hatten die Geduld verloren. Wil stieß das Elfenmädchen beinahe durch das offene Fenster, während er einen Blick zurückwarf, um zu sehen, ob die Eindringlinge schon im Zimmer waren, doch die Tür hielt noch. Dann aber erfolgte ein neuer Ansturm. Diesmal sprang der Riegel aus seiner Verankerung. Ein Knäuel vermummter Gestalten drängte sich fluchend und gröhlend ins Zimmer.

Wil wartete nicht ab, was weiter geschehen würde. Schleunigst schwang er sich aus dem Fenster und sprang vom Verandadach hinunter auf den Erdboden.

»Spring!« rief er Amberle zu, die am Dachrand kauerte und wartete.

Das Elfenmädchen ließ sich über den Rand des Daches gleiten und zur Erde hinunterfallen. Gleich darauf war Wil neben ihr. Oben sahen sie die Räuber, die sich mit wütendem Geschrei aus dem Fenster beugten. Wil zog Amberle in den Schatten des Hauses und sah sich hastig um.

»Wohin jetzt?« murmelte er plötzlich verwirrt.

Schweigend nahm Amberle seine Hand und rannte, ihn mit sich ziehend, bis zum Ende der Mauer. Von dort hetzten sie zum Nachbargebäude des Wirtshauses hinüber. Der Lärm ihrer Verfolger wurde lauter, und man hörte das Donnern gestiefelter Füße auf dem Verandadach. Wil und Amberle rannten keuchend durch die Dunkelheit der Häuser, huschten durch schmale Durchgänge, durch Gassen, an dunklen Mauern entlang, bis sie schließlich wieder auf die Hauptstraße gelangten.

Immer noch hallten die wütenden Schreie hinter ihnen her. Ganz Grimpen Ward schien plötzlich zu erwachen. Lichter flammten allenthalben in den Häusern auf, ärgerliche Stimmen wurden laut. Amberle wollte zur Straße hinauslaufen, doch Wil zog sie hastig zurück. Keine zweihundert Fuß entfernt, vor dem Gasthaus zum Mond, schwärmten mehrere vermummte Gestalten aus, um sorgfältig die Schatten rundum abzusuchen.

»Wir müssen wieder zurück«, flüsterte Wil.

Sie kehrten um, folgten der Mauer des Gebäudes bis an ihr Ende. Dort standen dicht zusammengedrängt mehrere Schuppen und Stallungen vor der dunklen Kulisse des Waldes. Wil zögerte. Wenn sie es wagten, in den Wald zu fliehen, würden sie sich wahrscheinlich hoffnungslos verirren. Sie mußten irgendwo im Schatten der Häuser versuchen zum anderen Ende der Hauptstraße zu gelangen, dort, wo sie sich in südlicher Richtung aus Grimpen Ward hinauszog. Wenn sie den Ort einmal hinter sich gelassen hatten, würde man sie wahrscheinlich nicht weiter verfolgen.

Vorsichtig schlichen sie sich hinter dem Gebäude durch die Dunkelheit. Immer wieder versperrten ihnen Mauern und Zäune den Weg. Doch das Geschrei der Verfolger hatte sich jetzt gelegt, und die Häuser hier in der Gegend waren noch dunkel. Ein paar Minuten noch, dann hatten sie es vielleicht geschafft.

Sie bogen in eine schmale Gasse ein, die hinter einer Getreidehandlung zwischen einer Reihe von Ställen hindurchführte. Pferde wieherten leise, als sie ihre Witterung aufnahmen, und stampften ungeduldig in ihren Boxen. Eine kleine Koppel wartete am Ende der Stallgebäude.

Mit Amberle an seiner Seite huschte Wil am Zaun der Koppel entlang. Sie waren noch nicht weit gekommen, als hinter ihnen ein lauter Schrei ertönte. Aus den Schatten der Getreidehandlung tauchte eine dunkle Gestalt auf, die wie wild mit den Armen wedelte, während sie mit lauter Stimme Alarm schlug. Nun wurden auch in den anderen Häusern Stimmen laut. Erschreckt über ihre Entdeckung, prallten Amberle und Wil aneinander, als sie hastig fliehen wollten, verloren das Gleichgewicht und stürzten.

Augenblicklich fielen ihre Verfolger über sie her. Ein Hagel wütender Faustschläge traf Wil, als sich ein drahtiger Bursche, der ekelhaft nach Bier roch, auf ihn stürzte. Amberle gelang es, rasch davonzukriechen. Wils Hände packten den Umhang seines Angreifers; mit einem plötzlichen Stoß schleuderte Wil den Mann seitlich auf die Pferdekoppel. Dumpf schlug der Kopf des Mannes gegen die Bretterwand des Zauns, dann rührte sich nichts mehr.

Wil sprang eilig auf. In den Räumen über der Getreidehandlung flammte Licht auf. Ebenso in den umliegenden Häusern. In der Dunkelheit hinter ihnen flackerten Fackeln durch die Nacht. Laute, wütende Stimmen drangen jetzt von überall her. Wil nahm Amberle bei der Hand, und zusammen rannten sie am Koppelzaun entlang bis zu den Stallungen. Durch eine schmale Gasse, die zwischen zwei verbretterten Gebäuden hindurchführte, versuchten sie, zur Hauptstraße zurückzugelangen. Diese Gasse war finster, und beide liefen sie wie blind, Wil voraus. Vorn kam jetzt die Hauptstraße in Sicht.

»Wil!« rief Amberle warnend.

Zu spät. Die Augen des Talbewohners waren nicht so scharf wie die des Elfenmädchens. Blind stolperte er über einen Haufen loser Bretter, die mitten in der Gasse lagen. Er schwankte, stürzte, flog krachend gegen die Hauswand. Wilder Schmerz durchzuckte seinen Kopf; einen Moment lang verlor er das Bewußtsein. Dann stand er irgendwie schon wieder auf den Füßen und torkelte benommen vorwärts, während Amberles Stimme dumpf in seinen Ohren schallte. Er griff sich an die Stirn, und als er die Hand wieder senkte, sah er, daß sie voller Blut war.

Plötzlich war Amberle wieder an seiner Seite, und ihre Arme umschlossen ihn fest um die Hüfte. Seine Knie schlotterten, und er mußte sich auf sie stützen, während er sich zwang vorwärts zu taumeln, dem fernen Licht der Straße entgegen. Er spürte, daß er gleich wieder bewußtlos werden würde, und kämpfte dagegen an. Er mußte in Bewegung bleiben; er mußte wach bleiben. Amberle redete auf ihn ein. Ihre Stimme war drängend, aber er konnte die Worte nicht verstehen. Er kam sich vor wie ein Narr. Wie hatte ihm etwas so Dummes ausgerechnet jetzt passieren können?

Torkelnd erreichten sie das Ende der Gasse und glitten in den

Schatten einer Veranda. Amberle keuchte unter der Anstrengung, Wil auf den Beinen zu halten. Blut rann Wil in die Augen, so daß er bald überhaupt nichts mehr sah, und er brummte zornig vor sich hin.

Plötzlich hörte er, wie Amberle überrascht nach Luft schnappte. Durch die Schleier, die seine Augen verdunkelten, sah er ein Gewirr von Schatten aus der Dunkelheit auftauchen. Leise Stimmen waren zu vernehmen, ein warnendes Zischen. Dann war Amberle plötzlich fort, und er spürte, wie er hochgehoben wurde. Kräftige Hände trugen ihn rasch durch die Dunkelheit. Farbige Spiralen wirbelten vor seinen umwölkten Augen und mischten sich mit tanzendem Fackelschein. Wieder wurde er hochgehoben, durch eine schmale Öffnung geschoben wie in ein Zelt. Eine Öllampe flackerte neben ihm. Er hörte flüsternde Stimmen und spürte ein feuchtes Tuch auf seinem erhitzten Gesicht. Flinke Hände hüllten ihn in Decken ein und schoben ihm ein Kissen unter den Kopf.

Langsam schlug er die Augen auf. Er lag in einem bunten Wagen, dessen Wände mit gestickten Teppichen, Perlenschnüren und leuchtenden Seidenvorhängen geschmückt waren. Entgeistert riß er die Augen auf. Er kannte diesen Wagen.

Dann beugte sich ein dunkelhäutiges, sinnliches Gesicht über ihn, das von dichten schwarzen Locken umrahmt war. Das Lächeln, das ihn begrüßte, strahlte blendend.

»Ich habe dir vorausgesagt, daß wir einander wieder begegnen würden, Wil Ohmsford.«

Es war Eretria.

Fünf Tage lang lieferten sich das Heer der Elfen und die Freitruppe der Grenzlegion immer wieder erbitterte Kämpfe mit den Dämonen, während sie quer durch das Westland nach Arborlon zurückwichen. Durch das weite Sarandanon-Tal, durch dichte, verwilderte Wälder, durch Waldschneisen und ausgefahrene Ziehwege wichen sie langsam zurück, immer weiter nach Osten, auf Schritt und Tritt verfolgt von den Dämonen-Horden. Sie marschierten bei Tag und Nacht ohne Rast, häufig ohne sich eine Mahlzeit zu gönnen, denn die Ungeheuer, die sie verfolgten, schienen weder Schlaf noch Nahrung zu entbehren. Unbelastet von menschlichen Bedürfnissen, nicht eingeschränkt von menschlichen Grenzen, jagten die Dämonen ihnen erbarmungslos nach, getrieben von zielgerichteter Raserei. Wie Hunde auf der Jagd hetzten sie das zurückflutende Heer, traktierten es immer wieder mit Störangriffen an den Flügeln, fielen hin und wieder in wütender Attacke darüber her, bemühten sich, es von seinem Kurs abzubringen, es kampfunfähig zu schlagen und zu vernichten. Beinahe unablässig folgten die Angriffe aufeinander, und die Elfen und ihre Verbündeten, die vom Kampf am Baen Draw schon ermattet waren, fielen schnell der Erschöpfung anheim. Und mit der Erschöpfung kamen Verzweiflung und Furcht.

Auch Andor Elessedil wurde ein Opfer dieser Furcht. Bei ihm fing es mit dem Gefühl seines Versagens an. Die Toten, die Niederlagen der letzten Tage, die Gedanken an das, was die Elfen hatten erreichen wollen und was sie nicht erreicht hatten, quälten ihn. Doch selbst das war nicht das schlimmste Unheil. Denn während sein geschlagenes Heer nach Osten marschierte und rund um ihn herum seine Landsleute starben, wurde Andor langsam klar, daß vielleicht keiner von ihnen diesen langen Rückmarsch überleben würde – daß sie womöglich alle sterben würden. Und aus dieser schrecklichen Erkenntnis wurde die Furcht geboren, die ihm zum ständigen Peiniger wurde – gesichtslos, hinterhältig, immer im Schatten seiner Entschlossenheit lauernd. Führer der Elfen, fragte sie verschlagen, was willst du tun, um deine Landsleute zu retten? Bist du so hilflos? So viele sind gefallen – doch was ist, wenn auch alle jene, die noch geblieben sind, fallen werden? Diese Stimme der Angst quälte und folterte ihn und drohte, den letzten Funken Entschlossenheit durch völlige Verzweiflung zu ersticken. Selbst Allanons Anwesenheit half ihm nicht, denn der schwarzgewandete Druide blieb unzugänglich und verschlossen, während er an

Andors Seite ritt, verborgen hinter den Mauern seiner eigenen Welt dunkler Geheimnisse. Andor also kämpfte allein gegen seine Furcht und richtete seine ganze Kraft darauf, sie zu besiegen, während er niedergeschlagen und verbittert seine Soldaten nach Arborlon zurückführte.

Stee Jans war es schließlich, der sie alle rettete. In dieser finstersten Zeit scheinbar unvermeidlicher Niederlage und drohender Verzweiflung zeigte der hünenhafte Grenzländer die Hartnäckigkeit, die Unnachgiebigkeit und den Mut, die den Grundstein zur Legende vom Eisenmann gelegt hatten. Nachdem er eine Nachhut von Elfen und Freikämpfern um sich gesammelt hatte, schickte er sich an, die Hauptkolonne seines Heeres zu verteidigen, das im Schutz der Nacht seine Toten und Verwundeten ostwärts trug. In einer Folge von Ausfallattacken und Scheinangriffen brachte der Befehlshaber der Freitruppe die Verfolger durcheinander, indem er sie immer wieder auf sich zog, erst in der einen Richtung davonjagte, dann in der anderen; kurz, er wandte die gleiche Taktik an, die sich am Baen Draw als so erfolgreich erwiesen hatte. Immer wieder jagten die Dämonen ihm hinterher, erst durch das Sarandanon-Tal, dann in die jenseits liegenden Wälder. Immer wieder versuchten sie, die wendigen grauen Reiter und die flinken Elfenpferde einzufangen, und kamen doch immer einen Augenblick zu spät, um dann nur noch eine leere Ebene, einen verlassenen Engpaß, eine Mulde, die dunkel war von Schatten, einen verwilderten Pfad vorzufinden, der sich im Nichts verlor. Mit einer Geschicklichkeit ohnegleichen, welche die Dämonen verblüffte und in Rage brachte, spielten Stee Jans und seine Reiter ein tödliches Katz-und Maus-Spiel, schienen überall zugleich zu sein, nur nicht dort, wo das Gros des Heeres in Richtung auf Arborlon marschierte.

Die ohnmächtige Wut der Dämonen steigerte sich maßlos; in blindwütiger Besessenheit jagten sie ihren Feinden nach. Dies waren andere Dämonen als die biegsamen schwarzen Geschöpfe, die aus dem Hügelland nördlich des Baen Draw herausgestürmt waren, das Sarandanon zu nehmen. Diese Dämonen, die oberhalb des Kensrowe-Gebirges nach Osten marschiert waren, waren weit gefährlicher als ihre geringeren Brüder und besaßen Kräfte, denen kein gewöhnlicher Mensch etwas entgegenzusetzen hatte. Einige von ihnen waren von gewaltiger Größe, mit muskulösen Gliedern und einem gepanzerten Leib – Geschöpfe blinder Zerstörung. Andere waren klein und wendig, konnten allein durch eine Berührung töten. Manche waren langsam und schwerfällig, andere so flink wie Quecksilber, wenn sie wie Gespenster durch die Schatten der Wälder glitten. Manche waren vielgliedrige Geschöpfe, andere hatten überhaupt keine Glieder. Manche spieen Feuer wie Drachen der alten Zeit, andere waren menschenfressende Ungeheuer. Wo sie sich zeigten, blieb das Land der Elfen verkohlt und voller Wunden zurück, so verwüstet, daß nichts mehr auf ihm leben konnte. Doch die Elfen selbst entzogen sich ihnen immer gerade um Haaresbreite.

Die Jagd ging weiter. Elfen-Jäger und Freikämpfer fochten Seite an Seite in dem verzweifelten Bemühen, den Vormarsch der Dämonen zu bremsen, und sahen, wie ihre Zahl ständig geringer wurde unter den Angriffen der Verfolger. Hätten sie nicht Stee Jans zum Führer gehabt, sie wären bis auf den letzten Mann vernichtet worden. Selbst unter seiner Führung fielen Hunderte, Opfer des schrecklichen und erbitterten Kampfes, der verhindern sollte, daß der lange Rückzug zur vernichtenden Niederlage wurde. Die Taktik des Befehlshabers der Freitruppe blieb dieselbe. Angesichts der Stärke der Dämonen-Horden durfte sich das Elfenheer diesseits von Arborlon keinesfalls in eine reguläre Schlacht verwickeln lassen. Deshalb beschäftigte die Nachhut die Dämonen immer wieder mit ihren Störmanövern, griff an, jagte davon, machte kehrt zu einem neuen Angriff und wieder einem – und jedesmal fielen einige der Reiter.

Am Nachmittag des fünften Tages schließlich erreichte das völlig erschöpfte Heer die Ufer des Singenden Flusses. Mit heiserem Freudengeschrei aus ausgedörrten Kehlen überquerten die Soldaten den Fluß und kehrten nach Arborlon zurück. Da erst wurde offenkundig, welch hohen Preis die Elfen hatten bezahlen müssen. Ein Drittel der Elfen, die mit dem Heer nach Westen ausgezogen waren, waren tot, Hunderte verwundet.

Von den sechshundert Soldaten der Freitruppe der Grenzlegion war nicht einmal ein Drittel mehr am Leben.

Und immer noch rückten die Dämonen vor.

Abendliches Zwielicht lag über der Stadt Arborlon. Mit dem Ende des Tages hatte sich die Luft stark abgekühlt, und nun schob sich eine dunkle Wolkenbank ostwärts, verschleierte Sterne und Mond und erfüllte die Nacht mit einem Geruch nach Regen. In den Häusern der Stadt, wo Familien und Freunde sich zum Nachtmahl einfanden, flammten die Lichter auf. Auf den Straßen und in den Baumpfaden nahmen Einheiten der Leibgarde ihre nächtliche Patrouille auf, wanderten lautlos durch die abendlichen Schatten. Auf der Höhe des Carolan, auf dem Elfitch und am Ostufer des Singenden Flusses standen die Soldaten des Elfenheeres zum Kampf bereit. Über die Reihen hohler Eisenpfosten hinweg, die mit brennendem Pech gefüllt waren, spähten sie in die Schwärze des Waldes am anderen Ufer. In den Bäumen rührte sich nichts.

Im Saal des Hohen Rates der Elfen stand Andor Elessedil den Ministern des Königs, den Befehlshabern des Heeres und den wenigen Landfremden gegenüber, die eingetroffen waren, um den Elfen in ihrem Kampf gegen die Dämonen Beistand zu leisten. Den silbernen Stab des Ellcrys in der Rechten trat er durch die schwere hölzerne Flügeltür am Ende des Saales. Staub, Schweiß und Blut bedeckten den Elfenprinzen; er hatte sich zwar ein paar kurze Stunden des Schlafes gegönnt, hatte sich aber nicht die Zeit genommen, ein Bad zu nehmen, da er so rasch wie möglich vor den Hohen Rat treten wollte. An seiner Seite gingen Allanon, hochgewachsen und düster dreinblickend, und Stee Jans, die braunen Augen todeskalt.

Die Männer, die sich im Saal eingefunden hatten, standen auf beim Erscheinen des Elfenprinzen. Zischendes Geflüster raunte durch den Saal, schwoll zu Gemurmel an, und dann wurden auch schon die ersten Fragen laut. Am Kopfende des ovalen Tisches hob Emer Chios die Hand und ließ sie krachend auf das polierte Holz niedersausen. Augenblicklich wurde es still im Saal.

»Nehmt Platz«, befahl der Erste Minister.

Murrend kamen die Versammelten der Aufforderung nach.

Andor wartete einen Augenblick, dann trat er einen Schritt vor. Er kannte die Vorschriften und Regeln des Hohen Rates. War der König außerstande, an einer Sitzung teilzunehmen, dann führte der Erste Minister den Vorsitz. Emer Chios war ein mächtiger und angesehener Mann, um so mehr gerade jetzt, in dieser Situation. Andor war mit einem ganz bestimmten Ziel im Auge vor den Hohen Rat getreten, und er würde der Unterstützung Chios' bedürfen, wenn er dieses gesteckte Ziel erreichen wollte. Er war müde, und es drängte ihn, doch er mußte sich die Zeit nehmen, die Dinge auf geziemende Art und Weise zu erörtern.

»Herr Minister«, richtete er das Wort an Emer Chios. »Ich möchte zum Hohen Rat sprechen.«

Emer Chios nickte. »Dann tut es, Prinz.«

Langsam und stockend, denn er war nicht der Redner, der sein Vater war und der sein Bruder gewesen war, berichtete Andor von den Geschehnissen, die dem Elfenheer seit seinem Aufbruch zum Sarandanon widerfahren waren. Er schilderte die Verwundung des Königs und den Tod Arions. Er berichtete von den Schlachten und Niederlagen im Grimmzacken-Gebirge, vom Rückzug und von dem heldenhaften Kampf bei Baen Draw, vom Rückmarsch schließlich durch das Sarandanon und die Wälder des Westlands nach Arborlon. Er pries den Mut der Freitruppen der Grenzlegion und die Führerschaft von Stee Jans, nachdem Pindanon gefallen war. Bis ins kleinste Detail beschrieb er den Feind, dem sie sich gegenübergesehen hatten – die Größe seines Heeres, seinen tollwütigen Haß, seine übermächtigen Kräfte. Die Dämonen, warnte er, näherten sich jetzt Arborlon, um hier die letzten Elfen zu vernichten, die Stadt in Staub und Asche zu legen, das Land zurückzuerobern, das sie vor Jahrhunderten verloren hatten. Vor ihnen lag eine Schlacht, die nur mit der totalen Vernichtung des einen oder des anderen – Elfen oder Dämonen – ihr Ende finden würde.

Während er sprach, musterte er die Gesichter seiner Zuhörer, suchte in ihren Augen und Mienen einen Hinweis darauf, wie sie seine Handlungen seit dem Verlust des Königs und seines Thronfolgers beurteilten. Er war jetzt bereit, die Möglichkeit anzunehmen, daß sein Vater sterben und er dann König werden könnte; er wußte, daß auch der Hohe Rat und das Elfenvolk sich mit dem Gedanken an diese Möglichkeit vertraut machen mußten. Andor war es schwergefallen, sie ins Auge zu fassen, vor der Schlacht am Halys-Joch war sie ihm stets als reine Spekulation erschienen, und im übrigen hatte er nie glauben wollen, daß er eines Tages sowohl seinen Vater als auch seinen Bruder verlieren würde. Doch jetzt lag sein Vater im Herrenhaus auf dem Krankenlager, und nichts hatte sich an seinem Zustand seit dem Sturz verändert. Während der erbitterten Kämpfe am Baen Draw und auf dem langen Marsch nach Hause hatte Andor Elessedil unablässig darauf gewartet, daß sein Vater erwachen würde. Daß er vielleicht nie wieder erwachen würde, hatte er einfach nicht glauben wollen. Doch der König hatte bisher das Bewußtsein nicht wiedererlangt, und jetzt schien es, als würde er sich vielleicht nie mehr von seinem Krankenlager erheben. Der Elfenprinz begriff das und akzeptierte es und richtete deshalb seinen Blick über diese Tatsachen hinaus in die Zukunft zu dem, was dann sein mußte.

»Ihr Herren«, schloß er, und seine Stimme war müde und leer, »ich bin der Sohn meines Vaters, und ich weiß, was von einem Prinzen der Elfen erwartet wird. Das Elfenheer hat sich aus dem Sarandanon zurückgezogen und muß sich jetzt hier dem Kampf stellen. Ich habe die Absicht, mit ihm zu kämpfen. Ich habe die Absicht, es zu führen. Ich würde es nicht tun, wenn es einen Weg gäbe, diesen Augenblick ungeschehen zu machen, wenn alles, was sich innerhalb der letzten Wochen zugetragen hat, einfach ausgelöscht werden könnte. Aber das ist nicht möglich. Stünde jetzt mein Vater hier, so würdet Ihr Euch einmütig um ihn scharen – das weiß ich. So stehe ich denn an meines Vaters Stelle hier und bitte Euch, daß Ihr Euch auf meine Seite stellt, denn ich bin der Letzte seines Blutes. Diese Männer, die hier mit mir stehen, haben mir ihren Beistand bewiesen. Ich ersuche nun auch um den Euren. Gebt mir diesen Beistand, Edle der Elfen.«

Schweigend wartete er. Er wußte, daß er es nicht nötig gehabt hätte, sie um ihren Beistand zu bitten, daß er ihn einfach hätte fordern können. In seinen Händen lag die Macht des Hauses Elessedil, und es gab wenige, die es gewagt hätten, an ihr zu rütteln. Er hätte Allanon bitten können, für ihn zu sprechen; die Stimme des Druiden allein hätte vielleicht jede Opposition zum Schweigen gebracht. Doch Andor wollte keinen Vermittler, und er wollte auch nichts für selbstverständlich nehmen. Die Mitglieder des Hohen Rates und die Landesfremden, die gekommen waren, ihnen zu helfen, sollten ihm ihren Beistand aufgrund dessen geben, was sie vielleicht in ihm erblickten; nicht durch Furcht wollte er sie zwingen und nicht dadurch, daß er irgendwelche Rechte geltend machte, die nicht eine feste Basis in der Charakterstärke hatten, die er in der Führung des Elfenheeres seit der Verwundung seines Vaters gezeigt hatte.

Emer Chios erhob sich. Sein Blick aus dunklen Augen flog flüchtig über die Gesichter der Versammelten. Dann wandte er sich an Andor.

»Mein Prinz«, begann er mit tiefer, dröhnender Stimme. »Alle, die hier in diesem Saal versammelt sind, wissen, daß ich keinem Mann blindlings folge, sei er auch von königlichem Blut und das Kind von Königen. Ich habe häufig und in aller Öffentlichkeit gesagt, daß ich dem Urteil meines Volkes mehr vertraue als dem Urteil eines einzigen, sei er auch König der ganzen bekannten Welt.«

Er hielt einen Augenblick inne und blickte langsam in die Runde.

»Und doch bin ich Eventine Elessedils getreuer Minister und sein großer Bewunderer. Er ist ein König, Edle der Elfen, wie es ein König sein sollte. Ich wünschte, er könnte uns in diesen schlimmen Zeiten führen. Aber er vermag es nicht. Sein Sohn bietet sich an seiner Statt an. Ich kenne Andor Elessedil – ich glaube, ich kenne ihn besser als die meisten von Euch. Ich habe ihm zugehört; ich habe ihn nach seinen Worten und nach seinen Taten beurteilt, und ich sage jetzt, daß es in Abwesenheit unseres Königs nicht einen Mann gibt, dem ich mein Heimatland und mein Leben bereitwilliger anvertrauen würde als ihm.«

Er schwieg und legte mit bedächtiger Bewegung seine rechte Hand aufs Herz – zum Treueschwur der Elfen. Einen Moment lang war es ganz still. Dann standen andere auf, nur wenige zunächst, dann alle, und sie legten ihre Hände auf ihre Herzen, während sie dem Prinzen gegenüberstanden. Auch die Befehlshaber des Elfenheeres traten vor – Ehlron Tay, sauertöpfisch und barsch, der nach dem Tode Pindanons der Ranghöchste war; Korold, der große, tadellos gekleidete Hauptmann der Schwarzen Wache; und Kerrin, der die Leibgarde befehligte. Alle, die sich im Saal des Hohen Rates versammelt hatten, standen nun, die Hände zum Gruß erhoben, ihrem Prinzen gegenüber.

»Jetzt folgen sie Euch, Elfenprinz«, sagte Allanon leise.

Andor nickte. Fast hätte er es bedauern können.

Anschließend berieten sie über die Verteidigung Arborlons.

Die Vorbereitungen zu dieser Verteidigung hatten beinahe unmittelbar nach dem Aufbruch des Elfenheeres zum Sarandanon zwei Wochen zuvor begonnen. Emer Chios, in des Königs Abwesenheit Herrscher der Hauptstadt, hatte den Hohen Rat einberufen und dazu jene Führer des Elfenheeres, die den König nicht begleitet hatten, um darüber zu beschließen, was zum Schutz Arborlons im Falle eines Dämonenangriffs getan werden sollte. Man hatte sich auf eine Reihe sorgfältig durchdachter Abwehrmaßnahmen geeinigt. Der Erste Minister sprach sie jetzt mit Andor durch.

Nur zwei Zugänge hatte die Stadt – einen im Osten, für die Reisenden, die aus dem Rhenn-Tal und den jenseits liegenden Wäldern kamen, und einen im Westen, für jene, die aus dem Sarandanon kamen. Im Norden und im Süden war Arborlon von Bergen begrenzt, über die kein Weg führte, hohe Gipfel, die die Wälder des Flachlandes einschlossen und den Carolan in einer gewaltigen Felsmauer umgaben. Allanon hatte vorausgesagt, daß der Durchbruch durch die Mauer der Verfemung sich auf der Rauhen Platte ereignen würde. Das bedeutete, daß die Dämonen ostwärts durch das Sarandanon marschieren mußten, daß also der Angriff auf die Hauptstadt der Elfen aus Westen erfolgen würde, es sei denn, die Dämonen-Horden wandten sich nach Süden oder Norden, um die Berge zu umgehen, die Arborlon schützten.

Doch gerade hier, am Westzugang, war die Stadt am besten geschützt. Zunächst würden sich die Dämonen zwei natürlichen Hindernissen gegenübersehen. Erst würden sie auf den Singenden Fluß stoßen, der hier, wo er sich unterhalb des Carolan nach Osten wandte, etwas schmaler war, aber tief und reißend, auch bei ruhigstem Wetter schwierig zu befahren. Das zweite Hindernis war die Höhe des Carolan selbst, eine nackte Felswand, die mehr als vierhundert Fuß in die Höhe ragte, durchzogen von einem Netz tiefer Risse und Spalten und überwuchert von Krüppelbüschen und dichtem Gestrüpp. Eine einzige Brücke überspannte den Singenden Fluß am Fuß des Carolan an einer Stelle, wo der Lauf schmäler wurde. Eine Furt gab es nirgends, meilenweit keine seichten Stellen. Der Elfitch war die Hauptzugangsroute zum Carolan, obwohl sich weiter südlich kleinere Treppen durch waldiges Land aufwärtswanden.

Somit galt es, für die Verteidigung Arborlons den Fluß und die Felswand auszunützen. Man hatte beschlossen, die Brücke über den Singenden Fluß augenblicklich nach der Rückkehr des Elfenheeres zu zerstören. Dies sei geschehen wie geplant, erklärte Chios, und somit hatte man die letzte Verbindung zwischen Arborlon und dem Sarandanon durchtrennt. Am Ostufer hatten die Elfen Hunderte von großen Behältern mit Pech aufgestellt, das entzündet werden sollte, falls die Dämonen versuchen sollten, den Singenden Fluß bei Nacht zu überqueren, und ganz dicht am Ufer des Singenden Flusses hatten sie eine Schanze aus Stein und Erde erbaut, die sich mehrere hundert Fuß am Flußufer entlangzog und zu beiden Seiten des Elfitchs bis zur Felswand schwang. Das Ostufer des Flusses bis zum Fuß der Felswand war etwa zweihundert Fuß breit, und das Gebiet war größtenteils von Wald und Gestrüpp überwuchert. Hier hatten die Elfen Dutzende von Fallen und Fallgruben errichtet, um die Dämonen abzufangen, die versuchen sollten, einen Bogen um die Schanze zu schlagen.

Das Hauptbollwerk zum Schutze Arborlons jedoch war der

Elfitch selbst. Alle kleineren Treppen, die zum großen Tafelland des Carolan hinaufführten, waren zerstört worden. Es blieb nur der Elfitch – sieben aus Steinquadern erbaute Rampen und eisenbeschlagene Tore, die vom Fuß des Felsens in die Höhe führten. Jedes Tor war von einer Ringmauer umgeben, die den Zugang zu den Toren und Rampen darüber verwehrte. Jede Rampe und jedes Tor war etwas zurückgesetzt von der darunter, und der Elfitch schlängelte sich spiralförmig in einer Folge gleichmäßig abgezirkelter Biegungen aufwärts, so daß auf jeder Terrasse postierte Bogenschützen den darunterliegenden Toren und Rampen Deckung geben konnten. In Friedenszeiten standen die Tore zu den sieben Rampen offen, die Ringmauern wurden nur der Form halber von einem Posten bewacht. Jetzt aber, nach der Rückkehr des Elfenheeres aus dem Sarandanon, starrten die Wehrmauern von Piken und Lanzen, und die hohen Tore waren verschlossen und mit Eisenstangen gesichert.

Auf der Höhe des Carolan waren keine Abwehrstellungen errichtet worden. Das Plateau zog sich in einer breiten, sanft gewellten Ebene zum Wald hin, hier und dort durchsetzt von kleinen Wäldchen und alleinstehenden Häusern. Auch die einsame Anlage des Gartens des Lebens befand sich hier. Im Osten, fast unter dem Dach der Waldbäume, lag Arborlon. Wenn es den Dämonen gelang, den Carolan zu erklimmen, hatten die Elfen kaum noch eine Aussicht, ihre Stadt zu verteidigen. Sie konnten, wenn ihrer noch genug übrig waren, versuchen, den Eindringlingen auf der Ebene entgegenzutreten, um sie im Sturmangriff in den Abgrund zu jagen. Wenn das mißlang, würde ihnen nichts anderes übrigbleiben, als bis zum Rhenn-Tal zurückzuweichen und dort eine entscheidende Schlacht zu schlagen oder aber ganz aus dem Westland vertrieben zu werden.

Chios machte eine Pause in seinem Bericht.

»Wenn sie natürlich die Berge umgehen und von Osten hereinkommen –«, begann er.

Allanon fiel ihm ins Wort.

»Das werden sie nicht tun. Die Zeit spielt für sie jetzt eine wichtige Rolle. Sie werden von Westen kommen.«

Andor warf einen fragenden Blick auf Stee Jans, doch der

Befehlshaber der Freitruppe zuckte nur die Schultern. Darauf wandte sich Andor wieder an Emer Chios.

»Was gibt es sonst für Neuigkeiten, Herr Minister?«

»Bezüglich unserer Bitte an die anderen Länder, uns Beistand zu leisten, sind die Neuigkeiten leider recht gemischter Natur. Callahorn hat uns nochmals zweihundertundfünfzig Mann geschickt – von der alten Garde, dem regulären Heer der Legion. Man hat vage versprochen, noch weitere Einheiten zu entsenden, doch es gibt keinen Hinweis darauf, wann wir sie erwarten können. Unser Kurier berichtet, daß die Mitglieder des Städterats noch nicht in der Lage waren, sich darüber zu einigen, wie weit ich Callahorn in diesen ›Elfenkrieg‹ hineinziehen lassen soll, und der König hat es vorgezogen, überhaupt nicht einzugreifen. Es scheint, daß der Entschluß, eine Einheit der alten Garde zu schicken, im Grunde nur eine weitere Kompromißlösung war. Die Angelegenheit wird noch immer diskutiert, aber wir haben nichts mehr gehört.«

Wie Stee Jans vorausgesagt hatte, dachte Andor düster.

»Die Föderation hat ebenfalls eine Botschaft gesandt, Prinz.« Chios' Lächeln war bitter. »Die Botschaft ist kurz und sachlich. Die Föderation hat es sich zum Prinzip gemacht, sich in die Angelegenheiten anderer Länder und anderer Rassen nicht einzumischen. Wenn durch eine Bedrohung anderer auch die Souveränität ihrer eigenen Staaten in Mitleidenschaft gezogen wird, wird die Föderation handeln. Im Augenblick jedoch scheint es nicht der Fall zu sein. Wir können daher nicht mit der Hilfe der Föderation rechnen, solange die Situation so bestehenbleibt, wie sie ist.« Er breitete die Hände aus. »Nicht völlig unerwarttet.«

»Und das Kershalt?« fragte Andor rasch. »Was ist mit den Trollen?«

Chios schüttelte den Kopf.

»Nichts. Ich habe mir erlaubt, einen zweiten Kurier zu senden.«

Andor nickte zustimmend. »Und die Zwerge?«

»Wir sind hier«, meldete sich eine rauhe Stimme. »Zumindest einige von uns.«

Ein bärtiger, untersetzter Zwerg schob sich zwischen den

Versammelten hindurch zum ovalen Tisch. Flinke blaue Augen blitzten in einem Gesicht, das verwittert war und von der Sonne gebräunt, und ein Paar knorriger Hände umfaßte den Rand des Tisches.

»Druide.« Der Zwerg nickte Allanon flüchtig zu, dann wandte er sich an Andor. »Mein Name ist Browork, Ältester und Bürger von Culhaven. Ich bin mit einhundert Pionieren hierher geeilt, den Elessedils Beistand zu leisten. Ihr könnt dem Druiden dafür danken. Er traf uns vor einigen Wochen bei der Arbeit an einer Brücke über den Silberfluß und machte uns auf die Gefahr aufmerksam. Allanon ist den Zwergen bekannt, es wurden deshalb keine Fragen gestellt. Wir sandten Botschaft nach Culhaven und marschierten los – zehn Tage Marsch, und ein harter Marsch. Aber wir sind hier.«

Er streckte seine Hand aus, und Andor schüttelte sie mit Wärme.

»Was ist mit den anderen, Browork?« fragte Allanon.

Der Zwerg nickte recht ungeduldig.

»Sie sind inzwischen auch unterwegs, vermute ich. Bis zum Ende der Woche müßtet ihr eigentlich ein Heer von mehreren Tausend hier haben.« Er maß Allanon mit einem mißfälligen Stirnrunzeln. »Inzwischen habt Ihr uns, Druide, und Ihr könnt von Glück sagen. Keiner außer den Pionieren hätte die Rampe da draußen herrichten können.«

»Auf dem Elfitch«, erklärte Chios dem verwunderten Andor hastig. »Browork und seine Pioniere haben mit uns an den Verteidigungsanlagen gearbeitet. Als sie sich den Elfitch ansahen, stellten sie fest, daß man an der fünften Rampe nur ein paar Veränderungen vorzunehmen brauchte, um sie nötigenfalls zum Einsturz zu bringen.«

»Ein Kinderspiel«, behauptete Browork mit einer wegwerfenden Handbewegung. »Wir unterhöhlten den Steinblock, entfernten einige der weniger wichtigen Pfeiler und trieben dann eiserne Keile, die an Ketten festgemacht sind, in die Hauptpfeiler. Die Ketten versteckten wir im Gestrüpp unter der Rampe, führten sie dann auf die Höhe, wo sie über ein System von Flaschenzügen laufen. Wenn die Dämonen die fünfte

Rampe erreichen, braucht man nur an den Ketten zu ziehen, die Keile rutschen heraus, und die ganze Rampe stürzt vom fünften Tor aus in die Tiefe. Ganz einfach.«

»Ja, einfach, wenn man die Kenntnisse und Erfahrung eines Zwergenpioniers besitzt, vermute ich.« Andor lächelte. »Ausgezeichnet, Browork. Wir können Euch dringend gebrauchen.«

»Es sind noch andere hier, die Ihr auch braucht.« Allanon legte Andor die Hand auf die Schulter und wies zum anderen Ende des Ovals hin.

Der Elfenprinz blickte in die Richtung. Ein einzelner Elf, der ganz in Leder gekleidet war, trat vor und legte die Hand aufs Herz.

»Dayn, Herr«, sagte der Elf ruhig. »Ich bin ein Himmelsreiter.«

»Ein Himmelsreiter?« wiederholte Andor überrascht. Er hatte von seinem Vater schon von diesen Wesen gehört, die sich selbst als die Luftelfen bezeichneten, doch er hatte die Geschichten fast vergessen, denn in den letzten hundert Jahren war kein Himmelsreiter mehr nach Arborlon gekommen. »Wie viele von euch sind hier?« fragte er schließlich.

»Fünf«, antwortete Dayn. »Wir wären in größerer Zahl gekommen, doch wir fürchten einen Dämonenangriff auf den Rockshort, unseren Heimatort. Mein Vater hat jene geschickt, die hier sind. Wir gehören alle einer Familie an. Der Name meines Vaters ist Herrol.« Er schwieg einen Moment und sah Allanon an. »Es gab eine Zeit, da waren der Druide und er Freunde.«

»Wir sind noch immer Freunde, Himmelsreiter«, versicherte Allanon leise.

Dayn nahm die Worte des Druiden mit einem Nicken zur Kenntnis, dann richtete er den Blick wieder auf Andor.

»Mein Vater fühlt sich den Landelfen stärker verbunden als die meisten seiner Landsleute, Herr, denn die anderen haben fast alle längst die Bande zu den alten Bräuchen und zur alten Herrschaft zerrissen. Und mein Vater weiß, daß Allanon auf seiten der Elessedils steht, und das hat Bedeutung. Deshalb schickt er uns. Er wäre selbst gekommen, wäre nicht sein Rock

Genewen abwesend gewesen, der mit dem Sohne meines Bruders Übungsflüge macht, so daß dieser eines Tages ein Himmelsreiter werden wird, wie sein Vater gewesen ist. Immerhin, jene von uns, die hier sind, können Euch vielleicht dienlich sein. Wir können, wenn nötig, über das ganze Westland hinwegfliegen. Wir können die Dämonen suchen, die Euch bedrohen, und Euch über ihre Unternehmungen berichten. Wir können ihre Stärken und Schwächen ausspionieren. Dies wenigstens können wir Euch anbieten.«

»Und dies nehmen wir mit Dankbarkeit an, Dayn.« Andor erwiderte den Gruß des Himmelsreiters. »Seid willkommen.«

Dayn verneigte sich und trat zurück. Andor wandte sich an Chios.

»Sind noch andere gekommen, um sich auf unsere Seite zu stellen, Herr Minister?«

Chios schüttelte langsam den Kopf.

»Nein, Prinz. Das sind alle.«

Andor nickte. »Dann soll es so gut sein.«

Er bedeutete den Versammelten, sich zu ihm an den großen Tisch zu setzen, und es folgte nun eine allgemeine Diskussion über verschiedene Fragen – Aufstellung der Soldaten, Verteilung der Waffen, Taktik und Strategie, Möglichkeiten zusätzlicher Verteidigungsmaßnahmen. Ehlron Tay von den Elfen-Jägern, Kerrin von der Leibgarde und Korold von der Schwarzen Wache berichteten. Browork tat seine Meinung über die bauliche Zuverlässigkeit der Abwehrvorrichtungen kund, und Stee Jans wurde darüber befragt, wie man durch taktische Maßnahmen die Überzahl der Dämonen vielleicht ausgleichen könnte. Selbst Dayn sprach kurz über die kämpferischen Fähigkeiten der Rocks und ihren Einsatz im Luftkampf.

Rasch flog die Zeit dahin, und die Nacht glitt davon. Andor war es schwindelig vor Müdigkeit, und seine Gedanken begannen zu wandern. Mitten aus einer dieser Wanderungen riß ihn donnerndes Krachen, als die Tür zum Ratssaal aufflog, und, von den Wachposten flankiert, ein verwirrter Gael erschien. Atemlos stürzte der kleine Elf in den Saal und ließ sich vor Andor auf die Knie fallen.

»Herr!« stieß er keuchend hervor, das Gesicht hochrot vor Erregung. »Herr, der König ist erwacht!«

Andor starrte ihn fassungslos an.

»Er ist wach?«

Dann war er schon auf den Beinen und stürzte aus dem Saal.

In seinem Schlaf war es Eventine Elessedil, als triebe er durch eine Schwärze aus hauchdünnen Fäden, die seinen Körper in einer nahtlosen Decke einhüllten. Er spürte, wie die Fäden ihn einer nach dem anderen umspannten, wie sie sich um ihn legten und eins mit ihm wurden. Zeit und Raum waren nichts; nur die Schwärze war da und das Weben der Fäden. Zu Beginn war es ein warmes, angenehmes Gefühl, voll von Trost und Liebe wie die Umarmung einer Mutter. Dann aber schien die Umarmung enger zu werden, und er bekam keine Luft mehr. Verzweifelt wehrte er sich gegen die Umklammerung, versuchte, sich zu befreien, aber es gelang nicht. Abwärts sank er durch die Schwärze in langsamen Wirbeln, und seine Decke war ein Totenschleier, und er war nicht mehr ein Geschöpf des Lebens, sondern eines des Todes. Voller Entsetzen schlug er in diesem seidenen Gefängnis um sich, riß und zerrte an dem Stoff, aus dem es gewirkt war, bis es plötzlich mit einem Ruck nachgab und verschwunden war.

Grelles, flackerndes Licht blendete ihn flüchtig. Verwirrt, orientierungslos blinzelte er in den blendenden Schein, während er sich mühte, herauszufinden, wo er war. Allmählich begannen die Umrisse eines Zimmers Formen anzunehmen, und er erkannte den Geruch von Öllampen, fühlte die Leintücher und die wollenen Decken, die eng um seinen Körper geschlungen waren. Alles, was in den Augenblicken geschehen war, bevor er das Bewußtsein verloren hatte, wurde in einer Serie von Bildern lebendig, die völlig außer Rand und Band und ohne Zusammenhang vor seinem inneren Auge abliefen – das Grimmzacken-Gebirge; das Halys-Joch und der Angriff der Dämonen aus den Tiefen wogenden Nebels; Reihen von Bogenschützen, Lanzern und Pikenieren, die zu seinen Füßen warteten; Schmerzens- und Todesschreie; dunkle Leiber, die sich ihm durch eine Mauer blauen Feuers entgegenwarfen; Allanon, Andor, das Blitzen von Waffen, dann ein plötzlicher Schlag ...

Er zuckte heftig zusammen, und der Schweiß brach ihm am ganzen Körper aus. Unerwartet erkannte er das Zimmer, in dem er sich befand, mit einer plötzlichen Schärfe – es war sein Schlafgemach im Herrenhaus in Arborlon –, und er gewahrte eine Gestalt, die sich ihm näherte.

»Herr?« Gaels besorgte Stimme drang an sein Ohr, und das junge Gesicht neigte sich tief zu ihm hinunter. »Herr, seid Ihr wach?«

»Was ist geschehen?« murmelte der König, und seine Stimme war so heiser, daß er sie kaum wiedererkannte.

»Ihr wurdet verwundet, Herr – am Halys-Joch. Durch einen Schlag, der Euch hier getroffen hat.« Der Elf wies auf die linke Schläfe des Königs. »Seitdem seid Ihr bewußtlos gewesen. Herr, wir haben uns solche Sorgen gemacht ...«

»Wie lange – habe ich geschlafen?« fragte er. Er hob die Hand, um seinen Kopf zu berühren, und der Schmerz fuhr ihm wie eine Stichflamme durch den Hals.

»Sieben Tage, Herr!«

»Sieben Tage!«

Gael trat vom Lager zurück.

»Ich hole Euren Sohn, Herr.«

Sein Kopf dröhnte. »Meinen Sohn?«

»Prinz Andor, Herr.« Der junge Elf war schon auf dem Weg zur Tür. »Er ist im Hohen Rat. Legt Euch wieder nieder – ich bringe ihn sogleich her.«

Eventine sah, wie der junge Elf die Tür aufriß, und hörte, wie er kurz mit jemandem im Flur sprach, und dann schloß sich die Tür schon wieder, und er hörte und sah nichts mehr. Er versuchte, sich aufzurichten, aber die Anstrengung war zu groß. Schwach fiel er wieder zurück in die Kissen. Andor? Hatte Gael gesagt, daß Andor im Hohen Rat war? Wo war Arion? Dunkle Vorahnungen trübten seinen Sinn, und eine Flut von Fragen stürzte auf ihn ein. Was tat er hier in Arborlon? Was war dem Heer der Elfen widerfahren? Was war aus ihrer Verteidigung des Sarandanon geworden?

Wieder wollte er sich aufrichten, wieder sank er in die Kissen zurück. Eine Welle der Übelkeit schüttelte ihn. Er fühlte sich plötzlich alt, so als wäre die Zahl seiner Jahre eine Krankheit, die ihn ausgezehrt hatte. Er biß die Zähne zusammen. Ach, daß er nur fünf Minuten seiner Jugend zurückhaben könnte, um ihm Kraft genug zu geben, von diesem Lager aufzustehen! Zorn und eiserne Willenskraft verliehen ihm Kraft, und er schob sich aus seinen Kissen hoch, bis er halb aufgerichtet lag. Sein Atem kam in angestrengten Stößen.

Auf der anderen Seite des Zimmers hob Manx den zottigen grauen Kopf. Der König öffnete den Mund, um den alten Wolfshund zu sich zu rufen. Doch plötzlich trafen die Augen des Hundes die seinen, und die Worte erstarben ihm auf den Lippen. Haß brannte in diesen Augen – ein Haß, so kalt, daß er Eventine frösteln machte wie der Hauch des Winters. Ungläubig starrte er den Hund an, während er gegen das Gefühl des Abscheus kämpfte, das in ihm aufwallte. Manx? Was glaubt er denn!

Er zwang sich, den Blick abzuwenden, in eine andere Richtung zu blicken, auf die Wände und ihre Behänge, auf die Möbelstücke, auf die Vorhänge, die die Fenster verbargen. Mit klopfendem Herzen versuchte er, Ruhe und Fassung wiederzufinden, und vermochte es nicht. Ich bin allein, dachte er plötzlich, und Angst überfiel ihn. Allein! Wieder wanderte sein Blick zu Manx. Die Augen des Wolfshundes fixierten ihn, verbargen, verschleiert jetzt, was kurz zuvor so offenkundig gewesen war. Oder hatte er es sich eingebildet? Er beobachtete den alten Hund, als dieser aufstand, sich einmal umdrehte und wieder niederlegte. Warum kommt er nicht zu mir, fragte sich der König. Warum kommt er nicht?

Er ließ sich wieder tief in die Kissen gleiten. Was sage ich da? Flüsternd gingen ihm die Worte durch den Sinn, und er sah den Wahnsinn, der ihn zu übermannen drohte. Wie konnte er Haß in den Augen eines Tieres sehen, das ihm jahrelang treu ergeben war? Wie konnte er in Manx einen Feind sehen, vor dem er sich fürchten mußte? Was war nur mit ihm los?

Vom Korridor her drangen Stimmen in das Zimmer. Dann

öffnete sich die Tür, schloß sich wieder, und Andor eilte an sein Lager, neigte sich zu ihm hinunter und drückte ihn an sich. Der König umfing seinen Sohn mit beiden Armen, dann aber löste er sich von ihm und blickte Andor forschend ins Gesicht, als dieser sich auf dem Rand des Bettes niederließ.

»Erzähl mir, was geschehen ist«, befahl Eventine mit leiser Stimme. Er bemerkte ein Flackern in den Augen seines Sohnes, und eine plötzliche eisige Angst durchzuckte ihn. Er mußte sich zwingen, die Frage über die Lippen zu bringen. »Wo ist Arion?«

Andor wollte sprechen, brachte aber kein Wort hervor. Stumm starrte er seinen Vater an. Eventines Gesicht erstarrte.

»Ist er tot?«

Andors Stimme war ein Flüstern.

»Am Spindelpaß.»

Er schien mehr sagen zu wollen, doch es gelang ihm nicht, und er begnügte sich mit einem stummen Kopfschütteln. Eventines Augen füllten sich mit Tränen, und seine Hände zitterten, als er den Arm seines Sohnes umfaßte.

»Arion ist tot?« Er sprach die Worte aus, als seien sie eine Lüge.

Andor nickte und wandte den Blick ab.

»Und Kael Pindanon auch.«

Bestürztes Schweigen folgte auf diese Worte. Die Hände des Königs sanken herab.

»Und das Sarandanon?«

»Verloren.«

Wortlos starrten sie einander an, so als hätten sie ein beängstigendes Geheimnis miteinander geteilt, das niemals hätte verraten werden sollen. Dann beugte sich Andor nochmals über seinen Vater und zog ihn an sich. Lange Zeit hielten sie einander schweigend umschlungen. Als der König schließlich sprach, war seine Stimme tonlos und ohne Gefühl.

»Berichte mir von Arion. Alles. Laß nichts aus.«

Andor erzählte. Leise berichtete er, wie sein Bruder gestorben war, wie sie ihn aus dem Grimmzacken-Gebirge ins Sarandanon-Tal hinuntergetragen hatten, um ihn am Baen Draw nach dem Brauch zu bestatten. Dann sprach er von allem, was den

Elfen seit jenem ersten Tag der Schlacht am Halys-Joch widerfahren war. Eventine lauschte und schwieg. Als Andor geendet hatte, starrte er leeren Blicks in das flackernde Licht der Öllampe. Dann richtete er den Blick auf seinen Sohn.

»Geh zurück zu der Sitzung im Hohen Rat, Andor. Tu, was getan werden muß.« Er mußte innehalten, weil ihm die Stimme brach. »Geh. Ich komme schon zurecht.«

Andor sah ihn unsicher an.

»Ich kann Gael bitten, zu dir zu kommen.«

Der König schüttelte den Kopf.

»Nein. Jetzt nicht. Ich möchte nur –« Er brach ab, schluckte die Worte hinunter, die er hatte sagen wollen. Mit einer Hand umspannte er fest den Arm seines Sohnes. »Ich bin – sehr stolz auf dich, Andor. Ich weiß, wie schwierig ...«

Andor nickte stumm. Er umschloß die Hände seines Vaters mit seinen eigenen.

»Gael ist draußen im Flur, falls du ihn brauchst.«

Dann stand er auf und ging zur Tür. Seine Hand lag schon auf der Klinke, als Eventine mit seltsam dringlicher Stimme noch einmal nach ihm rief.

»Nimm Manx mit dir hinaus.«

Andor blieb stehen, warf dem alten Wolfshund einen Blick zu, pfiff ihn an seine Seite und führte ihn hinaus. Leise schloß er die Tür hinter sich.

Wieder allein, wahrhaftig allein diesmal, streckte sich der König der Elfen auf seinen Kissen aus und ließ sich von der Ungeheuerlichkeit all dessen, was geschehen war, überfluten. In wenig mehr als sieben Tagen war das beste Heer in den Vier Ländern wie eine Viehherde, die von Wölfen gejagt wird, durch ihr eigenes Heimatland getrieben worden – vom Grimmzacken-Gebirge, durch das Sarandanon zurück in die Hauptstadt, um dort dem Feind in einer letzten, alles entscheidenden Schlacht gegenüberzutreten. Irgendwo in seinem Inneren quälte ihn ein schreckliches Gefühl des Versagens. Er hatte dies alles geschehen lassen. Er war dafür verantwortlich.

»Arion«, flüsterte er plötzlich, und die Tränen traten ihm wieder in die Augen. Er ließ den Tränen freien Lauf.

»Eretria!« rief Wil leise, Überraschung und Mißtrauen in der Stimme. Ohne auf den Schmerz seiner Verletzung zu achten, richtete er sich auf einem Ellenbogen auf, um das Mädchen näher zu betrachten. »Was tust du denn hier?«

»Dich retten, scheint mir.« Sie lachte mit schalkhaften Augen.

Plötzliche Bewegung zog sein Augenmerk auf sich, und er spähte an ihr vorbei in die Schatten. Zwei Frauen machten sich an einer Stellage im hinteren Teil des Wagens zu schaffen. Sie waren dabei, seine blutdurchtränkten Kleider in einer Schüssel mit Wasser zu waschen. Automatisch hob er die Hand zum Kopf und stellte fest, daß ein Verband um die Wunde lag. Er betastete ihn vorsichtig und verzog das Gesicht.

»Das würde ich lieber nicht tun.« Eretria zog seine Hand weg. »Das ist das einzige an dir, was sauber ist.«

Wil sah sich hastig um.

»Was habt ihr mit Amberle gemacht?«

»Mit deiner Schwester?« fragte sie spöttisch. »Der passiert schon nichts.«

»Du mußt schon entschuldigen, wenn ich da ein bißchen skeptisch bin.« Er machte Anstalten, sich von seinem Bett zu erheben.

»Bleib liegen, Heiler.« Sie drückte ihn wieder hinunter. Dann senkte sie die Stimme, so daß die Frauen hinter ihr sie nicht hören konnten. »Fürchtest du, ich könnte mich an dir rächen, weil du mich im Tirfing einfach zurückgelassen hast? Hältst du so wenig von mir?« Sie lachte und warf den Kopf in den Nacken. »Aber vielleicht würdest du es jetzt anders machen, wenn du eine Chance hättest. Ja?«

»Keinesfalls. Also, was ist mit Amberle?«

»Hätte ich die Absicht gehabt, dir, Wil Ohmsford – oder ihr – Böses zu tun, dann hätte ich euch beide den Banditen überlassen, die euch durch Grimpen Ward gejagt haben. Dem Elfenmädchen geht es gut. Ich lasse sie holen, wenn wir miteinander gesprochen haben.«

Sie wandte sich an die beiden Frauen. »Geht hinaus. Laßt uns allein.«

Die Frauen unterbrachen augenblicklich ihre Arbeit und verschwanden durch eine Klappe am anderen Ende des Wagens. Als sie weg waren, wandte sich Eretria wieder dem Talbewohner zu und neigte den Kopf auf eine Seite.

»Also, was soll ich jetzt mit dir tun, Wil Ohmsford?«

Er holte tief Atem.

»Wie hast mich überhaupt gefunden, Eretria?«

Sie lächelte. »Das war einfach. Die Mär von deinen unerhörten heilerischen Kräften verbreitete sich innerhalb von Minuten, nachdem du diese fette Wirtin verarztet hast, wie ein Lauffeuer in ganz Grimpen Ward. Dachtest du denn, eine so aufsehenerregende Vorstellung würde unbemerkt bleiben? Was denkst du wohl, wie es kam, daß diese Banditen euch fanden?«

»Du wußtest also auch davon?«

»Heiler, du bist ein Narr.« Sie sagte es voller Freundlichkeit, während sie mit einer Hand seine Wange tätschelte. »Die Fahrensleute wissen immer als erstes alles, was an den Orten geschieht, wo ihre Reisen hinführen. Wenn dem nicht so wäre, würden sie nicht lange überleben – das scheint mir eine Lektion zu sein, die du noch lernen mußt. Als die Geschichte von der wunderbaren Heilung der dicken Wirtin bekannt wurde, mußte jedem mit dem kleinsten Funken Verstand klar sein, daß gewisse Leute unweigerlich früher oder später zu dem Schluß gelangen würden, einer mit deiner Begabung müsse ein reicher Mann sein. Du hast Glück, daß du noch am Leben bist.«

»Ja, wahrscheinlich«, bekannte er bekümmert. »Ich hätte ein bißchen vorsichtiger sein sollen.«

»Stimmt genau. Zum Glück für dich wußte ich gleich, daß nur du es sein konntest, und setzte Cephelo so lange zu, bis er mir erlaubte, dich zu suchen. Sonst hätten dich die freundlichen Leute hier wahrscheinlich ihren Hunden zum Fraß vorgeworfen.«

»Eine reizende Vorstellung.« Wil zog ein Gesicht. Dann sah er sie an. »Cephelo weiß, daß ich hier bin?«

»Natürlich.« Sie lächelte, und der Schalk blitzte wieder in ihren Augen. »Macht dir das Angst?«

»Sagen wir, es macht mir Sorge«, gab Wil zurück. »Wie

kommt er dazu, mir nach den Vorfällen damals im Tirfing überhaupt zu helfen?«

Eretria neigte sich nahe zu ihm und legte ihm ihre schlanken dunklen Arme um den Hals.

»Weil seine Tochter sehr beredsam ist, Heiler – so beredsam, daß sie manchmal sogar einen schwierigen Mann wie Cephelo beeinflussen kann.« Sie zuckte die Schultern. »Außerdem hat er Zeit gehabt, sich die Geschehnisse im Tirfing noch mal durch den Kopf gehen zu lassen. Ich glaube, ich habe ihn davon überzeugt, daß das alles nicht deine Schuld war – sondern daß du im Gegenteil der Familie das Leben gerettet hast.«

Wil schüttelte skeptisch den Kopf.

»Ich trau' dem Burschen nicht.«

»Daran tust du auch ganz recht«, meinte sie zustimmend. »Aber heute nacht wenigstens brauchst du dir seinetwegen keine Sorgen zu machen. Er wartet sicher bis zum Morgen, ehe er von dir Rede und Antwort verlangt. Und bis dahin werden eure Verfolger von der wilden Jagd nach euch genug haben und schon wieder in der Schenke sitzen.«

Sie stand auf und eilte in einer raschelnden Wolke blauer Seide davon. Einen Augenblick später kam sie mit einem feuchten Tuch und einer Schüssel voll Wasser zurück, die sie neben dem Lager auf den Boden stellte.

»Zunächst müssen wir dich säubern, Heiler. Du riechst ganz fürchterlich nach Schweiß und Schmutz, und deine Kleider sind ruiniert.« Sie hielt inne. »Zieh dich aus, dann wasche ich dich.«

Wil schüttelte den Kopf.

»Ich wasche mich selbst. Kannst du mir ein paar Sachen zum Anziehen leihen?«

Sie nickte, machte aber keine Anstalten zu gehen. Wil errötete.

»Ich möchte das gern allein machen, wenn du nichts dagegen hast.«

Das strahlende Lächeln leuchtete in ihrem Gesicht auf.

»Ich hab' aber was dagegen.«

Er schüttelte den Kopf.

»Du bist wirklich unverbesserlich.«

»Du bist mir bestimmt, Wil Ohmsford. Das habe ich dir schon einmal gesagt.«

Das Lächeln erlosch, wich einem so sinnlichen und verführerischen Blick, daß Wil alles andere um sich herum vergaß. Als sie sich zu ihm neigen wollte, setzte er sich hastig im Bett auf. Heftiger Schwindel erfaßte ihn, doch er hielt sich gewaltsam aufrecht.

»Würdest du mir die Sachen bringen?«

Ihre Augen verdunkelten sich vor Zorn. Dann stand sie auf, trat zu einem Schrank, nahm ein paar Kleider heraus und brachte sie ihm.

»Die hier kannst du haben.« Sie warf sie ihm in den Schoß. Sie wollte an ihm vorübergehen, doch da beugte sie sich plötzlich zu ihm hinunter und küßte ihn schnell auf den Mund. »So, und jetzt wasch dich und kleide dich an.« Damit huschte sie davon.

Sie öffnete eine Tür am Ende des Wagens und verschwand in der Nacht. Wil hörte, wie sie von außen den Riegel vorschob. Unwillkürlich mußte er lachen. Ganz gleich, was sie für Absichten haben mochte, entkommen lassen würde sie ihn nicht.

Rasch streifte er seine verschmutzten Kleider ab, wusch sich und legte die Sachen an, die Eretria ihm gebracht hatte. Sie paßten ihm gut, aber er kam sich recht exotisch vor in dieser Pracht.

Er war gerade mit dem Ankleiden fertig, als die Tür wieder geöffnet wurde, und Eretria mit Amberle erschien. Das Elfenmädchen trug eine weite Seidenhose und darüber einen Kittel, der um die Taille von einer Schärpe zusammengehalten wurde. Um den Kopf lag ein Stirnband, das ihr langes Haar bändigte. Ihr Gesicht war frisch gewaschen und zeigte einen etwas überraschten Ausdruck. Sie warf einen Blick auf Wil, und sogleich trat ängstliche Besorgnis in ihre Augen.

»Geht es dir gut?« fragte sie hastig.

»Ich habe mich um ihn gekümmert.« Eretria fegte die Frage einfach zur Seite. Sie wies auf das Bett, das Wils gegenüber stand. »Du kannst hier schlafen. Und versucht ja nicht, euch heute nacht aus dem Wagen zu schleichen.«

Sie sah Wil mit einem wissenden Lächeln an, ehe sie sich

abwandte und zur Tür zurückging. Dort drehte sie sich noch einmal um.

»Gute Nacht, Bruder Wil. Gute Nacht, Schwester Amberle. Schlaft gut.«

Lachend schlüpfte sie zur Tür hinaus. Der Riegel schloß sich knirschend.

Der Talbewohner und das Elfenmädchen schliefen ruhig und fest in dieser Nacht im Wagen der Fahrensleute. Als sie erwachten, graute der Morgen, und das Licht des neuen Tages stahl sich durch die Ritzen der Fensterläden und warf fahle Schatten im Inneren des Wagens. Wil blieb eine Weile liegen, während er seine Gedanken sammelte und wartete, daß die letzten Schleier des Schlafes sich lüfteten. Er griff unter seinen Kittel nach dem kleinen Lederbeutel mit den Elfensteinen. Nachdem er sich vergewissert hatte, daß sie noch da waren, steckte er den Beutel wieder ein. Vorsicht kann nie schaden, dachte er.

Er war schon mit einem Bein aus dem Bett, als Amberle ihn bat, sich wieder hinzulegen, und aus ihrem Bett herüberkam. Aufmerksam untersuchte sie die Verletzung an seinem Kopf und brachte den Verband wieder in Ordnung. Als sie fertig war, setzte Wil sich auf und überraschte sie mit einem flüchtigen Kuß auf die Wange. Sie errötete leicht, und ihr kindliches Gesicht strahlte.

Wenig später knarrte der Riegel an der Tür, und Eretria trat ein, in den Händen eine Platte mit Brot, Honig, Milch und Obst. Hauchzarte weiße Gewänder umhüllten das dunkle Mädchen wie eine Rauchwolke. Mit ihrem strahlenden Lächeln sah sie Wil an.

»Gut erholt, Wil Ohmsford?« Sie stellte ihm die Platte auf die Knie und zwinkerte. »Cephelo will jetzt mit dir sprechen.«

Sie ging wieder, ohne das Wort an Amberle gerichtet zu haben. Wil sah das Elfenmädchen an und zuckte hilflos die Schultern. Amberle lächelte gezwungen.

Wenige Minuten später kam Cephelo. Er trat ohne anzuklopfen ein, hochgewachsen und mager, in einen waldgrünen Umhang gehüllt. Er sah aus wie damals, als sie ihn zum erstenmal am Ufer des Mermidon gesehen hatten. Der breitkrempige Hut saß in frecher Verwegenheit auf seinem Kopf. Er zog ihn mit schwungvoller Geste beim Eintreten und lächelte breit.

»Ah, die Elfenkinder, der Heiler und seine Schwester. So trifft man sich wieder.« Er verneigte sich. »Sucht Ihr noch immer Euer Pferd?«

Wil lächelte. »Diesmal nicht.«

Mißtrauisch musterte sie der Fahrensmann.

»Nein? Dann habt Ihr Euch wohl verirrt? Arborlon liegt nördlich, wenn ich mich recht erinnere.«

»Wir waren schon in Arborlon und sind dann weitergereist«, erwiderte Wil und stellte die Frühstücksplatte beiseite.

»Und da hat Euch Euer Weg nach Grimpen Ward geführt.«

»Genau wie Euch.«

»In der Tat.« Der hochgewachsene Mann setzte sich den beiden gegenüber. »In meinem Fall ist es so, daß die Geschäfte mich an viele Orte führen, die ich sonst lieber nicht aufsuchen würde. Aber wie steht es mit Euch, Heiler? Was führt denn Euch nach Grimpen Ward? Doch sicher nicht der Wunsch, Eure Kunst an dem Lumpengesindel auszuprobieren, das dieses schäbige Dorf bevölkert.«

Wil zögerte mit der Antwort. Er würde sehr vorsichtig sein müssen mit dem, was er Cephelo sagte. Denn dieser, so gut kannte er ihn inzwischen, war rücksichtslos, wenn er etwas entdeckte, was sich zu seinem eigenen Vorteil ausschlachten ließ.

»Auch wir haben Geschäfte«, versetzte er gleichmütig.

Der Fahrensmann schürzte die Lippen.

»Eine glückliche Hand scheint Ihr bei Euren Geschäften nicht zu haben, Heiler. Wäre ich nicht gewesen, so lägt Ihr jetzt mit durchschnittener Kehle auf der Straße.«

Wil hätte am liebsten laut herausgelacht. Der alte Fuchs! Daß Eretria bei seiner und Amberles Rettung die treibende Kraft gewesen war, würde er niemals zugeben.

»Wir scheinen wieder einmal in Eurer Schuld zu stehen«, bemerkte er.

Cephelo zuckte die Schultern.

»Im Tirfing war ich vorschnell mit meinem Urteil über Euch; ich ließ zu, daß die Sorge um meine Leute die Oberhand über den gesunden Menschenverstand gewann. Ich machte Euch das zum Vorwurf, was geschah; dabei hätte ich Euch für Eure Hilfe danken müssen. Das hat mich seither bedrückt. Daß ich Euch helfen konnte, entlastet mein Gewissen ein wenig.«

»Es freut mich zu hören, daß Ihr so empfindet.« Wil glaubte nicht ein einziges Wort. »Meine Schwester und ich haben sehr schwere Zeiten durchgemacht.«

»Schwere Zeiten?« Cephelos dunkles Gesicht drückte plötzlich Teilnahme aus. »Vielleicht kann ich irgend etwas tun, um Euch zu helfen – um Euch zu Diensten zu sein. Wenn Ihr mir erklären würdet, was Euch in dieses unerfreulichste Gebiet des ganzen Landes führt ...«

Jetzt kommt's, dachte Wil. Aus den Augenwinkeln beobachtete er, wie Amberle warnend den Kopf schüttelte.

»Ich wünschte, es stünde in Eurer Macht, uns zu helfen.« Wil bemühte sich nach Kräften, den Eindruck von Aufrichtigkeit zu erwecken. »Aber leider ist dem nicht so. Das, was ich am dringendsten brauche, ist ein Führer, der die Geschichte dieses Tals kennt, der mit seiner Landschaft und mit den Örtlichkeiten vertraut ist.«

Cephelo klatschte leicht in die Hände.

»Nun, damit kann ich Euch vielleicht zu Diensten sein. Ich habe den Wildewald viele Male durchreist.« Er legte seinen Zeigefinger an den Kopf. »Ich weiß einiges über seine Geheimnisse.«

Ja, vielleicht, dachte Wil. Vielleicht aber auch nicht. Er will doch nur unser Vorhaben herausbekommen.

»Ich meine, wir sollten Eure Gastfreundschaft nicht noch weiter in Anspruch nehmen, indem wir Euch in unsere Angelegenheiten hineinziehen«, sagte er achselzuckend. »Meine Schwester und ich kommen schon zurecht.«

Das Gesicht des Fahrensmannes war ausdruckslos.

»Warum verratet Ihr mir nicht, was genau Euch hierher führt? Dann kann ich selbst beurteilen, ob der Anspruch wirklich so hoch ist.«

Amberles Hand auf Wils Arm verkrampfte sich, doch Wil ignorierte es. Er hielt den Blick unverwandt auf Cephelo gerichtet. Irgend etwas, das war ihm klar, mußte er dem Fahrensmann erzählen.

»Krankheit hat das Haus Elessedil heimgesucht, das Haus der Herrscher der Elfen.« Er senkte die Stimme. »Die Enkelin des Königs liegt schwerkrank darnieder. Sie braucht eine ganz bestimmte Medizin, nämlich den Sud einer Wurzel, die nur hier im Wildewald zu finden ist. Ich allein weiß das – ich und meine Schwester. Um diese Wurzel zu suchen, sind wir hierhergekommen, denn wenn wir sie finden und dem Herrscher der Elfen bringen, erwartet uns eine hohe Belohnung.«

Er spürte, wie Amberles Hand sich entspannte. Er wagte nicht, ihr ins Gesicht zu blicken.

Cephelo blieb eine Weile schweigsam und nachdenklich.

»Wißt Ihr«, fragte er dann, »wo im Wildewald diese Wurzel zu finden ist?«

Wil nickte. »Es gibt Bücher, uralte Bücher über die Heilkunst, die noch aus der alten Welt stammen. In ihnen ist von dieser Wurzel die Rede, und sie nennen auch den Namen des Ortes, wo sie gedeiht. Aber der Name ist längst vergessen, aus den Landkarten ausgelöscht, die heute den Rassen dienen. Ich bezweifle, daß der Name Euch etwas sagen würde.«

Der Fahrensmann beugte sich vor.

»Nennt ihn mir trotzdem.«

»Sichermal«, erwiderte Wil und beobachtete dabei die Züge des anderen. »Der Name lautet Sichermal.«

Cephelo überlegte, dann schüttelte er den Kopf.

»Ihr habt recht – der Name sagt mir nichts. Dennoch ...« Er hielt inne und wippte leicht hin und her, so als sei er tief in Gedanken. »Es gibt jemanden, dem der Name bekannt sein könnte. Er ist vertraut mit den alten Bezeichnungen dieses Tals. Ich könnte Euch zu ihm führen. Hm, ja – aber Heiler, der Wildewald ist ein äußerst gefährliches Gebiet – das wißt Ihr selbst, da Ihr ja einen Teil der Wildnis durchqueren mußtet, um nach Grimpen Ward zu gelangen. Für meine Leute und für mich wäre es ein großes Wagnis, Euch bei dieser gefahrvollen Suche

Beistand zu leisten.« Er breitete entschuldigend die Hände aus. »Außerdem haben wir andere Verpflichtungen, andere Geschäfte, um die wir uns kümmern müssen, und die uns an anderen Orten erwarten. Die Zeit ist ein kostbares Gut für Leute wie uns. Das werdet Ihr gewiß verstehen können.«

»Was wollt Ihr mit alledem sagen?« fragte Wil ruhig.

»Daß Euch ohne mich der Erfolg Eures Bemühens versagt bleiben wird. Daß Ihr mich braucht. Daß ich bereit bin, Euch meine Hilfe anzubieten. Aber solche Hilfe kann nicht ohne – äh – angemessene Entschädigung gegeben werden.«

Wil nickte. »Und welcher Art soll die Entlohnung sein, Cephelo?«

Die Augen des Fahrensmannes funkelten begierig auf.

»Gebt mir die Steine, die Ihr bei Euch tragt. Die Steine mit der Zauberkraft.«

Wil schüttelte ablehnend den Kopf.

»Sie würden Euch nichts nützen.«

»In der Tat? Ist ihr Geheimnis so unergründlich?« Cephelo kniff die Augen zusammen. »Haltet mich nicht für einen Narren. Ihr seid kein schlichter Heiler. Das war mir praktisch vom ersten Augenblick unseres Zusammentreffens an klar. Aber was Ihr seid, zählt nicht für mich – nur was Ihr habt. Ihr habt die Zauberkraft der Steine, und ich wünsche sie für mich.«

»Ihre Zauberkraft ist elfischen Ursprungs.« Wil zwang sich, ruhig zu bleiben. »Nur einer, in dessen Adern Elfenblut fließt, kann sich dieser Kraft bedienen.«

»Ihr lügt schlecht, Heiler.« Die Stimme des Fahrensmannes klang drohend.

»Er sagt die Wahrheit«, warf Amberle hastig ein. Ihr Gesicht zeigte Angst. »Hätte er nicht die Steine gehabt, so hätte er diese Suche niemals unternommen. Ihr habt kein Recht, von ihm zu verlangen, daß er sie Euch gibt.«

»Ich kann verlangen, was ich will«, gab Cephelo gereizt zurück und fegte ihren Einwurf mit einer wegwerfenden Geste beiseite. »Außerdem glaube ich Euch beiden ohnehin kein Wort mehr.«

»Glaubt, was Ihr wollt.« Wils Stimme blieb bestimmt und

fest. »Ich werde Euch die Steine nicht geben.«

Eine Zeitlang starrten die beiden Männer einander wortlos an. Das Gesicht des Fahrensmannes war hart und drohend. Und doch spiegelte sich darin auch Furcht – ausgelöst durch die Erinnerungen Cephelos an die gewaltige Kraft, die den Steinen innewohnte, und die Wil Ohmsford gebändigt hatte. Mit einer Anstrengung zwang er sich zu einem Lächeln.

»Was wollt Ihr mir dann geben, Heiler? Erwartet Ihr, daß ich Euch diesen Dienst umsonst leiste? Soll ich Menschenleben und Besitz aufs Spiel setzen, ohne dafür entschädigt zu werden? Ihr müßt doch etwas von Wert haben, das Ihr mir geben könnt – etwas von ähnlichem Wert wie die Steine, die herzugeben Ihr Euch so hartnäckig weigert. Was dann? Was wollt Ihr mir geben?«

Wil überlegte angestrengt, doch er trug nichts bei sich, das auch nur den geringsten Wert besaß. Doch gerade als er zu dem Schluß gekommen war, daß die Situation aussichtslos war, schnalzte Cephelo plötzlich mit den Fingern.

»Ich will ein Geschäft mit Euch machen, Heiler. Ihr sagt, daß der Elfenkönig Euch hoch belohnen wird, wenn Ihr ihm die Medizin bringt, die seine Enkelin heilen wird. Gut. Ich werde tun, was in meiner Macht steht, um Euch bei der Suche nach diesem Ort namens Sichermal zu helfen. Ich werde Euch zu einem Manne führen, der den Namen vielleicht kennt. Aber mehr werde ich nicht tun. Als Gegenleistung müßt Ihr mir die Hälfte der Belohnung geben, die Ihr von dem Elfenkönig erhaltet. Seid Ihr damit einverstanden?«

Wil wog den Vorschlag nachdenklich ab. Ein seltsames Geschäft, sagte er sich. Selten, wenn überhaupt jemals, gaben die Fahrensleute etwas her, wenn sie nicht sofort die Gegenleistung erhielten. Was führte Cephelo im Schilde?

»Soll das heißen, daß Ihr mir helfen wollt, den Ort Sichermal zu finden –«

»Wenn ich kann.«

»– daß Ihr mich aber dann nicht dorthin begleiten werdet?«

Cephelo zuckte die Schultern.

»Mich verlangt nicht danach, unnötig mein Leben aufs Spiel

zu setzen. Wie Ihr die Medizin findet und sie dem Elfenkönig überbringt, ist Eure Sache. Meine Verpflichtung bei diesem Geschäft besteht lediglich darin, Euch den Weg zu weisen.« Er machte eine kurze Pause. »Glaubt aber ja nicht, daß Ihr mich um das, was Ihr mir schuldet, betrügen könnt, nur weil ich Euch nicht begleite. Das nähme ein schlimmes Ende für Euch.«

Wil runzelte die Stirn.

»Woher wollt Ihr denn wissen, ob ich gefunden habe, was ich suche, wenn Ihr mich nicht begleitet?«

Cephelo lachte. »Heiler, ich bin ein Fahrensmann – ich werde es schon erfahren. Ich werde alles erfahren, was mit Euch geschieht, glaubt mir das.«

Sein Grinsen war so wölfisch, daß Wil sicher war, daß die Worte noch eine andere Bedeutung hatten. Etwas braute sich zusammen; er witterte es förmlich. Doch sie brauchten Hilfe, um ihren Weg durch den Wildewald zu finden, wenn er nicht die Elfensteine einsetzen wollte.

»Abgemacht?« fragte Cephelo.

Wil schüttelte den Kopf. Er wollte den Fahrensmann auf die Probe stellen.

»Die Hälfte ist mir zuviel. Ich bin bereit, Euch ein Drittel zu geben.«

»Ein Drittel!« Cephelos Gesicht verfinsterte sich, wurde aber sogleich wieder freundlich. »Also gut. Ich bin ein Mann, der mit sich reden läßt. Ein Drittel.«

Viel zu leicht war das gegangen, dachte Wil. Er warf einen Blick auf Amberle und sah in ihren Augen das Mißtrauen, das auch er empfand. Doch das Elfenmädchen sagte nichts. Amberle überließ ihm die Entscheidung.

»Kommt, kommt, Heiler«, drängte Cephelo. »Ihr braucht ja noch den ganzen Tag.«

Wil nickte. »Also gut, es ist abgemacht.«

»Schön.« Der Fahrensmann stand augenblicklich auf. »Wir brechen sofort auf, da wir unsere Geschäfte hier abgeschlossen haben. Es ist das beste, wenn Ihr in Grimpen Ward nicht wieder gesehen werdet. Darum bleibt vorläufig im Wagen. Wenn wir den Wald erreicht haben, könnt Ihr herauskommen.«

Er grinste breit, schwang elegant den breitkrempigen Hut zum Abschied und ging hinaus. Leise fiel die Tür hinter ihm ins Schloß. Wil und Amberle sahen einander an.

»Ich trau' ihm nicht«, flüsterte Amberle.

»Ich auch nicht«, gab Wil zurück.

Wenig später setzte sich der Wagen mit einem Ruck in Bewegung. Die Reise in den Wildewald ging weiter.

Die Fortsetzung dieser Abenteuer finden Sie in »Die Dämonen von Shannara«. 23833